L'Archipel
EMPIRE
Îles Majeures
Palais impérial
Museum d'histoire naturelle
La Malle aux Merveilles
Le Dragon Noir
La Fée Galante
Parfumerie Genista
Capitale impériale
L'île Macatia
Bureau pourpre
L'île des Palmes
Grèsia
Adamante
La Table Joice
L'île des Sables d'or
La mer Larimar
Demeure d'Eliabelle
Officine d'Ossian
Jardins impériaux
Plantation Rhus
L'île Verte
L'île aux Fers
Tannerie Aiden
N
O
E
S

LE PARFUM DE L'IMPÉRATRICE
N°1 - L'Archipel

Direction des publications : Stéphanie Baronchelli, Jérôme Bernez-Binder
Direction artistique : Tiphaine Rautureau
Suivi éditorial et maquette : Caroline Merceron
Correction : Maud Placines Charier
Relecture éditoriale : Marie Demay

www.gulfstream.fr

Couverture et illustrations intérieures : Victorien Aubineau
Typographies : Sherlock – Dikas Studio ; Century Schoolbook – Bitstream

ISBN : 978-2-38349-016-6

Loi 49-956 du 16 juillet 1949 sur les publications destinées à la jeunesse

Leslie Tanguy

Le parfum de l'impératrice

Gulf stream éditeur

À ma fille.

Le Muséum d'histoire naturelle

En sortant du pavillon botanique, Nimué Orseille devina aisément que sa tante arpenterait mille chemins de traverse avant de lui exprimer le fond de sa pensée.

« Deux sujets de conversation en préambule, pour masquer son agacement. Le troisième sera le bon… »

— Et dire que je me suis battue bec et ongles pour que nous assistions à cette exposition temporaire, soupira tante Eliabelle. Almeda et Arianell en étaient vertes de jalousie ! Je radote peut-être, mais sachez qu'il m'aura grandement fallu jouer de mes relations pour obtenir ces petits trophées.

D'une moue perplexe, elle considéra les trois tickets mauves qu'elle tenait entre ses doigts gantés. Glissant un regard par-dessus son épaule, Eliabelle étudia ses deux nièces qui la suivaient distraitement. La première affichait une mine lasse, l'autre semblait flotter dans quelque horizon lunaire.

— Ne vous y trompez pas, mes filles : je ne regrette

N°9

pas un instant d'avoir laissé quelques plumes pour gagner notre droit d'entrée dans cette aile du musée, continua-t-elle tandis que sa jupe froufroutait nerveusement autour de ses chevilles. Après tout, quelle merveille que ces camélias de toutes les couleurs !

« Et d'un… » compta mentalement Nimué.

— D'ailleurs, reprit Eliabelle sans attendre de réaction, je constate que nous n'avons croisé que du beau monde. Cette exposition sur les camélias est presque aussi prisée que le salon de la duchesse des Sables d'or… Mais personne ne se sera attardé sur ces bourgeons et ces pétales si bien que nous ! Sans compter qu'il s'agissait d'une belle occasion de lorgner les toilettes des élégantes afin de ne pas se retrouver désorientées à la prochaine saison. J'aimerais que nous nous procurions du tissu dans les teintes étonnantes qu'elles arboraient toutes. Ce jaune cotonneux « duvet de poussin » et cet orangé « corail flamboyant » étaient du plus bel effet. Nous ne pourrons en confectionner des robes, nos économies ne nous le permettent pas, mais peut-être un ruban ou une paire de gants…

— Ces nouveaux colorants de synthèse révolutionnent la mode. Je pourrais peut-être récupérer quelques chutes aux ateliers, proposa Deryn, la compagnon-passementière qui reprenait soudain un peu d'aplomb.

Tante Eliabelle lui adressa une œillade complice.

— Tu es toujours pleine de ressources, ma chérie !

« Et de deux. À présent, elle va craquer… » prédit Nimué.

— Bien, bien, bien, à présent que nous avons quitté le pavillon, faisons le point. Il faut reconnaître que cette exposition s'est révélée très instructive. Des camélias, des camélias, des camélias… Tout cela était passionnant, réellement passionnant !… Mais tout de même, Nimué, étais-tu obligée de t'arrêter à chaque petite feuille, à la moindre brindille ? cailleta la pétillante quinquagénaire sur une intonation un brin hystérique.

« Nous y voilà. »

— Oh… la visite était trop longue à votre goût, ma tante ? s'enquit l'intéressée, feignant d'émerger d'un brouillard de pensées.

À la vérité, tandis qu'elle étudiait les réactions d'Eliabelle, la jeune femme avait poursuivi la visite en esprit. Derrière son front, les images et les informations sur les camélias défilaient comme des diapositives dans une lanterne magique.

— Disons, ma douce, que je jouis pleinement du sentiment d'avoir rentabilisé autant que possible ces billets. Pour cela, je te remercie. Mais nom d'une écaille de dragon, mes pauvres pieds sont moulus d'avoir tant piétiné et j'ai la tête comme un giraumon[1] !

— J'en suis navrée, s'excusa-t-elle avec une demi-sincérité. J'aurais dû m'en rendre compte, mais j'étais trop absorbée par ce que je voyais…

Au fond, Nimué avait bien conscience qu'elle s'était montrée un peu égoïste cet après-midi en feignant de ne pas remarquer l'ennui de sa tante et de sa sœur. Mais elle avait été si impatiente d'arpenter chaque recoin de ce pavillon.

Le thé était sa passion. Alors, en apprenant qu'une exposition faisant la part belle au camélia-théier allait avoir lieu, l'excitation lui avait électrisé tout le corps, troublant jusqu'à son sommeil.

---

1. Nom commun donné à plusieurs variétés de *Cucurbitaceae* (courges).

C'était que l'événement était parfaitement inhabituel ! Des variétés rares de camélias avaient exceptionnellement été extraites des serres impériales de l'île Verte pour être exposées ici, sur Macatia. Il s'agissait donc d'une occasion unique d'approcher ces arbustes.

Son fervent intérêt pour la botanique avait enivré Nimué. La jeune femme s'était laissé étourdir par la myriade d'espèces que l'exposition lui offrait de contempler. *Camellia japonica, sasanqua, transnokoensis, reticulata, amplexicaulis, impressinervis*… Puis, au sortir du pavillon, l'euphorie s'était dissipée. À présent, Nimué se sentait cotonneuse et alanguie, comme après une étreinte amoureuse.

Mais pour sa tante, les effets de l'ivresse ne se révélaient pas aussi charmants.

— Tous ces noms savants me font tourner la tête comme une liqueur forte, rebondit Eliabelle en posant la main sur sa tempe. C'est donc de cela qu'on nourrit les étudiants à l'université… Mes aïeux ! Je ne veux plus voir un camélia de la saison !

— Je partage l'avis de tante Eliabelle, admit Deryn en secouant la tête, faisant voltiger ses longues mèches couleur de blé. Nim… mon postérieur a inspecté chacune des banquettes de cette exposition…

— Les vertes étaient décidément les plus confortables, releva Eliabelle.

— Bien mieux que les mauves ! renchérit Deryn avant de se retourner vers sa sœur. Nim… la sangsue érudite que tu es a pompé la moindre information du moindre petit écriteau, sans en oublier aucun, soupira-t-elle en levant les yeux en l'air. Tu peux me croire, je t'ai bien observée. Pourtant, tu les connais tous, les camélias. Ne pouvais-tu te montrer plus… synthétique ?

Toutes trois évoluaient désormais entre les salles du musée aux ambiances thématiques. Certains espaces étaient dévolus aux squelettes de créatures de l'ancien monde. D'autres mettaient en lumière des roches, des plantes ou des fossiles. Le centre de recherche Dorian Isado, du nom d'un biologiste reconnu du siècle passé, occupait un autre pavillon.

— Chacune des variétés connues m'est familière, mais il ne m'a pas été donné de pouvoir toutes les observer, répliqua Nimué tandis qu'elles pénétraient dans les jardins. Certaines proviennent des serres impériales des hauts jardins, c'est un événement exceptionnel ! Elles n'en sortiront probablement plus de mon vivant. Et puis, il n'y a que le *Camellia sinensis*, le théier, dont je sois réellement experte…

— C'est le seul dont j'accepte encore d'entendre parler aujourd'hui, soupira tante Eliabelle en chassant la moiteur de l'air par de petits coups secs d'éventail. Pour nous réconcilier avec ton arbre à thé, je propose d'aller en ingurgiter une tasse sans tarder. Nous avons passé tant de temps devant ces grosses fleurs que nous sommes sur le point de manquer l'heure de la collation ! Cela n'est pas du tout convenable. Toutefois, il serait impoli de s'enfuir sans saluer le dragon. Dirigeons-nous vers le grand hall, puis désertons promptement, mesdemoiselles.

La galerie principale formait une vaste salle en pierres blanches et dorées surmontée d'une verrière soutenue par des cerceaux métalliques ouvragés. Une myriade de larges corridors et d'escaliers s'échappait en tous sens de ce hall et invitait les visiteurs à se perdre entre les pavillons dévolus aux minéraux, à la faune ou à la flore.

Au milieu de cette longue allée se déployait l'imposant squelette d'un dragon : Terre-de-Cendre, nommé affectueusement Le Cendré par les habitants de l'Archipel.

La visite du Muséum d'histoire naturelle était une sortie que programmaient fréquemment tante Eliabelle et ses deux nièces quand ces dernières bénéficiaient de congés. Pourtant, elles ne manquaient jamais de s'arrêter devant cette bête colossale et fabuleuse comme on se recueille devant une relique dans un temple.

Ce jour-là, le prédicateur adoptait les traits d'un jeune conférencier qui finançait ses études d'histoire en jouant le guide auprès des visiteurs. Sa verve avait su charmer son auditoire et une petite foule de fidèles en adoration buvait chacune de ses paroles, les yeux brillants d'admiration devant la carcasse du Cendré.

— Imaginez-vous chevauchant cette bête énorme ! clamait-il. Sentez la fumée qui se dégage de sa gueule aux crocs acérés, de cette caverne de ténèbres aux relents de soufre. Son ventre recouvert d'épaisses écailles qui rougeoient d'une braise incandescente. La lave qui coule jusqu'à la gorge… Imaginez-vous survolant l'Empire sur un monstre pareil ! Sentez les ailes qui claquent dans le vent comme les voiles d'un navire céleste ! La chaleur écrasante qui vous brûle les cuisses malgré les équipements de sellerie et les protections. Mesdames et messieurs… Assis sur la croupe d'une pareille créature, votre sang bouillonnerait-il d'orgueil ou se glacerait-il d'effroi ?

Nimué fit la moue.

Le Muséum d'histoire naturelle

Du temps des dragons avaient lieu les Dragonnades : des courses où s'illustraient les meilleurs dragonniers et leurs splendides montures reptiliennes. Mais à l'époque, déjà, ces événements soulevaient des controverses. L'équipement blessait les dragons. De plus, les accidents n'étaient pas rares. Les collisions en plein vol se produisaient fréquemment et se révélaient souvent fatales. Au cours des dix dernières années avant que la pratique ne cesse, pas moins de trente-six dragonniers avaient perdu la vie, emportant parfois avec eux celle de leur dragon. Leur mémoire était entretenue par certains comme celle de héros magnifiques. Un musée leur était même consacré, situé non loin de la butte aux Écailles.

Nimué, elle, se montrait plus pragmatique. Pour la jeune femme, ces têtes brûlées n'avaient rien apporté d'autre à l'Empire qu'un peu de divertissement. Mais surtout, les risques qu'ils prenaient n'avaient pour but que d'enfler leur gloire personnelle. Des médecins ou des hommes et femmes engagés affrontant maladies et inégalités sociales lui semblaient plus dignes de respect et suscitaient bien davantage son admiration.

D'autant qu'aujourd'hui, un peu par la faute de ces brise-cou, les dragons n'existaient plus. Du temps où ces fantastiques créatures faisaient planer leur interminable silhouette au-dessus de l'Archipel, les manipulations génétiques s'avéraient courantes. Elles visaient à rendre les dragons toujours plus rapides, plus grands, plus puissants. Cependant ces opérations répetées avaient fini par fragiliser l'espèce. Les créatures à écailles avaient développé une déficience au niveau des poumons et leur fertilité en avait rudement pâti. De plus, la pollution due à l'activité humaine avait peu à peu détruit l'espace naturel où évoluaient les proies de ces bêtes immenses. Enfin, les dragons possédaient un solide appétit. Les nourrir correctement représentait un coût très élevé. L'élevage et le dressage de ces créatures constituaient un véritable risque financier. Une mauvaise course pouvait ruiner tout un investissement. De nombreuses banqueroutes s'étaient produites durant les tournois aériens, entraînant des drames économiques et familiaux.

Pour ces multiples raisons, l'espèce s'était éteinte, brusquement et irrémédiablement. La charpente osseuse du dernier spécimen connu était aujourd'hui exposée au Muséum d'histoire naturelle de l'île Macatia.

Nimué s'approcha de l'énorme squelette et s'imagina les tendons et les muscles recouverts de peau se mouvoir autour de ces os blancs. De petites épines de chair hérissèrent sa peau et ses longues boucles châtaines frémirent sur ses épaules.

Pour sortir du musée, les demoiselles Orseille traversèrent les trois grandes salles qui racontaient, par une myriade d'objets, l'histoire de l'Archipel. Autrefois, comme en témoignait un florilège d'anciennes cartes mondiales, terrestres ou maritimes, le monde comprenait plusieurs continents. Du temps des cartographes d'alors, il fallait des mois pour en faire le tour à bord de lourds navires ou de dirigeables.

En cette époque-là, les pays développés ou en passe de l'être déployaient leurs fumerolles noires comme des étendards sinistres. Le charbon asphyxiait les villes, poudrait les visages, les gorges et les poumons. C'était le règne du métal et des énergies fossiles. Les métaux lourds souillaient les eaux des fleuves, des mers et des océans. Les espèces animales disparaissaient. À l'époque, c'était le prix à payer pour l'essor du progrès scientifique.

Nimué se rappela ses leçons d'histoire au pensionnat de l'île Verte. L'ancien monde, de par son organisation, ne convenait qu'aux plus forts. Il proposait une large majorité d'emplois qualifiés auxquels les plus démunis ne pouvaient accéder. L'école ne pouvait pas suivre la course effrénée des grands industriels pour le progrès technologique, le budget alloué à l'Éducation ne le permettait pas.

Ne restaient donc pour les plus pauvres que des emplois dans les mines ou au sein de vastes exploitations agricoles dirigées par de grands propriétaires : pommes de terre, céréales, thé, coton ou cacao selon les continents et les climats. On s'y détruisait la santé en buvant des eaux souillées par les produits chimiques, et rêver d'un lendemain meilleur pour soi ou ses enfants ne rendait que plus amer encore.

La fracture se creusait. La presse l'annonçait et chacun pouvait le sentir : les esprits s'échauffaient. Partout sur le globe, l'air était moite, saturé de pression dans une atmosphère prête à éclater. C'était de l'océan qu'était venu le chaos. Ce jour-là, de nombreux animaux l'avaient pressenti et s'étaient empressés de gagner les hauteurs.

Dans la salle du musée qu'elle traversait, Nimué remarqua un instituteur qui livrait à une classe d'écoliers le récit de ce jour qui avait à jamais changé la face du monde. Les gamins en uniforme aubergine, tous assis en tailleur sur le parquet, l'écoutaient attentivement, les mains sous le menton.

Une marée dévastatrice couplée à une brusque montée des eaux – nées, comme on le comprit plus tard, de l'affrontement des léviathans et des krakens –, anéantirent en quelques heures le monde ancien et firent périr la quasi-totalité de l'espèce humaine. On appela cet événement la Magnus Mar.

Seules quelques centaines de familles purent échapper à ce fléau dévastateur en s'enfuyant sur le dos des dragons. Depuis, les mastodontes à écailles étaient devenus un symbole de vie et d'espoir.

La grande majorité des survivants avait trouvé refuge ici, sur cet archipel de l'hémisphère Sud, proche de l'équateur. Ce chapelet d'îles constituait l'une des rares terres qui n'avait pas été engloutie par les eaux. Les sujets de l'Empire étaient les descendants des survivants de la tragédie, et des gens de différentes ethnies s'y côtoyaient.

Une fois les survivants parvenus sur l'Archipel, les cartes avaient été rebattues. Dans cette toute nouvelle société encore en gestation, les rôles avaient été redistribués. Néanmoins, il fallait noter que les nations les plus aisées avaient mieux survécu à la Magnus Mar que les pays pauvres. De même, les grandes familles avaient davantage résisté au fléau que les plus modestes.

En détaillant la plaque monumentale sur laquelle avaient été inscrits les noms des premiers colons de l'Archipel, Nimué afficha une mine mélancolique. Quelques années auparavant, tante Eliabelle avait arpenté les salles des archives pour reconstituer leur arbre généalogique. À la suite de longues recherches – l'organisation administrative de l'Archipel ayant été chaotique en ses débuts –, elle était parvenue à remonter aux origines de l'Empire. Leurs premiers ancêtres à avoir posé le pied sur ces terres étaient un couple de domestiques sauvés par leur maître et ayant fui les terres du Nord sur le dos d'un dragon sylphique blanc. Comme les autres, ils avaient dû affronter le traumatisme d'un monde qui s'écroule et disparaît sous les eaux. Ne leur restaient que quelques biens emportés à la hâte et le sentiment à la fois fabuleux et culpabilisant d'être des miraculés.

Nimué sortit de ses pensées et pressa le pas en voyant sa tante et sa sœur franchir les portes du musée. Devant elle, la pimpante Deryn et tante Eliabelle potinaient avec animation. Toutes deux possédaient le goût du bavardage en commun.

— Maintenant que les heures studieuses sont derrière nous, mes filles, redevenons frivoles !

— Oh, quelle bécasse je suis ! pépia Deryn. J'ai failli oublier : hier, ma tante, j'ai aperçu l'empereur ! Il a traversé les ateliers avec sa garde et un page. J'ai cru à un mirage. Par les dragons, comme il a vieilli !

— Allons, Deryn, tu exagères. Il n'a pas soixante ans. Les jeunes gens ont toujours tendance à vieillir les seniors, déplora tante Eliabelle avec un haussement de sourcils. Mais dis-m'en vite davantage ! Comment était-il ? Le jeune duc Sorley des Palmes l'accompagnait-il ? Le bruit court qu'il a gagné la cour impériale. Un exploit, quand on sait que feu son père n'était pas le bienvenu au palais. D'ailleurs…

Nimué avait cessé de suivre leur discussion. Les mondanités dont sa sœur et sa tante étaient friandes n'éveillaient que partiellement son intérêt.

Tante Eliabelle et ses nièces passèrent devant un carrousel puis s'introduisirent dans une haute tour coincée entre deux immeubles en pierre de taille. Là, un majordome en livrée leur ouvrit la porte d'un ascenseur hydraulique.

— Mesdames, où souhaitez-vous vous rendre ? s'enquit-il en écartant les grilles.

— La passerelle du salon de thé *Le Frangipanier*, je vous prie, mon brave, répondit tante Eliabelle en pénétrant dans la cabine.

L'intérieur était tapissé de marqueteries gravées d'arabesques que la vénérable demoiselle, ancienne menuisière, ne manqua pas d'examiner avec intérêt.

— Oh... La cabine a été restaurée, n'est-ce pas ?

— En effet, madame, répondit l'employé avec déférence.

Le majordome appuya sur un bouton en laiton qui actionna le piston. Glissant sur un système de poulies, le câble tracta la petite cabine qui s'éleva lentement vers les étages supérieurs. La nacelle glissa ensuite sur des rails avant de s'arrêter dans un tintement de clochettes. Le majordome repoussa les grilles en saluant les trois femmes puis regagna l'habitacle.

Tante Eliabelle et ses nièces s'engagèrent sur une passerelle métallique suspendue, au sol tapissé de bois clair. Il s'agissait de l'une des centaines de ramifications du Grand Chêne. Cet arbre gigantesque forgé de fer et de bois permettait de transiter d'un endroit à l'autre de l'île au moyen de ses interminables branches qui survolaient les rues et les immeubles de marbre rose et crème, faisant fi du tracé anguleux des boulevards et de la foule. La branche sur laquelle le trio circulait menait à la terrasse d'un salon de thé, *Le Frangipanier*, qui côtoyait un jardin suspendu. Une serveuse en longue jupe vert amande surmontée d'un tablier mimosa impeccable les invita à entrer avant de leur proposer une petite table ronde.

Nimué prit un thé vert aux agrumes saupoudré de cannelle, dont la première gorgée glissa dans sa gorge jusque dans son ventre, laissant une délicieuse traînée chaude dans son sillage. Les saveurs des arômes lui envahirent toute la tête en une délectable vapeur d'agrumes et de cardamome.

Ce nectar n'avait rien de comparable au thé noir du matin par lequel elle entamait toutes ses journées. Ce premier breuvage réveillait tout son corps et lui ouvrait l'esprit. Elle le sirotait par petites gorgées tout juste aspirées, pressée par le tic-tac de la grosse horloge du salon. La jeune femme ne manquait jamais de se brûler la langue, laissant pendant de longues minutes son muscle légèrement engourdi.

Durant ce rituel auquel elle ne dérogeait jamais, Nimué organisait les différentes tâches de la journée. Tout en cogitant, elle soufflait la vapeur de ce petit lac ambré. Quelques feuilles de thé noir recroquevillées sur elles-mêmes tapissaient le fond de sa tasse. La jeune femme accompagnait cette boisson chaude de larges tartines de beurre salé et d'une gelée de mûre.

Le midi, sa coutume personnelle consistait à déjeuner en sirotant un thé fumé. Le soir, Nimué achevait sa journée par un thé blanc à la rose, floral et relaxant.

Mais ce thé-ci, au *Frangipanier*, se révélait différent

de tous les autres. Il offrait une parenthèse délicate dans cette journée bleue, une journée sans travail, une journée de détente. Il portait le goût de la flânerie et du rêve.

Affublés d'une pince-ciseaux en acier, les serveurs soulevaient les cloches de verre protégeant viennoiseries, confiseries et mignardises. Les pâtisseries dégageaient alors de délicieuses odeurs de sucre et de beurre fondu.

Tante Eliabelle, qui ne refusait jamais une douceur, goûtait sans cacher son plaisir une guimauve au coquelicot qui succédait à un citron en pâte d'amande au yuzu, ce petit agrume très parfumé. Pour accompagner ses friandises, elle buvait un thé noir brûlant dans lequel avait été plongée de la confiture de fraises.

Tandis que la sémillante Deryn et sa tante palabraient sans discontinuer, Nimué s'évada par l'esprit. Elle visualisa mentalement les artisans tirer les pâtes à sucre colorées à la force de leurs bras pour fabriquer des bonbons, des sucres d'orge et des sucettes. Elle les imagina manipuler les poches à douille pour garnir les minuscules bouchées sucrées, vérifier température et équilibre en taillant, moulant et façonnant avec une remarquable dextérité les splendides sculptures de dragons en chocolat qui décoraient le salon de thé et suscitaient l'admiration des clients.

La contemplation de ces chefs-d'œuvre ramena Nimué deux ans en arrière, réveillant dans son esprit d'orageux souvenirs. Certains notables avaient alors tenté de mettre fin au compagnonnage en prônant la libre entreprise. L'affaire avait fait grand bruit dans tout l'Archipel. À l'annonce de la nouvelle, Nimué avait frissonné d'effroi. Son jeune sang n'avait fait qu'un tour et elle était descendue dans les rues pour protester, bras dessus, bras dessous avec les maîtres, compagnons et apprentis de la compagnie du thé, ainsi que les autres corporations artisanales.

N'aurait-ce pas été l'ouverture à une concurrence déloyale ? N'importe quel entrepreneur aurait pu ouvrir un commerce en ne se souciant que du gain, en méprisant les règles de l'art, n'hésitant pas à tirer sur la qualité des matières premières, comptant chaque sou, grattant, grappillant sur tout dans une logique de bénéfice frénétique et acharnée pour s'enrichir au détriment des véritables artisans.

Les paysans de l'île Verte se seraient vus dépouillés, pressés par ces négociateurs intraitables. Quant aux artisans, face à de telles méthodes, ils n'auraient eu d'autre choix que de trahir leurs idéaux ou de se résigner à disparaître.

Fort heureusement, songeait Nimué, les compagnies avaient obtenu gain de cause et la tentative libérale avait avorté dans l'œuf. Du moins, pour le moment.

Soudain, son regard coula sur la une du *Tisserin*, négligemment oublié sur une chaise. Un bandeau faisait référence aux funérailles du duc des Palmes. Mais ce fut le titre d'un autre article qui lui sauta aux yeux. Nimué s'empara du papier froissé et l'ouvrit à la page correspondante. En lisant les premières lignes, une idée germa dans l'esprit de la jeune femme. Ses prunelles agitées cherchèrent la date du quotidien. Nimué se mordit la lèvre. La gazette datait de l'avant-veille. Or, dans ce monde toujours plus rapide et fiévreux, l'information était une denrée hautement périssable.

— Qu'y a-t-il, Nim ? l'interrogea Deryn en essuyant

l'arc laiteux qui surmontait sa lèvre supérieure.

Sa sœur ouvrit la bouche et commença à lire :

— « Ellar II a déclaré publiquement ce matin que dans les prochaines semaines, à une date qui doit encore être précisée, un concours mettant en lice les meilleurs parfumeurs de l'Empire aura lieu au palais impérial. Par cet événement, le souverain a exprimé sa volonté de rendre le sourire à son épouse, mélancolique depuis le décès d'Eolas, leur unique enfant et héritier du trône impérial, voilà deux ans. L'impératrice a été nommée principale jury de cette compétition. La composition qui aura sa préférence sera annoncée comme la gagnante du concours. Nul doute que la couverture médiatique qui accompagnera le vainqueur, en plus de la récompense financière, sera sans précédent. »

— Ce concours sera une bien belle occasion de briller pour nombre de parfumeurs. Mais, dis-moi, Nimué, en quoi cela te concerne-t-il ? l'interrogea tante Eliabelle avec un œil inquisiteur, surplombant sa tasse de thé noir.

— Eh bien, j'avais songé…

— Tu appartiens à la compagnie du thé, non à celle des gantiers-parfumeurs, ma douce.

Devant cet argument, Nimué sentit un instant s'élever autour d'elle une barrière infranchissable. Le projet qu'elle venait de former avait-il une quelconque chance d'aboutir ? Toutefois, malgré ses doutes, la jeune femme possédait une ferme volonté. L'assurance lui revint avec la certitude que ces murs n'étaient faits que de papier.

— J'en ai conscience, ma tante. Mais tous les compagnons sont des frères et des sœurs, et j'ai un plan en tête, répondit-elle avec une mine déterminée avant de bondir sur ses talons.

Dans son mouvement brusque, elle manqua de renverser le petit pot de lait devant elle et le samovar qui protesta par un alarmant tintement de porcelaine.

— Nimué ! Fais attention, voyons ! Tu as décidément la délicatesse d'un bœuf ! la sermonna tante Eliabelle.

La jeune femme s'excusa puis fit faux bond à sa tante et à Deryn en s'enfuyant à toutes jambes du *Frangipanier* pour s'engager sur la passerelle.

Sur sa gauche, en altitude, le palais impérial hérissait ses tours jaunes et ses frontons recouverts de mosaïques sur un piton rocheux saturé de verdure. Sous les jardins qui formaient des remparts luxuriants, la cité s'étendait, saoule de bruit et de badauds grouillant en tous sens. Dans sa course folle, Nimué ne prit pas le temps de la contempler malgré son point de vue privilégié.

Parfois surmontés d'une dentelle de fer forgé, les hauts bâtiments baroques donnaient l'impression de dômes de verre envahis par des toiles d'araignées. Les appartements s'alignaient verticalement dans ces petits immeubles en pierres de taille rose et ivoire. Les façades ornées de moulures aux motifs végétaux étaient ponctuées de mascarons et habillées de balcons filants.

Au cœur de la cité, Nimué aperçut du coin de l'œil le tronc du Chêne forgé. La jeune femme dévala une des plus larges passerelles qui ondulait vers les boutiques situées dans les étages inférieurs des immeubles : épiceries fines, herboristes, chapeliers, corsetiers et chausseurs s'alignaient sur le pas des bâtiments ou se retiraient à l'abri de longues galeries au sol marbré, dessinant courbes, arabesques et bestiaire symbolique.

Dans les rues pavées, les gens s'arrêtaient pour bavarder à l'ombre des palmiers, des bigaradiers et des ficus géants qui déployaient leurs extravagantes racines parfois jusqu'au bord des rails. Chevaux et calèches étaient strictement limités sur l'île Macatia. Si bien que pour se déplacer on utilisait ses jambes, un omnibus, ou l'on prenait plus communément un tramway.

Quatre lignes desservaient chaque recoin de l'île. Comportant deux étages, ces wagons de bois et de fer forgé étaient alimentés par une centrale hydraulique puisant son énergie dans la force des cascades.

Nimué sauta dans l'un d'eux.

Les petits wagons étaient à chaque heure bondés de dames et de messieurs en redingote, si bien que la jeune femme peina à se faire une place. Elle se retrouva compressée entre un gamin dont chacun observait avec anxiété la crème glacée fondre à toute allure, un large financier dont la sueur acide formait le reliquat d'un stressant rendez-vous d'affaires, et un artiste de rue, son singe sur l'épaule épiant les voyageurs de ses gros yeux jaunes.

Ce fut avec soulagement que Nimué sauta du tramway six arrêts plus loin et coupa par le parc impérial. Elle ignora le tracé sinueux du chemin et fendit en ligne droite les bosquets de chèvrefeuilles ainsi que les parterres de roses et de géraniums sous le regard éberlué des promeneurs. Le vent provoqué par sa course et les senteurs florales lui firent rapidement oublier l'inconfort du tramway bondé.

Parvenue sur la promenade, Nimué poursuivit sa ruée vers le port, slalomant entre les dames et leurs ombrelles en dentelle dont les broderies rivalisaient toutes d'ingéniosité les unes les autres. Sans cesser de courir, elle leva la main et héla le conducteur du bac qui quittait le ponton.

— Eh là ! Oh ! Attendez !

La corde avait déjà été retirée et l'embarcation aux grandes roues se décollait du bord. Nimué prit de l'allure, releva ses jupons sur ses chevilles, bondit en pointant le pied loin devant elle et le posa fermement sur les planches avant d'y hisser son corps d'un vigoureux, mais peu gracieux, mouvement de bassin.

Reprenant son équilibre, elle soupira, lissa par des gestes nerveux sa jupe sauge et planta ses yeux vert d'eau dans ceux du batelier en livrée qui refermait derrière elle le portillon.

— Voilà qui n'est pas très élégant, maugréa-t-elle, les poings sur les hanches et une moue assassine aux lèvres.

— Votre manière de courir et d'assaillir ce bac non plus. Où faites-vous escale ? demanda-t-il en acceptant sa monnaie en échange d'un petit ticket carmin.

— À l'île Verte, répondit froidement Nimué alors que le batelier se penchait sur elle, passant sans vergogne la barrière de courtoisie, l'obligeant à se presser contre la rambarde.

— Le ponton de la serre exotique ? susurra-t-il.

— Non, marmonna-t-elle, retenant son genou de piquer une envolée salutaire. Celui du jardin botanique.

— À votre allure, on pourrait croire que vous en revenez. Vous avez plusieurs brindilles dans les cheveux.

— Elles sont très bien là où elles se trouvent, le coupa-t-elle, bloquant la main qui avançait vers ses mèches châtaines.

Ce batelier était décidément bien entreprenant et qui plus est, avec une jeune femme seule. La présence de tante Eliabelle aurait pu la protéger. Sa parente n'avait pas son pareil pour jouer les chaperons, effrayer les importuns et foudroyer leurs prétentions. Mais Nimué n'aurait pas eu la patience de supporter son allure lente. La compagnon-thé tenta d'apaiser son sang qui bouillonnait. Le sentiment d'être prise pour une proie était haïssable, même quand le prédateur paraissait aussi faiblard.

Ses doigts gantés pianotant impatiemment sur le rebord de l'embarcation, la jeune femme avisa d'un œil distrait les pitons rocheux coiffés d'une chevelure verte qui défilaient devant ses yeux.

La mer Larimar étreignait les îles de l'Archipel dans ses bras aux riches nuances turquoise. Nimué retira ses gants et les tapota sur son front perlé. Elle souleva discrètement ses longues boucles trempées de sueur afin que le vent marin s'y faufile à loisir.

Quelle folie d'avoir cavalé ainsi !

Ses joues brûlaient d'émotion à l'idée qu'on l'ait vue se comporter de la sorte. Heureusement la traversée d'une heure lui laisserait le temps de soulager sa honte.

Le bateau marquerait tout d'abord l'arrêt sur l'île des Palmes. C'était là que travaillaient les magistrats et toutes les professions qui avaient trait à l'armée. Ensuite le bac ferait un arrêt sur l'île des Sables d'or, l'île des banquiers et des riches marchands. Ces terres émergées étaient les plus proches de l'île Macatia. Ensemble, elles formaient les îles Majeures. Non par leur taille, mais par leur prestige. Les loyers y atteignaient des sommets et seuls les plus aisés pouvaient espérer s'y procurer un logement.

Le Muséum d'histoire naturelle

L'île Verte était une île de cultivateurs, située non loin de l'île aux Fers qui, elle, accueillait les manufactures et les industries : une île d'ouvriers et d'artisans. C'étaient aussi les plus grandes îles de l'Archipel. Elles abritaient la majeure partie des sujets de l'Empire.

Dans une embarcation telle que celle empruntée par Nimué, faire le tour de ce monde clos ne prenait pas plus d'une journée.

Si l'absence de perspective accablait d'ennui certains habitants de l'Archipel – les voyages à l'extérieur étant prohibés –, pour Nimué, la vie était douce et les frontières de l'Empire flottant ne mettaient pas ses rêves à mal. Et puis, les drames du passé exigeaient que l'on s'adapte à ce nouvel environnement, fragile comme du cristal.

Les arrêts se succédaient lentement. Pour passer le temps, la jeune femme jeta un œil curieux sur le livre que son voisin de bord lisait studieusement. L'ouvrage, *Naissance du Premier Empire*, racontait que sur l'Archipel, tout avait commencé par l'intronisation d'Ellar Ier, un ancien industriel, virtuose des automates qui, lors de la Magnus Mar, voyageait à bord de son dirigeable. Ce vaisseau céleste d'une envergure impressionnante avait permis aux survivants de reconstruire plus rapidement une civilisation grâce aux fabuleuses ressources qu'il transportait.

Une série de portraits s'alignaient sur les pages. Par ordre chronologique, tous les empereurs de l'Archipel y figuraient. Nimué posa un œil accusateur sur celui d'Ellar Ier.

Certes, les épices, les graines, les semences, le bétail, les pierres et les bois précieux que l'ancien industriel avait sauvés du déluge avaient facilité les cultures et la construction des différents villages et cités. Mais sous son règne, les miraculés n'avaient pas appris de leurs erreurs. Instinctifs et tenaces, ils avaient réagi comme des fourmis qui reconstruisent immédiatement et mécaniquement après une catastrophe, sans réellement en chercher les causes.

Les émeutes, la faim et les violences qui font généralement suite à une pareille catastrophe avaient été largement évitées, car les terres de l'Archipel se révélaient d'une qualité exceptionnelle et la faune et la flore, d'une richesse fabuleuse. Alors l'homme s'était évertué à décimer les forêts primaires au profit de l'élevage intensif de bétail. La terre fut éventrée pour en extraire les métaux rares, les minerais et le charbon.

Les faubourgs de l'île des Sables d'or formèrent des amoncellements de taudis et de cabanes insalubres, accroissant la violence. Les erreurs du passé furent répétées. Seuls quelques scientifiques qui passèrent rapidement pour d'austères augures avertirent les citoyens de l'Empire qu'une seconde Magnus Mar pouvait survenir.

Puis le dernier des dragons périt. Les archives en témoignaient : à l'époque, le traumatisme fut si grand à la mort de Terre-de-Cendre que sa disparition mit fin au Premier Empire.

Frappés de stupeur devant la dépouille du Cendré, l'impératrice Fenella II et les hauts conseillers décidèrent qu'à l'avenir, ils s'attelleraient à protéger ce monde fragile. Un remaniement eut lieu au sein du gouvernement et l'impératrice annonça l'avènement du Second Empire.

À l'instar de celle des dragons, la survie de l'homme ne

tenait qu'à un fil. L'histoire l'avait déjà démontré. Il était temps de voir les choses en face et d'agir en conséquence.

Le déploiement des « dragons verts », les soldats de l'armée impériale, dans tout l'Archipel et l'effet de surprise aidant, cette révolution s'était opérée sans heurt notable.

Tout avait commencé par un embargo sur les produits étrangers. Cette première action n'avait eu qu'un effet limité, car les générations d'explorateurs qui s'étaient succédé avaient confirmé les thèses scientifiques du siècle précédent. Les terres étrangères ne représentaient qu'un chapelet d'îles quasiment inhabitées, le globe terrestre ne se réduisant plus qu'à une boule bleu océan quasi parfaite.

Puis, au lendemain d'un congrès scientifique, l'impératrice avait imposé un contrôle des naissances. À partir du troisième enfant, les couples furent contraints de payer une amende des plus dissuasives, calculée sur leurs revenus financiers et leur patrimoine.

Par la suite, une importante réforme énergétique fut engagée et l'Empire changea profondément de l'intérieur. On réduisit au maximum l'utilisation des énergies fossiles. Les automates furent interdits et détruits. Si bien que quelqu'un ayant vécu à cette époque ne reconnaîtrait plus l'Empire aujourd'hui, à peine un siècle plus tard.

Actuellement, la plupart des habitants de l'Archipel ne connaissaient cet ancien monde dominé par le smog et les eaux souillées de métaux lourds qu'au travers de documents aux gravures sinistres. De ce fait, la majorité des sujets du Second Empire était heureuse de son sort.

Nimué laissa le portrait de l'impératrice pour observer celui d'Edme, l'actuelle souveraine de l'Archipel.

Avec ses longs cheveux auburn et ses yeux noisette, celle-ci ressemblait un peu à son aïeule Fenella. Du moins, sur le plan physique. Car si Fenella avait choisi un sceptre en acajou pour attribut, Edme, elle, tenait délicatement entre son pouce et son index une petite fleur de koy, assez répandue dans l'Archipel et dont les enfants faisaient traditionnellement des colliers et des bracelets.

Le feu de la détermination qui étincelait dans les yeux de Fenella s'était adouci chez Edme. Le visage de l'actuelle impératrice semblait renvoyer le reflet d'une ère plus paisible.

Nimué inspira profondément, prise d'une soudaine bouffée d'enthousiasme. Elle avait conscience de la chance qui était la sienne de vivre ici et maintenant.

Le vol d'un héron attira soudain son regard. Le grand oiseau se dirigeait vers la silhouette encore imprécise de l'île Verte qui se dessinait à l'horizon. En s'apercevant qu'elle approchait de sa destination, l'adrénaline saisit le corps de la jeune femme. Le concours de parfums pourrait être l'événement qui lui permettrait de réaliser son rêve… Serrant les poings avec détermination, Nimué se fit la promesse qu'elle mettrait tout en œuvre pour que son idée réussisse !

L'île Verte

Entourée d'une ribambelle de voyageurs pressés, Nimué traversa le ponton du jardin botanique.

Ceux qui avaient, comme elle, posé le pied à terre sur l'île Verte étaient en grande partie des marchands qui revenaient d'une livraison ou des paysans et des ouvriers qui avaient passé ce jour bleu auprès de leurs proches. À cette heure, les cafés et les troquets se remplissaient doucement. À la tombée du jour, ils seraient bondés de familles. La chopine dégoulinante de bière à l'hibiscus, on trinquerait à la fin de la semaine devant un curry aux légumes, du pain aux noix et des tartes aux fruits. Les habitants de l'Archipel ne consommaient que très peu de viande, car l'élevage nécessitait trop de terres et de ressources. En revanche, ils cuisinaient fruits, légumes, céréales, graines et légumineuses avec une inventivité qui semblait sans limite. Au sein de l'Empire, comme pour tout art, les plaisirs de la table étaient une chose avec laquelle on ne lésinait pas !

Un peu plus tard dans la soirée, les archets tangueraient sur les cordes des violons, les flûtes gazouilleraient comme des oiseaux. Les pieds battraient la mesure ou viendraient faire craquer le plancher des auberges. Les danses se succéderaient sans fin. Les jupons tourbillonneraient jusqu'à l'étourdissement. Flapis, les gamins somnoleraient sur les banquettes, ou tressauteraient en bâillant sur les genoux battant la mesure.

Nimué inspira à fond en se remémorant avec bonheur ses fugues du pensionnat pour courir les fêtes de villages. Deryn la suivait timidement au début. Puis, son aplomb s'était affermi jusqu'à ce que son enthousiasme dépasse celui de sa cadette. Leurs souvenirs de cette période étaient innombrables et avaient grandement contribué à sceller la complicité des deux sœurs.

La rumeur du quartier des Halles parvint bientôt aux oreilles de Nimué en un tumulte brouillé par le cri des oiseaux marins. La jeune femme passa devant un groupe de marchands qui chargeaient leurs denrées sur des chariots en vue d'aller les livrer aux magasins de l'île Macatia dès les premières lueurs de l'aube.

Ce soir, Nimué passerait la nuit dans la cossue, mais confortable maison de tante Eliabelle, sur le versant ouest de l'île Verte. Cependant, pour l'heure, la jeune femme était entièrement accaparée par son idée de retrouver Ossian Isado.

Monsieur Isado était le dernier descendant d'une longue lignée de botanistes et d'apothicaires. Il s'agissait également d'une connaissance de jeunesse de tante Eliabelle. De ce fait, Ossian avait vu grandir Deryn et Nimué. En tant que grand connaisseur des plantes, il avait beaucoup enseigné à la cadette et, peu à peu, une solide amitié avait germé entre eux, s'enracinant au fil des ans dans leur passion commune pour les aromates et les techniques de séchage des fleurs et fruits en vue de préparations médicinales ou gustatives, notamment pour le thé et les tisanes.

D'un pas véloce, Nimué traversa le village de Vahona où s'alignaient les petites maisons colorées des pêcheurs, des cultivateurs et des ouvriers. Selon d'où venait le vent, les abords du village étaient parfumés de cacao, de vanille ou de café. En fonction des arômes portés dans l'air, on pouvait prédire le temps qu'il ferait. « Cacao-pluie » disait-on, ou « café-radieux ».

La plupart des cultures de caféiers se situaient dans les plaines du sud-est de l'île. Mais d'autres variétés étaient cultivées sur les hauts plateaux. Les plantations de cacao se trouvaient plus loin au nord, dans les vallées. Les cultures d'orchidées *Vanilla planifolia* voisines couraient vers le cœur du territoire. Enfin, les exploitations de canne à sucre s'éparpillaient un peu partout sur l'île Verte.

D'ailleurs, l'on commençait à protester qu'elles s'étendent autant, au détriment d'autres cultures. La corporation paysanne veillait au maintien des haies bocagères et à ce que la taille des parcelles demeure raisonnable afin d'éviter les monocultures qui appauvrissaient les sols, la faune et la flore tout en accroissant le risque d'attaques d'insectes ou de rongeurs.

À peine Nimué avait-elle passé les dernières habitations que lui parvinrent des effluves de cannelle, d'anis étoilé, de muscade et de poivriers, annonçant l'approche du jardin botanique. En suivant la route qui courait vers les hauteurs, la jeune femme entrevit les grilles de fer enlacées de lianes qui irradiaient, éclatantes, comme de l'or fondu dans le soleil déclinant.

Nimué passa sous le portail principal et emprunta les allées de l'aile ouest où coriandre, gingembre et paprika se déployaient, dégageant de pénétrantes senteurs épicées. Une grille intérieure séparait ce jardin d'un second. Celui-là était divisé en parcelles qui se succédaient sur de hautes terrasses en escalier. Ces lieux étaient interdits aux visiteurs. On y cultivait les fleurs et les arbres les plus rares et les plus précieux. Leurs racines, bourgeons, pétales, écorces ou résines valaient parfois plus cher que de l'or. S'y épanouissaient des parterres de safran, des variétés de roses rares, de jasmin et l'iris le plus exquis. On y trouvait également les plantations de balsamiers, l'arbre à myrrhe, sur les flancs les plus ensoleillés. La résine qu'on en tirait offrait un parfum chaud et suave. Elle constituait un ingrédient noble en parfumerie et formait également un remède très prisé par les grands de Macatia. Moins corsé que le parfum de la myrrhe et un palier de terrasse plus bas, de l'opoponax se déployait en quantité, ainsi que diverses variétés de boswellia, l'arbre à encens.

C'étaient les jardins impériaux, autrement nommés : « les hauts jardins. »

Ces derniers étaient sans cesse gardés par des dragons verts délégués par l'empereur et rigoureusement entretenus par un botaniste de renom ainsi que douze jardiniers. Nimué n'avait jamais pu y pénétrer, même quand Ossian, le gardien des bas jardins, s'était porté garant pour elle. La jeune femme n'était pas son apprentie et n'appartenait pas à la compagnie des botanistes-apothicaires.

Après une bonne demi-heure de recherche entre les allées, Nimué aperçut finalement, derrière la grappe de fleurs jaunes d'un jeune ébénier, la longue barbe rousse d'Ossian.

Le botaniste tenait à la main un calepin et un morceau de charbon. Sous sa bedaine, il portait à la ceinture une serpette, une petite boîte dans laquelle il disposait délicatement feuilles et pétales en attendant de les glisser dans son herbier, la clef du jardin botanique couplée à celle de son officine et une pincette délicate.

— Ossian ! le salua Nimué en prenant garde à bien rester sur la mince allée vers laquelle penchait une multitude de fleurs et d'aromates.

Par mégarde, sa cheville dérangea un bouquet de thym qui expulsa dans l'air un parfum teinté de notes citronnées.

— Nimué ! s'exclama-t-il de sa voix sonore. Un jour bleu comme aujourd'hui, je te croyais sur Macatia à courir les salons de thé et les musées accompagnée d'Eliabelle et de ta sœur.

— Je leur ai faussé compagnie pour venir te trouver. As-tu lu la presse ces derniers jours ?

— J'achète tous les jours *Le Tisserin*. Et parfois *L'Oxylabe* pour goûter une opinion différente.

— Alors tu n'as pas pu manquer la nouvelle : le concours de parfums !

Ossian fronça imperceptiblement les sourcils. Il connaissait bien l'enthousiasme effréné de Nimué et commençait à entrevoir la raison de sa visite. Or, ses prédictions lui déplaisaient.

— En effet, répondit-il sobrement. Les meilleurs se sont déjà inscrits au concours. De grands nez, poursuivit-il avec une soudaine emphase, des artistes magnifiques que les parfumeurs s'arrachent quand ils ne sont pas eux-mêmes directeurs de grandes maisons. Ces gens-là savent capter l'essence de leur époque. Ils se montrent attentifs aux autres arts : à la peinture, à la littérature, à l'architecture et aux différents courants qui éclosent.

— Je sais tout ça… souffla la jeune femme en rebouchant de la pointe de sa bottine le petit trou que son talon avait formé dans la terre.

— L'annonce est parue il y a deux jours, continua Ossian, décidé à briser la volonté de Nimué par une série d'arguments de taille. Mais certainement ces artistes émérites ont-ils été prévenus avant la presse. Je devine qu'ils s'attellent à remporter le concours depuis des jours, que dans le secret de leur laboratoire, ils ont déjà commencé depuis un moment à élaborer les parfums les plus subtils et les plus complexes. Imagines-tu les innombrables heures de travail que ces alchimistes ont derrière eux ? La plupart de ces virtuoses des senteurs sont devenus célèbres en gagnant des tournois olfactifs : ils ont passé des années à s'entraîner pour reconnaître les ingrédients d'un mélange et être à même de disséquer un parfum.

Le discours d'Ossian fonctionnait. Plus il parlait, plus la gorge de Nimué se serrait. Pourtant, il n'était pas pensable de capituler alors qu'elle n'avait pas encore annoncé son idée au botaniste. Elle profita d'un silence où il reprenait son souffle pour intervenir :

— J'avais pensé que toi et moi, ensemble, nous pourrions tenter l'aventure !

Cette déclaration atteignit Ossian comme une balle de mousquet. Il avait donc vu juste.

— Peut-être, justement, apporterions-nous une vision nouvelle dans le monde du parfum ! insista Nimué.

Le botaniste soupira. Ses lèvres se replièrent et disparurent, comme mangées par sa barbe de feu. Ossian se garda bien de lui servir un « non », cette formule maudite qui avait toutes les chances de réveiller le dragon tapi en Nimué Orseille. Attaquer son idée frontalement n'était pas la bonne tactique à adopter avec la jeune femme. Il le savait. C'est pourquoi, par un geste délicat et prudent, il l'intima à écouter sans l'interrompre, puis il reprit :

— Celui qui s'engage dans cette aventure affrontera deux rivaux principaux. Le premier, monsieur Farrell Dhali, a commencé comme apprenti chez la grande Aslinn Cramoise, la duchesse des Sables d'or. Ce maître-parfumeur raffole des senteurs liquoreuses, musquées, chargées et lourdes. Il sera associé à l'« Ensorceleuse » dont il est le bras droit. J'imagine que leur potion sera à l'image de la maison Cramoise : visionnaire et extravagante.

Nimué luttait de toutes ses forces pour ne pas se faire écraser par le poids de ces propos. Intérieurement, c'était comme si ses bras et ses genoux tremblaient sous l'effort, ses épaules soutenant mal la masse qui tentait de la broyer.

— Ensuite ? pressa-t-elle le botaniste avec nervosité. La maison Maurelle, j'imagine.

— Enis Maurelle, confirma Ossian. Cet homme a commencé dans la maison Maurelle comme apprenti. Puis il a épousé la fille du parfumeur et adopté son nom. Il privilégie les senteurs florales délicates. C'est un très bon botaniste. Tu n'es pas sans savoir que j'ai travaillé comme intervenant à l'université il y a une dizaine d'années. Enis y prenait des cours du soir. Ce garçon n'est pas ce que l'on pourrait appeler un génie, mais c'est une bête de travail. Il a soutenu une thèse sur les aconits. Je faisais alors partie du jury. L'exposé aurait pu être passionnant s'il avait su capter son auditoire. Mais monsieur Maurelle est un piètre orateur. Toutefois, le contenu était très pertinent, une analyse très intelligente et fouillée sur la toxicité et les propriétés médicinales de ces plantes.

Nimué hocha la tête en se mordant la lèvre.

— Combien de participants concourront ? J'imagine que le botaniste des bas jardins doit le savoir…

Ossian sentait qu'il gagnait du terrain. La brume d'enthousiasme inconscient qui entourait Nimué semblait commencer à se dissiper. Peu à peu, elle distinguait ce plafond opaque qui séparait la réalité de sa folle ambition.

— Quatre, répondit gravement le botaniste en plissant le front. Une petite parfumeuse tout juste installée, Galane Orchilla, s'est également inscrite. Elle vient d'achever son compagnonnage de manière un peu…, précipitée.

— Comment cela ?

— À la suite d'un accident, son maître a perdu l'odorat. Alors elle est devenue son nez. Ce concours sera une belle occasion pour elle de faire ses preuves. D'après mes sources, elle est axée sur les parfums-médecines. Son père est apothicaire. Je le connais mieux que sa fille.

Monsieur Orchilla s'oppose à nombre de nos collègues qui souhaiteraient que notre branche soit la seule qui puisse se consacrer à la préparation des médecines. Devant cette proposition, tu imagines comme les médecins et les chirurgiens sont montés au front. Rude querelle… Mais je prédis que le schisme se produira bientôt. Pour ma part, je l'espère.

— Intérêt financier ?

— C'est une manne juteuse, acquiesça Ossian. Et cela assiéra notre position à nous autres, apothicaires. C'est une mesure protectionniste en somme. Je gage que nous serons bientôt les seuls à pouvoir préparer les remèdes au sein de notre officine.

— Pourquoi certains apothicaires rejoignent-ils les médecins et les chirurgiens dans l'opposition ? Cela ne va-t-il pas à l'encontre de leurs intérêts ?

— Monsieur Orchilla, comme quelques autres, n'aime pas beaucoup les réglementations et toutes les contraintes qu'elles entraînent. Voilà pourquoi certains confrères s'insurgent face à cette mesure.

Nimué répondit par un vague hochement de tête. Ces querelles ne la concernaient pas. Ossian était parvenu à détourner la conversation. Mais le stratagème était grossier. Sans compter qu'elle n'avait pas encore dévoilé tous ses atouts.

Ce concours lui semblait une occasion en or pour développer un projet qui lui tenait vivement à cœur. Son rêve était de devenir maîtresse-thé et d'ouvrir son propre magasin. Mais elle avait besoin d'argent pour réaliser son ambition et ce concours pouvait être l'opportunité de le financer. Elle ne renoncerait pas si facilement.

— Ossian… J'ai parfaitement conscience qu'il s'agit d'une entreprise difficile. Et si je ne te connaissais pas si bien, je croirais que ton discours a pour entière visée de me faire baisser les bras. Mais je ne suis pas venue sans une idée. J'y crois, elle pourrait réussir ! Écoute un peu : l'association d'essences florales et du thé. Qu'en penses-tu ? L'impératrice adore le thé, ce pourrait être une riche idée, une idée novatrice ! Je suis certaine que personne ne l'a eue avant nous !

Le botaniste n'en montra rien, mais il devait reconnaître que le concept était intéressant. Le thé possédait une réelle identité olfactive. L'utiliser en parfumerie serait une véritable surprise !

Toutefois Ossian se reprit rapidement. Cette entreprise n'était pas pour eux. Leur duo était impossible, voire dangereux.

— Nimué… Cela ne suffira pas. Je ne remets pas tes connaissances en question : tu es savante dans le domaine du thé et tu connais les plantes. Quant à moi, je pense avoir fait mes preuves concernant la botanique. Mais nous ne possédons pas toutes les compétences requises pour une telle aventure. Sans compter que tu sembles oublier un point essentiel : les compagnies verront d'un très mauvais œil que nous bafouions les règles. Celle des gantiers-parfumeurs s'indignera que nous marchions sur ses plates-bandes.

— Mais !

— Écoute, j'ai entendu dire qu'un apprenti-parfumeur a eu la très maladroite idée de s'inscrire en son nom propre, sans afficher le blason de sa maison. Son maître l'a vertement rabroué, menaçant même de mettre fin à son apprentissage. À l'heure qu'il est, le verdict est encore incertain. Alors toi et moi qui sommes extérieurs à la compagnie… N'y compte pas un instant. Tu es respectueuse des règles d'habitude. Je te conseille donc de vite oublier cette idée saugrenue.

La jeune femme avait bien conscience que la situation ébranlait ses principes, pourtant l'occasion était si belle de se rapprocher un peu plus de son rêve.

Les inquiétudes d'Ossian étaient fondées, Nimué s'en rendait compte. Mais comment avancer vers ses ambitions sans prendre aucun risque ? Pour la première fois, cette bulle protectrice que formait le système des compagnies lui semblait une prison.

Soudain, Ossian se saisit de sa montre à gousset. La jeune femme décela une certaine nervosité dans ce geste. Peut-être une chance de le faire fléchir se nichait-elle dans cette petite faille. Pour le découvrir, Nimué devait creuser plus avant.

— Je souhaite simplement participer au concours, pas ébranler la société.

Ossian soupira en grattant son crâne dégarni.

— Tu es bien hypocrite, ou simplement naïve. Entre corporations artisanales, on ne se mêle pas des affaires des autres. En nous inscrivant au concours de parfums, nous créerions un précédent. Or, c'est ce genre de petit bouleversement qui craquelle tout le système. Tu ne voudrais pas incarner le petit grain de poussière qui ferait crisser les rouages de la machine, n'est-ce pas ?

Nimué se tut. Elle mesurait toute la portée des paroles d'Ossian. La demoiselle respectait la mécanique du commerce dominé par les compagnies. Comme un petit engrenage de cuivre, elle en faisait partie intégrante.

Plusieurs années auparavant, alors qu'elle n'avait encore aucune expérience, elle avait trouvé une maîtresse qui avait accepté de la prendre comme apprentie. Au début, la compagnie du thé l'avait accueillie non sans une certaine circonspection : dans la famille Orseille, personne n'avait jamais travaillé dans ce domaine. Cependant, peu à peu, la compagnie était devenue comme une deuxième famille pour la jeune femme, une famille avec laquelle on rit et l'on se chicane, mais que l'on ne met jamais dans l'embarras et encore moins en péril.

Mine basse et poings serrés, Nimué sentait qu'il était temps de s'avouer vaincue. Ossian posa sa large main sur son épaule.

— Les règles doivent être respectées, pour le bien de tous. Accompagne-moi à la pharmacie, souffla-t-il avec un sourire réconfortant. La commande de ta tante est prête, tu la lui transmettras.

L'officine d'Ossian était située sur le flanc de la montagne Radieuse, dans la charmante petite ville de Niaouli, baignée par la brume. Après que les derniers jardiniers eurent quitté les lieux, le botaniste plaça le gros cadenas sur la grille du jardin, fit tourner la clef dans la serrure puis tous deux s'éloignèrent vers la gare de téléphérique.

Comme d'habitude, il y avait du monde et une petite file d'attente s'était formée. Peu encline à la conversation de par son humeur, Nimué regarda distraitement autour d'elle. L'île Verte portait parfaitement son nom.

L'île Verte

Qu'importe où portait le regard, la végétation imprimait ses innombrables nuances de vert jusqu'au fond de la rétine.

Les trois câbles, deux porteurs et un tracteur, glissaient paresseusement autour des poulies. Après une attente de quelques minutes, une première cabine en bois rouge apparut. Un employé de la compagnie des téléphériques déverrouilla les portes et les voyageurs descendirent. D'autres prirent alors leur place. Ossian et Nimué durent attendre une deuxième cabine pour monter à bord.

La jeune femme demeura silencieuse durant tout le trajet. Pour tenter de tromper sa déception, elle s'abîma dans la contemplation du paysage. De là-haut, elle apercevait les jardins à thé qui descendaient sur un plateau en escalier, ondulant sur le flanc d'une montagne voisine.

Les jardins étaient divisés en parcelles et chaque famille villageoise cultivait la sienne. Nimué pouvait deviner les petites silhouettes des cultivateurs qui s'affairaient, le dos courbé, luttant contre la moiteur de l'air. Le jour bleu était plus aléatoire pour ceux qui travaillaient en fonction de la météo.

Au printemps viendrait le temps des récoltes. Les jeunes pousses d'un vert clair et brillant seraient cueillies à la main. La compagnon-thé goûta du regard ces étendues de verdure au milieu des forêts. Au-dessus de sa tête, d'autres plantations culminaient à presque deux mille mètres d'altitude. La culture de certaines variétés de théiers requérait cette terre acide et la proximité des cieux.

Le Parfum de l'impératrice

La cabine fit halte à Niaouli où une grande partie des voyageurs descendit. Les autres poursuivraient quant à eux jusqu'au terminus.

Visage fermé et lèvres repliées, Ossian ne dit pas un mot sur le chemin qui menait à son officine. Le duo suivit le petit noyau de villageois qui pénétra dans le village de Niaouli. Dans la longue rue principale, les voyageurs se dispersèrent comme les aigrettes volatiles d'un pissenlit. Ossian et Nimué longèrent quelques magasins, puis coupèrent dans une rue commerçante qui menait à la lisière du village.

Ossian détacha la deuxième clef pendue à sa ceinture et ouvrit la porte de la pharmacie, faisant tinter la clochette qui annonçait normalement l'entrée des visiteurs. L'apothicaire actionna l'interrupteur et la lumière se diffusa dans une dizaine d'appliques sphériques en grésillant un peu. Les globes de verre se mirent à luire d'une lueur douce et diffuse, comme des grosses lucioles.

Les yeux fermés, la jeune femme aurait immédiatement deviné où elle était entrée. L'officine exhalait une odeur des plus reconnaissables : des vapeurs d'huiles essentielles de girofle et de sauge très prononcées emplissaient les lieux.

Soudain, la clochette tinta. Il s'agissait d'une dame, attendant certainement depuis un moment le retour d'Ossian. À ses mains serrées et à son air contrarié, Nimué devina sans peine la raison de sa visite et eut l'élégance de s'éloigner dans un coin de la boutique en donnant l'air d'être plongée dans l'observation de baumes et d'onguents.

— J'ai déjà deux enfants, murmura la visiteuse de manière lapidaire en se penchant au-dessus du comptoir.

Ossian hocha le menton et sortit deux petits paquets d'un tiroir tout proche.

— En premier lieu, celui-ci : infusion de mélisse, pour la douleur. Celui-là, une demi-heure plus tard : décoction de menthe pouliot, d'armoise, de citronnelle et de sauge. Prévoyez de l'eau et un linge propre. Faites-vous assister. À la moindre complication, faites quérir un médecin.

Nimué déglutit. Le botaniste déclamait ces mots placidement, comme quelqu'un qui doit répéter pour la énième fois une pénible consigne. Malgré elle, ses mains étaient devenues moites. Intérieurement, elle lui reprocha de ne pas se montrer plus chaleureux.

Malgré l'instruction qui était transmise à ce sujet aux jeunes gens, les grossesses non désirées demeuraient une chose assez courante. L'on venait alors voir les apothicaires pour régler l'affaire. Pourtant, ceux qui se confrontaient à l'expérience n'en sortaient pas tous dans le même état d'esprit.

Nimué jeta un œil inquiet en direction de la jeune femme. Puis elle émit un infime soupir de soulagement. L'expression de la cliente laissait supposer qu'elle s'en remettrait sans peine. À la vérité, Nimué avait elle-même dû faire appel aux médecines d'Ossian, quelques années auparavant. Pour la compagnon-thé, l'expérience n'avait été que chagrin et douleur. Mais tout cela était loin à présent et elle n'avait rien à regretter.

La clochette tinta de nouveau, tirant Nimué de ses souvenirs. La cliente était sortie.

— Nimué, attends-moi un instant, la pria Ossian avant de disparaître dans l'arrière-boutique.

La jeune femme avança jusqu'au comptoir où des petits

pots de plantes aromatiques côtoyaient des feuillets, un encrier et des plumes. La jeune femme balada son regard sur les vitrines et les étagères où s'alignait une multitude de fioles et de bocaux. Un mélange de camomille et de verveine contre la fièvre, ici une tisane d'armoise et de rue pour apaiser les maux féminins. Là, un flacon d'essence balsamique contre les brûlures du soleil. De l'autre côté, de la myrrhe contre les douleurs gastriques, puis une infusion de lavande et de romarin pour leurs vertus antiseptiques…

La compagnon-thé s'en détourna pour avancer vers l'une des fenêtres. De là, elle pouvait distinguer les plantations d'herbes médicinales, mais aussi et surtout : un théier sauvage vieux de plus de deux mille ans. Son tronc maigre et gris s'élevait à vingt-cinq mètres de haut au milieu de la jungle luxuriante qui bordait le village. Ses branches noueuses étaient habillées d'épaisses feuilles d'un vert profond.

Outre pour le plaisir de la conversation d'Ossian, Nimué se proposait toujours de venir récupérer les médecines de tante Eliabelle pour avoir tout le loisir de contempler ce vénérable végétal. L'arbre était si ancien qu'il avait peut-être autrefois recueilli sur ses feuilles des particules de charbon balayées par le vol frénétique des dragons, ou goûté aux embruns portés jusqu'ici par la Magnus Mar…

Revenu de l'arrière-boutique, le botaniste-apothicaire tendit à la jeune femme un sac en papier.

— Voilà de la menthe et du chardon pour ses maux de ventre. Dans le deuxième paquet, elle trouvera de l'oliban pour traiter ses caries.

— De l'oliban ? Tante Eliabelle n'a pas les moyens de s'offrir un pareil remède, sourcilla Nimué.

— C'est pour moi, je le lui offre. Mais j'ose espérer qu'elle prend garde à ne plus se gaver de sucreries.

Nimué avança les lèvres en une moue innocente.

— Ma tante sait se montrer raisonnable, voyons.

— Eliabelle Orseille est pire qu'un cheval fou, maugréa Ossian. Et têtue comme une mule avec ça ! Tu as de qui tenir.

Nimué s'autorisa un sourire.

Eliabelle avait été l'une des plus belles femmes de son temps. Deryn lui ressemblait un peu, même si elle n'avait pas entièrement hérité du charme indéfinissable dont leur tante était pourvue.

Nimué savait qu'Ossian avait courtisé Eliabelle. Mais celle-ci, bien qu'elle aimât beaucoup le caractère extravagant du botaniste, n'était pas amoureuse de lui. Qu'y pouvait-elle si l'amour ne venait pas ? Ossian, comme ses autres prétendants éconduits, lui en avait longtemps tenu rigueur. Vexé, offensé, chacun d'entre eux avait vainement cherché un prétexte pour justifier qu'on les ait repoussés de la sorte.

Alors les mauvaises langues avaient usé de la calomnie, arguant que si Eliabelle se dérobait devant l'amour et le mariage, c'était parce qu'elle menait une vie de débauche et n'offrait ses charmes qu'à de rares clients fortunés. Ou alors, apprenant que son amie la plus proche, Arianell, aimait les femmes, on s'était empressé de propager partout le bruit qu'elle n'aimait pas les hommes.

Mais aucune des rumeurs n'avait poussé longtemps autour des chevilles délicates d'Eliabelle Orseille. La belle n'aimait les femmes que comme des amies. Par ailleurs, l'idée de faire de sa personne un produit ne lui serait jamais venue à l'esprit. C'était une demoiselle distinguée et irréprochable quant à la morale. À la vérité, en dehors du cercle de détracteurs, la plupart des membres de la bonne société des îles Majeures l'idolâtraient pour son chic et son insoumission.

À défaut de mieux, ses ennemis l'avaient donc qualifiée de « femme cruelle ». Ce sobriquet était resté attaché à sa personne durant des années.

Dans le secret de sa conscience, l'intéressée avait songé qu'après tout, il y avait peut-être là un petit grain de vérité. Si Eliabelle avait toujours repoussé les avances, c'était parce qu'elle aimait se sentir désirée, mais surtout, parce que son allure et sa beauté lui offraient un pouvoir grandiose et magnifique ! De ce fait, elle avait éprouvé le plus grand des plaisirs à se rendre inaccessible, comme une biche élégante fuyant au moindre bruissement de feuilles.

Bien sûr, la demoiselle n'avait trompé personne, n'avait formulé nulle promesse, n'avait juré aucun amour. Eliabelle aurait jugé ce comportement indécent et indigne d'elle. La demoiselle aimait à ce que sa conduite demeure la plus droite possible. Et sa générosité et sa sociabilité avaient détrompé ses adversaires qui l'avaient accusée d'avoir le cœur trop sec pour aimer.

C'est ainsi qu'elle avait passé sa jeunesse, entourée de ses amies, Almeda, Arianell et tant d'autres, dans les rires, dans ses études studieuses d'ébénisterie qui l'avaient amenée à se spécialiser dans la marqueterie, et dans les plaisirs simples qu'offrait une vie de petite bourgeoisie sans souci.

Puis, à l'aube de ses trente-deux ans, un drame était survenu.

Un soir d'hiver, son frère et sa belle-sœur avaient péri dans un accident de calèche. Si Eliabelle avait longtemps pleuré sa belle-sœur, il n'en avait pas été de même pour son frère qui n'était rien de moins qu'un méchant homme, terriblement jaloux et instable. Son épouse aurait mérité bien mieux, Eliabelle l'avait souvent plainte. Son frère étant de huit ans son aîné, peut-être cela avait-il eu une influence sur sa relation aux hommes.

Toujours était-il qu'Eliabelle avait adopté leurs deux filles, devenues orphelines. Nimué avait alors quatre ans. Elle ne gardait de sa mère que quelques souvenirs tendres, mais fugaces, et aucun de son père, trop peu investi dans sa famille pour qu'elle ait conservé ne serait-ce que son visage en mémoire. Le drame avait marqué le cœur de la petite Deryn, alors âgée de cinq ans, pour la vie entière.

Tante Eliabelle était devenue leur tutrice. Célibataire et sans enfant, on l'avait vivement conseillée de placer les fillettes en pensionnat. Elle avait obtempéré docilement, ne se jugeant pas apte à décider de ce qui était le mieux pour l'éducation de si jeunes demoiselles.

Douze ans plus tard, Eliabelle avait fait l'amer constat qu'aux yeux de la bonne société, sa beauté se fanait. De même, les demandes en mariage s'espaçaient de plus en plus. Le besoin d'offrir de l'amour et d'en recevoir en retour avait commencé à tirailler son cœur.

La fine fleur des îles Majeures l'avait oubliée. On ne la conviait plus dans les salons et d'autres femmes, bien plus jeunes, nourrissaient à leur tour toutes les conversations.

Certains anciens prétendants s'étaient même fait un plaisir de le lui rappeler.

Bien sûr, ses véritables amis étaient toujours là. Mais impliqués dans leur famille, ils peinaient à lui offrir l'attention dont elle avait besoin.

Eliabelle avait réagi sans attendre et pris la décision de sortir ses nièces de l'institution pour les accueillir chez elle. Et, au-delà de toutes ses attentes, elle s'était pleinement épanouie dans ce nouveau rôle, tout maternel. Du fait de l'arrivée de Deryn et de Nimué, Eliabelle n'avait pas eu à souffrir longtemps avant que sa frustration ne se tarisse. Quant à ses nièces, elles avaient trouvé en leur tante une parente soucieuse de leur avenir et profondément aimante.

— Mademoiselle Orseille a-t-elle bien pris ses infusions de chrysanthème cet hiver ? s'enquit Ossian, le sourcil relevé.

— Ça et du kombucha. Elle continue d'utiliser ceux issus du champignon que tu lui as offert il y a vingt ans.

— Hmm, voilà qui est sage. Et toi ?

— Tu sais bien que l'hiver, je préfère le rooibos à toutes tes herbes infusées.

Interrompant leur discussion, la clochette du magasin tinta brièvement.

Un jeune homme apparut dans l'entrée de l'officine.

— Monsieur Anthème, bafouilla Ossian d'une voix trop forte et mal assurée, je ne vous attendais pas avant une heure.

Nimué tourna le menton vers le nouveau venu avec surprise.

Il arborait un visage aux traits fins et des yeux gris

assez inexpressifs ainsi qu'une touffe épaisse de cheveux châtain clair, décoiffés par le vent qui soufflait assez fort ce soir sur les hauteurs de l'île.

Le jeune homme, qui devait être à peine plus âgé que Nimué, présentait une barbe de quatre jours non taillée. Il portait une redingote gris bleuté, un pantalon noir un peu défraîchi et des chaussures qui auraient nécessité un cirage en bonne et due forme.

Le regard de la jeune femme tomba sur la mallette en cuir épais que le visiteur tenait à la main. Les éléments s'organisèrent dans son esprit en un éclair : le sac de cuir contenait des fioles emplies d'essences odorantes. La raison de sa présence frappa Nimué comme la foudre et son sang ne fit qu'un tour.

— Vous êtes Lugen Anthème, le parfumeur, n'est-ce pas ? demanda-t-elle.

— En effet, confirma l'intéressé d'une voix sans relief.

Lugen Anthème travaillait pour la maison Genista, une des maisons les plus réputées dans le domaine de la parfumerie, bien que leur notoriété n'ait pas encore franchi les frontières de la compagnie des parfumeurs.

Malgré son statut prestigieux, le jeune homme n'affichait aucune fantaisie qui aurait marqué sa singularité sur les autres hommes. Il paraissait évident que son allure était le cadet de ses soucis. Ce garçon d'une banalité déconcertante n'émut ni n'impressionna Nimué. Elle ne lui trouva aucun charme. Pire, il lui inspira même un certain dédain.

— J'avais vu juste… J'ai déjà croisé votre portrait dans la presse. Vous êtes un chimiste. Savez-vous qu'avec vos odeurs artificielles, vos « parfums de synthèse », des plantations ont fermé ? La culture de vanilliers notamment, en a été chamboulée. Sans compter que les gousses que l'on parvient à dégoter sont devenues trop coûteuses. Ceux qui refusent vos maudits arômes de synthèse peinent à en dénicher à prix abordable et c'est à cause de vous. Vous encouragez, monsieur, un système de vautours !

Lugen Anthème ne répondit pas. Devant cette offensive impromptue, il demeura froid et silencieux.

— Nimué ! Je te prie de surveiller ton langage devant monsieur ! s'insurgea le botaniste qui avait soudain retrouvé sa voix de ténor.

Mais cette injonction ne parvint pas à tarir la colère de la jeune femme. Celle-ci pivota vers lui avec une moue furieuse.

— Nous ne participerons pas à ce concours, n'est-ce pas ? Du moins, pas ensemble, pas avec moi, puisque tu as déjà trouvé le partenaire idéal ! Quand allais-tu t'armer de courage et me l'annoncer ?

— Nimué…

Elle esquissa un geste sec de la main, faisant comprendre qu'elle ne voulait pas en entendre davantage et se dirigea vers la sortie, la commande de tante Eliabelle dans les mains.

Son épaule contre celle du parfumeur, elle tourna le menton et le toisa sévèrement. Pour Lugen Anthème, ses prunelles qui lui apparaissaient en contre-jour adoptaient la teinte profonde et électrique de la malachite.

— Je vous souhaite de parvenir à créer une belle histoire autour de la naissance de votre œuvre. Ce ne sera pas chose aisée. Elle est déjà marquée du parfum de la trahison.

Son propos claqua dans la pièce comme le tonnerre, laissant les deux hommes muets.

À cause de cet homme, ce benêt qui n'avait pour lui que ses parfums, l'idée de s'approcher de son rêve partait aux oubliettes.

Effluves d'absinthe

En quittant le port pour se diriger vers le Grand Chêne, Lugen Anthème affichait un air contrarié.

L'entretien avec Ossian Isado ne s'était décidément pas déroulé comme prévu. Après qu'il eut exposé son idée au botaniste, la conversation avait pris un cours des plus houleux. Si bien que le jeune homme avait attendu un bac de nuit et regagné l'île Macatia de manière anticipée.

Plutôt que de rentrer à la boutique de parfum au-dessus de laquelle il louait une chambre, Lugen préféra tarir son désagrément en musardant entre les rues de l'île. Un excès d'audace lui fit emprunter une branche méconnue du Grand Chêne. Une errance d'une bonne trentaine de minutes entre les rameaux métalliques en résulta. L'orientation n'était pas son fort, même au milieu d'une ville qu'il arpentait depuis plus de huit ans.

Le jeune homme dormait peu. Aussi avait-il décidé de se rendre dans le quartier des noctambules où les buvettes et les cafés étaient, disait-on, plus nombreux que les appartements ou que toute autre boutique. Le parfumeur sinua longuement entre les groupes de badauds en goguette.

Lugen Anthème ne fumait ni ne buvait jamais. Mais il aimait se saouler du bruit de la fête, des rires ivres des bringueurs, des odeurs de liqueurs et des fumées qui s'échappaient des gorges enivrées. Le jeune homme était souvent le dernier à quitter les troquets, les salles de théâtre ou les cafés enfumés. S'il aimait voir le monde grouiller devant lui comme un spectateur devant une pièce chorale, Lugen détestait en revanche se retrouver coincé, bousculé et écrasé au milieu de la foule.

Avant le petit jour, il s'en retourna à son repaire. À l'approche de la vitrine de la parfumerie Genista, encadrée d'une façade de bois laqué, il fouilla ses poches à la recherche de la clef de l'établissement. Mais ses doigts se refermèrent sur du vide. Lugen soupira par le nez. Il s'agissait là d'une autre facette de son caractère : le jeune homme possédait un tempérament distrait. Non qu'il soit du genre rêveur, mais les rouages de son esprit tournaient sans cesse, comme une machine à mouvement perpétuel, si bien que les considérations pratiques s'y perdaient parfois.

Si Lugen s'accommodait de la solitude, c'était qu'elle lui permettait de se concentrer afin de mieux appréhender le monde qui l'entourait. Les oreilles et les yeux avaient leur importance, mais le nez était pour lui le sens le plus précieux. Le parfumeur ne renâclait devant aucune odeur, fût-elle celle d'une charogne ou des immondices qui couraient dans la rigole de certains quartiers insalubres. Le jeune homme avait quelques fois pris le risque de les visiter. Il s'était alors évertué à analyser les odeurs musquées ou acides de transpiration qui stagnaient entre ces allées tortueuses. Lugen était attaché à ses explorations nocturnes qui s'apparentaient pour lui à des ateliers olfactifs.

Mais à présent, la nuit était trop avancée pour entreprendre de telles aventures. Les yeux levés sur l'enseigne au symbole solaire, il lui fallut quelques minutes avant de retrouver la précieuse tige de métal dissimulée dans une poche intérieure de sa redingote. Le verrou céda et la porte de la boutique s'entrouvrit. Le magasin comportait un splendide comptoir, des vitrines, des meubles en acajou et des tentures à franges dorées, le tout surmonté d'un lustre délicatement ouvragé.

Sur un présentoir en ébène, un somptueux catalogue lithographique présentait les dernières créations de la maison. Au fil des pages, l'atmosphère se teintait tour à tour d'une ambiance élégante et sophistiquée, bucolique, ou onirique et fantasmagorique. C'était le travail de l'affichiste Tydorel Isat, le meilleur ami de Lugen.

Le parfumeur se dirigea vers l'escalier à vis en fer forgé. Le garde-corps dessinait des lianes et des feuilles tout en courbes et en arabesques éclairées çà et là de touches de laiton. D'une démarche appesantie par la fatigue, Lugen gravit les marches qui tournoyaient vers son atelier.

Son laboratoire était composé d'un îlot central recouvert d'une multitude d'instruments en verre. Bassin, pipettes, verres gradués et ballons ponctués de spatules, creusets, pilons et autres petits outils de précision tapissaient le plan de travail.

Dans un coin discret de la pièce, des médailles et des trophées de tournois olfactifs prenaient la poussière. Pour atteindre ce degré de finesse de l'odorat et ce niveau d'érudition, Lugen Anthème avait beaucoup étudié. Sa mémoire s'apparentait à une véritable encyclopédie des senteurs. Il en connaissait des centaines par cœur et poursuivait studieusement son apprentissage. En parfumerie, il existait plus de trois mille odeurs recensées. Sa formation était donc loin d'être achevée.

D'un pas mou, Lugen s'approcha de l'orgue à parfums. Des dizaines de petits flacons étaient disposés en arc de cercle, comme un orchestre bien organisé. Chacun d'eux portait une étiquette sur laquelle était inscrit à la plume le nom de l'essence.

Le jeune homme soupira en soulevant quelques fioles. Les remarques assassines de Nimué Orseille se rappelèrent à son esprit, faisant écho à d'autres voix déjà entendues par le passé.

Au sein de la compagnie des gantiers-parfumeurs, certains le qualifiaient d'apothicaire, arguant qu'il ne connaissait que la chimie, et non l'alchimie qui unit l'artiste au technicien. Une certaine sensibilité semblait donc lui faire défaut.

Et en effet, Lugen pouvait parfois se montrer parfaitement apathique et taciturne, comme si son cœur était trop opaque pour laisser passer les rayons des émotions. La plupart des gens le méprisaient pour cela. Rares étaient ceux qui tentaient de l'aider à s'extraire de sa coquille. Pour autant le jeune homme n'entretenait aucune rancœur à leur égard. Après tout, fournissait-il lui-même le moindre effort pour quitter sa réserve ? À la vérité, pas vraiment.

Il avait bien essayé autrefois, quand il était petit garçon. Mais son intellect et sa vivacité d'esprit, trop avancés pour un enfant de son âge, avaient rapidement contribué à ce que les autres gamins le rejettent. Les moqueries s'étaient accumulées comme des couches de glace sur sa spontanéité et son assurance d'enfant. Ses armes s'étant révélées impropres à le défendre, Lugen s'était renfermé sur lui-même. La coquille qui formait son armure s'était peu à peu incrustée dans sa chair, si bien qu'il était aujourd'hui incapable de s'en défaire, d'exprimer réellement ses émotions. Celles qui parvenaient à transpirer de lui n'étaient pour la plupart que des chimères infirmes, des homoncules dépourvus d'âme, des tentatives ratées pour cacher le vide qui l'habitait.

Lugen se tourna vers les fioles qui constituaient ses essais pour le concours et en déboucha les flacons un à un. Son nez, au moyen de quelques inspirations méthodiques, reforma la charpente du parfum, sa base et ses différents niveaux.

Quand son humeur était grave, Lugen pouvait s'exercer ainsi durant des heures. Il s'emmurait l'esprit de senteurs, déconstruisant jusqu'à la plus infime note, la plus petite touche perceptible par les sens humains.

Pourtant, cette fois-ci, le jeune homme ne réussissait pas à détourner son esprit de cette demoiselle Orseille. Par son caractère explosif, elle lui rappelait un parfum frivole. Peut-être à l'image de *Duel sous la lune*, un jus coulé dans un flacon rouge rubis qui vous prenait les narines, lourd, capiteux, mais qui ne se maintenait pas dans la durée. Cette création de Farrell Dhali était très à la mode l'hiver dernier. Pourtant après coup, son créateur avait avoué à quelques proches n'être pas satisfait du mélange : « Un parfum fulgurant mais vite égaré. Comme une balle de pistolet », avait-il admis.

Genista avait recueilli l'information et l'avait confiée à Lugen. Sans émotion – ni réjouissance malsaine, ni réelle empathie –, le parfumeur avait répondu qu'il était d'accord. La composition possédait un mauvais équilibre dans la note de fond : celle-ci détenait un timbre trop faible alors que la voix de la note de tête était très prononcée.

Lugen soupira en songeant à son propre travail.

Si la maison Genista l'avait embauché pour un poste aussi prestigieux, c'était parce qu'il était parvenu à créer un musc de synthèse. Le jeune chimiste avait alors signé un contrat d'exclusivité avec la maison pour l'utilisation de cette substance. Cet engagement avait une durée de deux ans renouvelables et prenait fin dans trois mois.

Lugen souhaitait continuer à travailler dans le domaine du parfum. Malgré les critiques dont il était parfois victime, cet univers de recherche et de composition lui plaisait. Mais il hésitait à laisser son musc de synthèse entre les seules mains de la maison Genista. Le jeune homme n'était pas mercantile. L'idée que sa formule puisse être utilisée par les autres parfumeurs lui aurait plu. Pourtant, Tydorel et Genista le lui déconseillaient. Le premier l'avait accusé de frôler l'insolence par son flegme, le deuxième, de manquer d'ambition.

Effluves d'absinthe

Midi trouva le jeune parfumeur somnolent et abruti d'odeurs. Son nez et toute sa tête en étaient remplis, si bien qu'il ne parvenait plus à lire correctement les partitions olfactives. Il était temps de s'octroyer une pause. L'idée de déjeuner avec son ami, l'affichiste Tydorel, perça le brouillard de son esprit.

Lugen attrapa sa redingote et sortit.

Arpentant le boulevard Ellar Ier, il parvint aux abords de *La Malle aux Merveilles*, l'un des trois grands magasins de la capitale. Soudain, la vision du jeune homme fut happée par une cascade de boucles marron glacé et une jupe vert d'eau. La silhouette furtive se déroba en pénétrant dans l'imposant commerce.

« Mademoiselle Orseille ? »

Il songea un instant à s'élancer derrière elle, mais se retint. Son visage s'assombrit un peu. S'il s'agissait bien de Nimué Orseille, quelle raison avait-il de provoquer la rencontre ? Certes, après l'échec de son rendez-vous avec Ossian Isado, il avait eu l'intention de lui écrire car, pour son projet, Lugen avait grandement besoin d'un botaniste. Si les compétences de Nimué Orseille n'égalaient pas celles de son mentor, elles pourraient néanmoins se révéler suffisantes.

Cependant se retrouver face à la jeune femme, si vite après leur affrontement de la veille, pouvait être une expérience fort désagréable et mettre en péril ses plans. Et puis, s'il se trompait, si ce n'était pas elle, il se sentirait bien idiot.

Soudain, son visage se décontracta en un masque désabusé. S'il faisait erreur, personne n'aurait les moyens de constater son ridicule. Alors, pourquoi pas ? Passant machinalement une main dans ses cheveux indisciplinés, Lugen entra dans le magasin.

Ce genre d'endroit le mettait mal à l'aise. La gent féminine abondait dans les allées pendant que les maris vaquaient dans les cafés alentour ou visitaient d'autres boutiques. Lugen se fraya un passage entre les jupes colorées. Les dames ne lui témoignaient pas la moindre miette d'attention et semblaient accaparées par l'idée de conclure de bonnes affaires.

Les vendeurs et vendeuses, stimulés par la perspective d'une commission, ne manquaient pas d'apostropher les clientes. Cette escouade dynamique prodiguait des conseils ou rappelait que l'on pouvait payer en plusieurs fois et que les retours étaient possibles. Après tout, même avec l'esprit tourmenté par les dettes, l'important n'était-il pas, avant toute autre considération, de s'offrir un morceau de bonheur ?

On ne savait pas bien qui était le propriétaire de *La Malle aux Merveilles*. Les compagnies s'étaient insurgées contre le projet, mais en vain. Elles avaient fini par céder, du moins, sous certaines conditions. Seuls trois magasins avaient pu voir le jour sur tout l'Archipel, pas un de plus. Quelques accords commerciaux et financiers avaient fini de les décider.

Mais aujourd'hui, les compagnies se rendaient bien compte que le parasite était dans l'arbre. Les clients se ruaient dans les grands magasins, boudant les petites boutiques. Finalement, l'affaire avait grandement coûté aux compagnies. Pourtant, il était à présent trop tard pour faire machine arrière.

Lugen peinait à refuser les petits cadeaux et les

catalogues que lui tendaient les vendeurs. Les sollicitations incessantes et les sourires commerçants qui l'assaillaient comme une nuée d'insectes frémissants faisaient naître en lui une grande confusion, si bien qu'il pensa un instant renoncer à retrouver la demoiselle Orseille.

La Malle aux Merveilles s'étendait sur trois étages. Le rez-de-chaussée était dévolu à l'alimentation, le premier palier aux vêtements, le deuxième aux parfums, aux produits d'hygiène et à la maroquinerie et le troisième aux bijoux. Le parfumeur balaya les épiceries du regard. Mais dans ce déluge de jupes colorées, d'yeux furetant dans chaque recoin et de bras pétrissant et remuant les articles avec une fièvre qui relevait presque du mystique, Lugen ne trouva pas la teinte vert d'eau qu'il recherchait.

Monsieur Isado lui avait appris que Nimué Orseille était compagnon-thé. Alors sur une logique toute simple, mais assez hasardeuse, le parfumeur se dirigea vers le rayon du thé. Par chance, il avait vu juste. La demoiselle se tenait là, sourcils froncés, dardant ses yeux pareils à deux torrents sur des petites boîtes placées en bas d'une étagère de bois.

— Mademoiselle Orseille ? se risqua-t-il, soulagé de n'avoir pas affronté pareil champ de bataille en vain.

La jeune femme tourna le menton vers lui, le visage d'abord crispé puis interrogateur.

— Monsieur Anthème ?

D'un pas aussi assuré qu'un étudiant approchant une salle d'examen, Lugen la rejoignit.

— Par rapport à ce qu'il s'est passé hier, commença-t-il sans s'embarrasser d'une introduction, il fallait que je vous informe que c'est moi qui ai requis l'assistance de monsieur Isado pour ce concours. J'ai fait appel à lui en sa qualité d'expert. Mais nous ne sommes pas partenaires, comme vous l'entendiez.

Nimué le considéra un instant en silence. La veille, elle avait semblé déceler chez le jeune homme un caractère hautain, derrière son indolence. Mais finalement, elle devinait que cette raideur cachait en réalité de la maladresse, et peut-être aussi une certaine timidité.

Une fois cette réflexion faite, Nimué se rendit compte que Lugen était parfumé. La jeune femme décela tout d'abord une surprenante odeur de sous-bois, de mousse de chêne et d'essence de forêt, puis de la cannelle et de l'ambre. Un parfum très masculin, mais parfaitement délicat, très éloigné des odeurs des muscadiers tapageurs.

— Ni vous ni lui n'avez à vous justifier, répondit-elle. Je n'aurais pas dû m'emporter de la sorte.

Nimué aurait pu poursuivre en s'excusant de lui avoir manqué de respect, cependant quelque chose dans le visage fermé de Lugen Anthème l'empêchait de se livrer, de lui témoigner son remords. Les yeux de celui-ci s'étaient vidés d'émotion. Il semblait à présent porter une analyse sur la petite boîte cartonnée qu'elle tenait entre les mains.

— Vous veniez acheter du thé ? la questionna le parfumeur sur un ton sceptique.

— Oh non. Je venais chercher de quoi déjeuner, en plus de faire quelques emplettes. Mon épicier habituel est fermé et mon travail se trouve à deux pas de *La Malle aux Merveilles*. Par curiosité, je me suis penchée sur ces produits bon marché. Mais je me désole de voir combien ils sont de mauvaise facture, malgré leur emballage attrayant.

Soudain, un vendeur les aperçut. Son visage neutre se modula pour former une mine affable et courtoise. Tête penchée et mains jointes, il se glissa jusqu'à eux.

— Nous n'avons besoin de rien, merci, l'arrêta Nimué d'une voix sèche assortie d'un sourire fauve.

Le vendeur s'éloigna en hochant le menton, son sourire n'atteignant soudain plus ses yeux. Lugen dévisagea la jeune femme. Elle s'en sortait visiblement mieux que lui pour éviter d'être importunée. Mais il ne saurait jamais se montrer aussi autoritaire qu'elle.

— Dans un tel endroit, le principe est que toutes les bourses puissent boire du thé, rétorqua-t-il avec pédagogie.

— Croyez-vous que je l'ignore ? s'agaça-t-elle devant son petit ton qui lui rappelait ses professeurs de l'internat. Sachez, monsieur Anthème, que les intentions les plus louables ont parfois les plus fâcheuses conséquences. À en croire ce qui est inscrit sur la boîte, ceci serait du thé. Mais moi je ne vois là que des brisures grossières et de la poussière. Cela ne devrait pas exister ou ne pas s'appeler « thé », s'insurgea-t-elle. Il vaut mieux boire de l'eau que cette substance âpre et sans aucune vertu.

Nimué reposa d'un geste ferme la petite boîte et s'engagea vers le troisième étage, Lugen Anthème sur ses pas.

— Je tiens à répondre à la critique que vous m'avez adressée hier, l'arrêta-t-il alors que Nimué atteignait le haut de l'escalier. Mes odeurs de synthèse, entre autres vertus, ont permis d'ouvrir le parfum à un marché plus grand. Grâce à certaines molécules synthétiques, le coût des formules a baissé. C'est le cas de mon musc. Grâce à lui, davantage de monde peut s'offrir mes compositions, et cela me réjouit.

Nimué s'étonna du sourire qui naquit soudain sur les lèvres du parfumeur. En suivant le sillage de son regard, elle découvrit une grisette qui s'émerveillait devant les flacons de verre, osant à peine les toucher comme si c'eût été du nectar coulé dans du cristal. Nimué sentit sa colère fondre d'un coup. Elle comprenait ce sentiment. Son cœur se serra un peu. Elle-même n'avait jamais eu les moyens de s'offrir un parfum luxueux.

Les compositions d'une complexité virtuose et les jus alliant des essences rares et précieuses ne se révélaient que sur les peaux nobles. Les classes plus modestes se penchaient, elles, vers les soliflores ou les parfums aux facettes moins nombreuses contenus dans des bouteilles plus humbles, moins finalisées.

— Votre vœu, en somme, c'est que chacun puisse se parer de fleurs… murmura-t-elle avant de choisir une huile de fleur d'oranger et un petit savon à la violette qu'elle glissa dans son panier.

— Il me semble que l'objectif est louable. Par ailleurs, pourquoi souhaitiez-vous tant participer à ce concours ? s'enquit Lugen tandis qu'ils redescendaient au rez-de-chaussée. Ne vous doutiez-vous pas que les compagnies auraient tout entrepris pour vous en dissuader ? Surtout sans l'appui d'un parfumeur.

— Bien sûr que si ! J'avais conscience que ce projet rencontrerait des difficultés, rétorqua-t-elle, un peu vexée. Mais j'avais une idée en tête, une idée pour relier nos deux corporations… Le mariage me semblait heureux.

Lugen réfléchit un instant. Puis, un imperceptible sourire naquit dans le coin droit de ses lèvres.

— Unir nos deux compagnies, n'est-ce pas ?…

C'est vrai qu'utiliser le thé en parfumerie serait un concept intéressant, devina-t-il.

Nimué pâlit devant sa perspicacité.

— Toutefois, cette note ne correspondra pas au thème du concours, nuança le parfumeur, mais peut-être trouvera-t-elle sa place dans un futur projet. Ne craignez rien, je n'oublie pas que cette idée est la vôtre et qu'il ne serait pas honnête de l'utiliser sans établir un partenariat avec son autrice.

La surprise se lisait sur le visage de Nimué. Ainsi, son idée pouvait se révéler judicieuse et novatrice. Même si le parfumeur la jugeait inappropriée pour ce concours, elle avait donc eu raison d'y croire.

Parvenue devant le comptoir, la jeune femme sortit une aumônière de sa poche et déposa quelques aourenns – la monnaie en cours sur l'Archipel – dans la main du caissier avant de le remercier.

— Que cherchiez-vous à obtenir dans cette compétition ? insista le parfumeur pendant qu'ils sortaient sur le boulevard. L'argent ? La renommée ?

— Eh bien… grâce au prix offert au vainqueur, j'aurais pu commencer à financer mon projet, celui d'ouvrir une boutique de thé quand je serais passée maîtresse.

— Je comprends mieux à présent pourquoi vous vous êtes emportée hier, approuva Lugen.

La jeune femme hocha sobrement la tête. Elle ne tenait pas particulièrement à revenir sur son coup de sang qui lui faisait un peu honte.

— J'ai cru comprendre que braver les règles ne vous effrayait pas, enchaîna le jeune homme. Or, il se trouve que je suis à la recherche d'un associé ayant de bonnes compétences en botanique.

— N'êtes-vous pas parfumeur ? l'interrogea Nimué.

— Je ne possède qu'une formation de chimiste. Sans compter que mes connaissances se limitent surtout aux plantes à parfum répertoriées sur l'Archipel et que je les côtoie davantage en flacon que le pied en terre.

— Je vois.

— J'imagine qu'au cours de ce voyage, nous allons rencontrer des espèces végétales méconnues au sein de l'Empire. Vous comprenez donc pourquoi il est préférable que je me fasse assister. Cette charge vous intéresserait-elle ?

Nimué tourna vers lui de grands yeux médusés.

— Vous et moi ? Mais, et Ossian ?

— Je vous dois la vérité… C'est un ami qui m'a inscrit, je n'ai pas l'âme compétitrice. Pour remporter le concours, mais surtout pour proposer quelque chose d'inédit et de surprenant, il a élaboré un plan compliqué, un plan qui nécessiterait de quitter votre travail plusieurs semaines. Je vous mets en garde : ce sera une aventure dangereuse et incertaine. En vérité, monsieur Isado s'est fâché et a refusé. Mais j'ai besoin d'un botaniste, un botaniste qui serait prêt à contourner un peu la loi…

— De quelle manière ? l'interrogea Nimué en sourcillant.

— Monsieur Isado m'a assuré que vous étiez une personne de confiance… avant de comprendre que si je l'interrogeais à votre sujet, c'était pour vous inviter à participer à cette entreprise. Il m'a vertement interdit de vous proposer de prendre part à l'affaire. En fait, il m'a même interdit ne serait-ce que de vous en parler. Comme vous voyez, j'ai décidé de lui désobéir.

— Eh bien ?

— Il s'agirait de partir à la recherche d'une fleur rare, souffla Lugen à voix basse. Mais, pour cela, il faudrait... quitter l'Archipel.

Nimué se figea et ses yeux d'eau s'agrandirent. La première pensée qui la frappa était qu'un fou se tenait face à elle. Lugen Anthème était un aliéné et elle fut un instant tentée de s'éloigner au plus vite, effrayée à l'idée qu'on la voie avec lui.

Puis, elle émit l'hypothèse qu'il se jouait d'elle. S'il était sain d'esprit, c'était la seule autre explication possible.

— Vous vous moquez de moi ?

— Je suis très sérieux.

Nimué peina à déglutir. L'expression de Lugen Anthème dissipa ses derniers doutes quant à sa sincérité.

— Vous l'avez compris : cela implique de devenir hors la loi. Je vous laisse bien sûr du temps pour y réfléchir. Cependant quelle que soit votre décision, je vous prierais de ne pas en dévoiler un mot à qui que ce soit. Si vous êtes intéressée, rencontrons-nous ce soir.

Nimué hocha machinalement la tête, rendue muette par la stupeur.

— Quel est le nom de votre établissement ? s'enquit Lugen.

— Pardon ?

— La boutique où vous travaillez.

— *Le... Le Dragon Noir*, bredouilla-t-elle.

— Bien. Je vous ferai parvenir l'adresse du rendez-vous dans l'après-midi. Assurez-vous que le perchoir soit bien déployé. L'épîtrier que j'emploie est tristement pragmatique. Cet oiseau considère que s'il ne voit pas de perchoir, alors c'est qu'il n'y a pas d'adresse. Dans ce cas, il revient systématiquement à l'envoyeur sans que le courrier ait été distribué.

Nimué hocha vigoureusement le menton. Puis Lugen Anthème s'éloigna, la laissant parfaitement déconcertée. La jeune femme marcha hébétée jusqu'au Dragon-Noir.

« Mais dans quoi ai-je mis le nez ? »

Sur cette question, la jeune femme poussa la porte de la boutique.

Comme à son habitude, Nimué servit les clients avec chaleur et enthousiasme, et se retint d'envoyer promener ceux qui mettaient sa patience à l'épreuve. Ce client qui requérait mille courbettes, cette dame qui ne demandait jamais qu'une portion de trente grammes de thé, ce dernier, enfin, qui fourrait son nez au fond des boîtes pour se repaître des parfums sans souci de l'hygiène… à chaque fois, Nimué masqua parfaitement son agacement. Mais ses paroles et ses gestes s'avéraient bien plus mécaniques qu'à l'habitude. À la vérité, cela faisait des heures qu'elle se torturait l'esprit.

Un instant, le regard de la jeune femme tomba sur le diplôme de maîtrise de Morna, suspendu à un pan de mur. En bas du document, à côté du blason de la compagnie figurait l'emblème de l'Empire : un dragon de profil tenant une serpe, un rouleau de papier entre les pattes sur lequel était inscrite la devise de l'Empire : « Nature, Virtuosité, Fraternité. » Nimué se sentit comme épiée par l'œil reptilien de la créature.

La jeune femme en vint à la conclusion que cette entreprise était une pure folie. Au début, elle était même décidée à rétracter le perchoir pour que l'épîtrier reparte d'où il venait. Ç'aurait été un moyen discret de signifier à ce Lugen Anthème que s'il choisissait de finir en prison, ou pire, sur l'échafaud, elle ne l'y suivrait pas.

Mais finalement, elle avait laissé le perchoir déployé. La vue de la grande bête au plumage rouge et orangé debout sur ses longues pattes écaillées la fit frémir. Nimué réceptionna le message et le décacheta de ses doigts tremblants. Elle découvrit une lettre écrite à la machine dans un style froid et impersonnel. Lugen Anthème lui donnait rendez-vous dans un bar à absinthe : *La Fée Galante.*

S'y rendrait-elle ?

Peut-être par simple curiosité. Pour savoir comment le jeune parfumeur et le commanditaire de l'affaire comptaient s'y prendre. Mais ne serait-elle pas liée à eux par le secret ? Tout bien considéré, elle l'était peut-être même déjà… Une pensée la glaça : avait-elle encore le droit de refuser ? N'était-elle pas déjà leur complice dans ce projet illégal ?

D'une certaine manière, songer qu'elle n'avait pas le choix lui paraissait confortable : elle n'avait plus qu'à se laisser guider, comme une enfant que l'on prend par la main. Et dans le même temps, cette perspective se révélait parfaitement angoissante… Quel crédit apporter à ceux qui l'entraînaient ?

Devant toutes ces questions, Nimué soupira. Elle n'avait pas l'habitude d'osciller des heures avant de prendre une décision.

« Par le sang des dragons ! Si je n'y vais pas, je ne le saurai jamais ! »

Ce fut avec une résolution qui lui semblait dictée par une autre qu'elle-même que la jeune femme décida, les mains moites et l'estomac tordu comme le tronc d'un pachira, de se rendre au rendez-vous secret. Puis, une fois cette décision arrêtée, sa raison, comme un moyen de se débattre contre cette folie, chercha toutes les difficultés qu'il y aurait à accepter ce voyage.

La gorge serrée, Nimué coula un regard fiévreux vers Morna Rhus, sa maîtresse. Celle-ci parviendrait-elle à tenir la boutique à flot durant l'absence de son apprentie ?

Morna, la trentaine, les yeux en forme d'amande et pareils à deux perles de jade, maîtrisait parfaitement le domaine du thé : vert, noir, bleu-vert, blanc, rouge, parfumé aux notes florales ou boisées… Des plus humbles breuvages : les thés du commun, les populaires, aux thés les plus prestigieux, les plus rares, les nectars, les millésimes magnifiques. De plus, la maîtresse de Nimué connaissait bien ses clients. Elle savait les conseiller selon leurs goûts ou leurs humeurs. S'ils étaient sensibles au langage de la nature, aux prairies baignées de rosées, elle leur suggérait un thé vert. Si leur cœur inclinait davantage vers les bois, un oolong sombre aux arômes de châtaignes, de noisettes et d'écorce était plus indiqué. Morna préconisait la douceur vanillée d'une infusion de rooibos pour apaiser les tourments, l'âpreté bienfaisante et le petit goût iodé d'un matcha pour faire le plein d'énergie ou l'éclat nerveux et revigorant d'un thé fumé, un lapsang, pour s'emplir de courage devant une épreuve. Les subtilités telles que la quantité idéale à choisir selon la variété de thé n'avaient pas de secret pour elle. Elle savait également combien de temps il convenait de laisser infuser le breuvage afin que celui-ci exprime au mieux toute sa palette aromatique. Enfin, à l'oreille, Morna devinait quand la température de l'eau était idéale.

Mais la maîtresse-thé prenait plaisir à contempler la vapeur onduler au-dessus du récipient en fonte, les minuscules bulles incertaines se muer en petites perles brillantes plus affirmées. Puis la surface de l'eau s'agitait brusquement, glougloutante et tumultueuse comme celle d'un torrent. Ses connaissances et son savoir-faire faisaient de Morna une experte du thé respectée.

Cependant, la maîtresse de Nimué n'avait pas l'âme marchande. D'où l'urgence de s'offrir les services d'un apprenti à la mort de son époux. Le drame s'était révélé un tel bouleversement, une telle douleur, qu'il lui avait fallu, pendant sa première année de veuvage, quelqu'un qui puisse tenir à sa place les rênes de la boutique. Ses cheveux, autrefois d'un profond noir bleuté, en avaient blanchi pour adopter une teinte laiteuse. Afin de l'aider au magasin, Morna avait choisi Nimué pour son sens de la gestion et son esprit pratique.

Sa première année au Dragon-Noir avait été très formatrice pour Nimué. La jeune femme y tenait très rigoureusement les livres de comptes. La moindre activité du magasin s'y trouvait inscrite : ce qui avait été acheté, vendu, en quelle quantité, à quel prix, à qui, et quand. Mais aussi, et c'était aujourd'hui l'important, ce qu'il faudrait faire dans les prochaines semaines en fonction du cours des différentes matières premières. Nimué y notait même ses petites prédictions et ce qu'il en avait résulté. Celles-ci étaient loin d'être toujours exactes, mais au moins ce petit jeu lui faisait chaque jour comprendre un peu mieux les ficelles du marché.

Si elle devait s'en aller, prendre part au voyage de Lugen Anthème, elle devrait songer à trouver une manière d'annoncer son absence à Morna. Elle avait déjà quelques idées en tête. Et puis, concernant la gestion du magasin, sa maîtresse pourrait s'appuyer sur les livres de comptes. Nimué espérait que Morna saurait s'en servir à bon escient.

Fébrilement, la jeune femme se projeta un peu plus concrètement dans cette expédition. Quitter l'Archipel était formellement interdit, dangereux et effrayant par son aspect inconnu. D'instinct, Nimué tourna les yeux vers les briques et les galettes de thé disposées dans de petits papiers de soie. Il y avait bien longtemps, avant que les frontières de l'Empire ne se ferment, les voyageurs emportaient ces morceaux de thé compacté dans leurs bagages. Aujourd'hui, si l'on continuait à les proposer en boutique, c'était surtout pour ne pas perdre le savoir-faire. Nimué oserait-elle en faire renaître la fonction originelle lors de ce grand voyage dans lequel elle se projetait de plus en plus ?

À cette perspective, l'appréhension n'était plus le seul émoi qui étreignait la jeune femme. Une certaine excitation s'était peu à peu glissée dans la palette d'émotions qui colorait ses humeurs. Quelles rencontres ferait-elle ? Et quelles plantes, quels parfums et quelles saveurs découvrirait-elle par delà les frontières de l'Archipel ?

— La journée est terminée, déclara Morna en abaissant le loquet de l'entrée.

Par ce petit geste, l'atmosphère de la boutique changea immédiatement. L'effervescence s'évanouit comme une lune éclatante derrière un voile de cirrus.

Suivant son habitude, Morna servit le thé avec une attention qui témoignait d'un grand respect pour le geste.

Effluves d'absinthe

La maîtresse-thé veilla à remplir les tasses dépourvues d'anse aux trois quarts afin de laisser suffisamment d'espace aux doigts pour ne pas se brûler. Puis elle prit garde à la position du bec de la théière qui ne devait en aucun cas pointer vers l'une ou l'autre des dégustatrices. Quelques-unes de ces petites opérations relevaient encore du mystère pour Nimué.

Toutes deux avaient pris l'habitude de ce rituel chaque premier et dernier jour de travail de la semaine. L'eau chaude déposa une rosée délicate sur les lèvres de Nimué. C'était un moment privilégié entre deux amies, « deux sœurs de thé », comme aimait à le dire Morna. Pour jouir pleinement de ce petit moment hors du monde, Nimué se contraignit à ne plus songer à Lugen Anthème ni à son projet insensé. Le visage de Morna lui apparut soudain comme l'image réconfortante de son paisible quotidien.

Malgré l'obtention de son brevet de compagnon et de sa future maîtrise, Nimué ne lui succéderait jamais comme maîtresse du Dragon-Noir. La tradition corporatiste voulait que l'entreprise se transmette de génération en génération. Un jour, le jeune fils de Morna reprendrait l'affaire. C'est pourquoi Nimué poursuivait le rêve d'ouvrir son propre magasin, de créer elle-même de nouveaux mélanges et de former une nouvelle clientèle sur Macatia, avec l'accord de la compagnie. Mais elle manquait cruellement de moyens pour réaliser son rêve. À cette pensée, l'idée du concours de l'impératrice lui martela de nouveau l'esprit.

— On m'a demandé aujourd'hui si je connaissais la légende de la Reine et du Dragon, dit Morna, interrompant le fil des pensées de Nimué. Cela m'a fait sourire. Je t'avais choisie comme apprentie parce que tu la connaissais. À cette époque, Elioth venait de partir, dit-elle pudiquement, ses yeux devenant soudain aussi brillants que l'eau de sa tasse.

Nimué posa la main sur celle de sa maîtresse, mais celle-ci se redressa soudain pour recouvrer sa dignité et ses larmes s'évaporèrent. L'époux de Morna avait été retrouvé sans vie au milieu de ses théiers, au sein de sa plantation. Son cœur avait brusquement cessé de battre.

— La légende… j'espère que tu t'en souviens.

Morna était une lectrice acharnée et possédait une grande connaissance des légendes et des vieilles histoires. À son contact, Nimué avait grandement élargi sa culture littéraire. La compagnon-thé releva le menton et narra :

— Par un doux soir d'été, le dragon est descendu de l'océan céleste jusqu'à la montagne Bleue qui s'élevait sur l'île de l'Aigle. Alors que son royaume périclitait après une âpre famine, la Reine pleurait sous les arbres, exilée sur la montagne. Ému par ses larmes, pareilles à des perles de mer, le dragon noir lui fit trois présents : un aromate aux arômes camphrés, une fleur au parfum délicieux et surtout, des graines de théier. Et le royaume prospéra, si bien qu'il se mua en Empire. Et la Reine se changea en Impératrice…

— Notre Impératrice du thé, conclut Morna avant d'aspirer les ultimes gouttes de sa tasse, les commissures de ses lèvres relevées en un sourire de connivence. Toi et moi en avons fait notre déesse protectrice.

Nimué acquiesça. Morna lui avait un jour confié avoir le sentiment d'avoir malgré elle conclu un marché avec leur déesse. L'âme de son époux ainsi que la profonde teinte obsidienne de ses cheveux en échange de la prospérité de son commerce. Et si la véracité de cette intuition était largement discutable, il était vrai que depuis l'arrivée de Nimué, les affaires n'avaient jamais été aussi florissantes.

La compagnon-thé avait répondu à Morna qu'Elioth l'attendait sur le dos du dragon qui avait pris la teinte noire de ses cheveux. L'impératrice lui rendrait ses biens le moment venu. Mais en attendant, elle devait se consacrer à sa vie terrestre et tâcher d'être heureuse.

Morna avait souri doucement, la douleur un peu apaisée par cette jolie histoire.

À la nuit tombée, Nimué descendit du tramway dans le quartier des Halles. La jeune femme passa la rigole qui courait au milieu des pavillons des poissonniers et des maraîchers. Puis elle suivit les petits groupes de jeunes hommes qui la menèrent jusqu'à une place sur laquelle se succédaient des troquets et des bistros nocturnes.

Déambuler seule, de nuit, sans chaperon, dans un pareil quartier la plaçait dans une position particulièrement inconfortable. La bienséance imposait à ce Lugen Anthème de venir la chercher à son travail afin de l'escorter. À quoi pensait-il en la laissant courir le risque de faire une mauvaise rencontre ? Était-ce un manque d'empathie de la part de Lugen, incapable de se mettre à la place d'une femme, ou une simple négligence ?

« Quel mufle ! Comprend-il qu'en cas de mauvaise rencontre, moi, je ne risque pas de simplement perdre ma bourse ou une dent ? »

À la fois effrayée et agacée, Nimué tapotait machinalement la grande épingle qui ornait ses cheveux, sachant qu'elle deviendrait une arme redoutable en cas d'agression, si elle avait le temps de la dégainer. Fort heureusement, elle n'eut pas à en faire usage. En quelques minutes, *La Fée Galante* fut sous ses yeux.

En passant les portes de l'établissement, la jeune femme comprit que l'endroit était un repaire de muscadiers. Cette jeunesse dorée était le plus souvent issue de grandes familles de négociants et de banquiers. Mais plus que par un statut, ils se définissaient en premier lieu par leur goût pour l'élégance. Chacun d'eux dégageait une ardente aura olfactive chargée de musc, de muscade, de vanille et d'autres senteurs affirmées et diablement onéreuses. Nimué se laissa étourdir par cette traînée capiteuse qui s'étirait comme un long voile dans leur sillage.

Un petit groupe qui marchait vers la sortie la croisa. Un infime instant, les yeux noirs d'un bel homme, grand et maigre, à la peau cannelle et aux boucles noires soyeuses, se dévoilèrent de sous son haut-de-forme pour la toiser. Nimué sentit ses pommettes passer de la glace au feu et du feu à la glace.

Puis la jeune femme se heurta mentalement au regard sévère de tante Eliabelle, et le charme fut rompu.

« Je ne veux pas te voir dévisager ces galantins cousus d'or. Cette leçon me semblait acquise depuis un moment, » la réprimanderait la vénérable femme.

Nimué tenta d'étouffer son intérêt pour ces dandys, leur prestance, leurs sourires enjôleurs et leur charme manifeste.

Effluves d'absinthe

Outre leur allure, c'était leur probable appartenance au cercle des barons dorés qui piquait la curiosité de Nimué. Peu d'informations filtraient de cette société ancienne et opaque. Nombre de complots, réels ou fantasmés, leur étaient fréquemment imputés. La liste de ses membres était parfaitement secrète. Seules quelques rumeurs auxquelles il aurait été bien difficile d'apporter des preuves transpiraient de temps à autre.

Certains écrivains s'en étaient même inspirés pour en faire les héros de quelques feuilletons qu'ils publiaient dans les quotidiens. Nimué se souvenait d'en avoir lu dans *L'Oxylabe*. Plus jeune, elle était particulièrement friande de ces séries.

Une chose semblait toutefois certaine : la plupart des barons dorés étaient des nobles ou des notables qui œuvraient dans l'ombre pour instaurer davantage de liberté dans l'économie.

« Mais également moins de vertu », songea la jeune femme en rajustant machinalement ses gants de coton bleu dragée à ses poignets en passant devant un petit groupe de grisettes.

Ces filles de basse extraction venaient ici le soir, grimées en bourgeoises, comptant sur l'éclairage tamisé pour que leur toilette paraisse plus fraîche qu'elle ne l'était en vérité. Toutefois, la plupart se trahissaient dès qu'elles marchaient ou ouvraient la bouche. Et les muscadiers faisaient mine de jouer les dupes.

Le but de ces jeunes filles consistait à taper dans l'œil de l'un de ces fils de bonne famille et de se faire passer la bague au doigt. Mais la large majorité de ces oiselles se voyaient plumées quand elles pensaient être le plumeur.

La plupart des muscadiers maniaient avec une trop grande habileté les ressorts de la rhétorique et les règles de la séduction. Ils en usaient pour bercer les courtisanes de mots doux, et celles-ci se délectaient du mirage d'une vie plus facile. Elles leur abandonnaient leurs nuits, leur jeunesse et parfois leur cœur. Mais les épousailles ne venaient jamais. On n'épouse pas une courtisane, aussi jolie soit-elle. La chose n'était pas convenable. Quand l'une de ces cocottes parvenait à ses fins, des dizaines d'autres se voyaient rejetées, emportant parfois un bâtard avec elles, en plus d'une âpre rancœur.

Nimué rougit de honte en songeant que les regards curieux pouvaient l'assimiler à ces filles qui bradaient leur vertu pour un rêve illusoire. La jeune femme avait de la dignité et assez d'orgueil pour sentir ses joues s'échauffer de vexation à l'idée d'être prise pour l'une d'elles.

Devenue apprentie, elle s'était évertuée à étudier afin de gagner son indépendance financière. Les mois passés à travailler dans les champs de la famille de Morna, dans la poussière et sous tous les temps, n'avaient rien à voir avec ce que vivaient ces cocottes roucoulantes, distribuant sourires et flatteries sur des banquettes de velours. Il était vrai qu'en dehors de ce café, la vie des courtisanes n'était pas aussi douce qu'il y paraissait. Nimué en avait conscience. Mais, en cet instant, son humeur était trop brouillée pour qu'elle puisse faire preuve de bonne foi.

— Serait-ce Nimué ?

La jeune femme pivota précipitamment sur ses talons, épaules tendues, avant de reconnaître Rivael Callun, le verrier d'art qui courtisait sa sœur depuis quatre ans.

Malmor Juglan, le génie des ascenseurs dont le grand-oncle avait transformé l'Empire par sa révolutionnaire invention, l'accompagnait.

— Oh ! Riv ! Monsieur Juglan… se détendit-elle.

Le technicien affichait une élégance sobre et pratique qui contrastait fortement avec l'extravagance et l'allure recherchée de Rivael Callun.

Ce dernier portait une chemise en lin bordeaux sous un gilet à une manche tenu par des fermoirs en laiton. Ses jambes étaient moulées dans un pantalon rouge sombre aux rayures verticales. La chaînette d'une montre à gousset pendait de sa poche. Il portait des souliers en cuir d'ananas de la même teinte que sa mitaine. Ses cheveux bruns étaient coiffés en arrière et gominés. Il était rasé de près.

Rivael était un muscadier magnifique qui sentait le musc, l'ambre jaune et le chèvrefeuille. Deryn était éperdument éprise de lui.

— Par le feu des dragons, Nimué, que cherches-tu dans cette garçonnière ? Laisse-moi te dire que ce tentant frisson peut être dangereux… Deryn est-elle avec toi ?

— Ma sœur ? Dans un bar à absinthe ? Oh non. Elle est chez ma tante. Et je ne suis pas venue ici pour m'émotionner.

Cela parut le rassurer.

— Alors qu'intrigues-tu dans un pareil établissement ? Diable, braverais-tu ces prédateurs raffinés afin de m'espionner ? Ta tante t'a-t-elle soudoyée pour vérifier que je suis bien un parfait gentilhomme qui saura rendre ta sœur heureuse ? Qu'elle soit tranquille, ma loyauté pour l'élue de mon cœur est sans faille. Sans compter que je suis un assez bon parti. Certes je n'ai pas de rente, car mon père, par le sang des dragons, a fait de mauvais choix financiers. Mais mon travail est suffisamment rentable pour couvrir ma reine de soie précieuse et de parfums nobles et voluptueux… Du moins, de temps à autre, et plutôt au début du mois, finit-il avec un mouvement de tête et une moue comique.

— Je le sais bien, répondit Nimué avec compassion. Mais ma tante est très têtue.

— Lui feras-tu un rapport accablant après m'avoir trouvé ici ? J'admets que ma respectabilité semble compromise au milieu des courtisanes, des alcools forts et des fumées d'opium. Mais je te demanderai de ne pas me condamner si promptement. J'espère ne pas avoir affaire à un juge trop impitoyable…

— Point du tout ! protesta-t-elle. Tout le monde ignore que je me trouve ici. Deryn te fait confiance et ce ne sont pas mes affaires. En plus, je sais que tu respectes bien trop ma sœur pour lui faire du mal.

— Bien vu, Nimué. Je vénère littéralement Deryn. J'aime sa fraîcheur, sa légèreté et ce feu magnifique qu'elle couve. Mais je doute que votre tante ne m'offre jamais sa confiance. Cette respectable damoiselle se méfie du mariage comme de la tuberculose.

— Elle finira par comprendre que tu as les capacités de rendre Deryn heureuse.

— Je ne baisserai jamais les bras. Et s'il le faut, je l'enlèverai pour l'épouser ! Ta sœur trouverait cela si romanesque… Mais à mon tour de poser des questions : as-tu un rendez-vous galant ? Tu me connais, je saurai tenir ma langue. Tu as ma parole.

— Ainsi que la mienne, pour ce qu'elle vaut, compléta Malmor Juglan avec une expression amusée.

La jeune femme lui rendit son sourire.

— J'ai bien un rendez-vous, oui, mais il n'a rien de galant. Auriez-vous aperçu Lugen Anthème, le parfumeur ?

— Oh, oh ! s'exclama Rivael. Voilà un fauve qui ne te fera pas grand mal, petite agnelle. Je ne l'ai jamais vu sortir les griffes. C'est un homme honnête, une âme noble. J'apprécie moins son ami, Tydorel Isat.

— Isat, l'affichiste ? marmonna Malmor.

— Oui, à cause d'une vieille querelle avec ma promise, s'assombrit brusquement Rivael avec théâtralité. Ma promise que l'on refuse encore de me promettre…

— Je n'ai pas souvenir de cette histoire, fit remarquer Nimué, inquiète à l'idée que l'associé du projet de Lugen Anthème ne soit autre que Tydorel Isat. Crois-tu que je devrais éviter sa compagnie ? Je ne veux pas côtoyer un homme qui aurait blessé ma sœur.

— Blessé ? Le mot est peut-être un peu fort. Deryn ne se laisse pas facilement abattre. Non, sans pouvoir trop en révéler sans son accord, disons simplement qu'il s'agissait d'une divergence esthétique. Je ne crois pas que cette chicane justifie que tu te dérobes à l'entrevue.

— Bon… Je te fais confiance, Riv.

— Mais oui ! D'ailleurs, je ne te ferai pas perdre davantage de temps. C'est un bien trop précieux et ton rendez-vous est là depuis une heure déjà. Tu le trouveras dans la salle du fond. Que la nuit te soit douce, Nim, finit-il en penchant ses lèvres sur le dos de sa main gantée.

Avisant les lieux avant de traverser un long couloir, elle parvint dans une pièce où s'égrenaient de petites tables rondes et des banquettes moelleuses et gondolées. Dans une alcôve profonde, deux hommes fumaient de l'opium dans une longue pipe en compagnie de trois cocottes. Leurs bouffées vaporeuses se diffusaient mollement dans la salle. L'odeur âcre et persistante manqua de faire tousser Nimué et lui brûla la gorge comme un caramel trop cuit.

— Mademoiselle Orseille.

Le souffle court, la jeune femme se retourna. L'homme qui venait de s'adresser à elle avait des joues creusées, un visage long et une mâchoire saillante. À ses côtés se tenait Lugen Anthème.

— Messieurs, les salua-t-elle.

— Prenez place, je vous prie. Nous vous attendions avec impatience ! Je suis Tydorel Isat, artiste-affichiste.

Monsieur Isat arborait une longue chevelure lisse d'un blond polaire. Le ruban qui la nouait était parfumé à la jacinthe, soutenue par un musc charnu. L'homme portait un frac parme, une chemise blanche et un pantalon ivoire léger. Un haut-de-forme d'un violet profond aux bords larges était posé à côté de lui.

L'affichiste partit dans un long monologue pour se présenter. Nimué en vint rapidement à la conclusion que c'était un personnage particulièrement volubile, si bien qu'on avait tout le loisir de préparer sa réplique avant de la proférer. Le tout était de ne pas manquer le coche, au risque de devoir la chiffonner et la jeter au feu.

— … j'ai erré durant sept ans à l'université sans trop savoir que faire de mes dix doigts. Mais l'art a toujours été mon domaine de prédilection, alors j'ai finalement décidé d'en faire mon métier…

Tandis qu'il narrait ses plus grands succès artistiques, Nimué finit par laisser sa tête hocher machinalement.

Effluves d'absinthe

En attendant que Tydorel en vienne au concret de leur expédition, la jeune femme tourna son attention vers Lugen Anthème. Elle lui en voulait de l'avoir laissée venir seule dans un endroit pareil, à la faveur de la nuit.

Le parfumeur présentait une posture nonchalante. Sourcils légèrement froncés, il battait régulièrement des cils. Était-il embarrassé, tendu ? Nimué déplora une nouvelle fois son manque d'élégance. Il portait un simple blazer noir sur une chemise de coton dont les manches étaient négligemment retroussées jusqu'aux coudes. Ses cheveux étaient semblables à une brassée de foin et il ne portait ni veste ni chapeau. Son parfum, inimitable, était décidément sa seule classe.

À leur première rencontre, Nimué avait noté que Lugen était assez grand. Pourtant, ce soir, il paraissait frêle, sombre et chiffonné à côté de l'éclatant Tydorel.

« Certainement que s'il se tenait un peu plus droit… » songea la jeune femme en sourcillant, elle-même droite comme un « I » sur sa banquette.

— Absinthe ? sonna soudain la voix de Tydorel comme une cloche qui vous ramène à l'instant présent.

Sans réellement s'accorder le temps de la réflexion, Nimué hocha nerveusement la tête en direction du serveur.

— Vous n'en prenez pas ? demanda-t-elle à l'intention de Lugen en l'écoutant commander une citronnade.

— Je ne bois pas d'alcool. Je n'aime pas cela, se sentit-il le besoin de justifier.

— Ne vous gênez pas pour vous moquer de lui, le malmena l'affichiste. Il a les reins solides. Je l'amène ici toutes les semaines et malgré la pression sociale, il n'a jamais craqué.

Lugen haussa les épaules, un peu dérouté par les propos de Tydorel.

Un serveur apporta un plateau surchargé, tenu dans un équilibre miraculeux sur le bout de ses doigts. Deux verres à pied furent disposés devant la jeune femme et l'affichiste. Le garçon y versa une dose de liquide vert. Puis une fine cuillère en argent ajourée fut placée sur le dessus. De sa main libre, le serveur y disposa deux morceaux de sucre. Puis il inclina avec méthode une petite fontaine qui déversa une eau glacée dans les deux récipients.

Nimué observa les cristaux de sucre gagner en transparence et fondre lentement, mêlant leur douceur à l'amertume de la plante. C'était la première fois qu'elle voyait la préparation de cette boisson se faire devant ses yeux.

— Trinquons vite ! s'exclama Tydorel.

Le verre résonna, cristallin. Nimué porta précautionneusement sa coupe à ses lèvres. De la bière et quelques liqueurs de fraise ou de prune, voilà les alcools qu'elle s'autorisait à boire à l'occasion. Mais de l'absinthe, elle n'en avait jamais goûté. Les gens de l'île Verte n'en buvaient pas. C'était la boisson favorite des muscadiers et des bourgeois de l'île Macatia. L'alcool lui brûla instantanément la gorge et elle retint une grimace de douleur.

— Bien, maintenant que l'absinthe a réchauffé nos gorges, parlons !

Ses yeux anthracite fixés sur Nimué, Lugen dégaina comme s'il attendait ce moment depuis que la jeune femme était apparue.

— Vous ne portez qu'une huile de fleur d'oranger sur la peau. Que connaissez-vous du parfum ?

Nimué sentit son visage s'échauffer et cela n'était pas simplement dû à l'alcool. Elle n'aurait pas été plus gênée s'il l'avait déshabillée. Et ce regard chirurgien sans chaleur…

— Holà, Lugen ! Ce n'est pas une façon de s'adresser à une demoiselle, intervint Tydorel. Je suis certain que tu peux faire montre de davantage de diplomatie.

Le parfumeur soupira doucement devant une Nimué qui employait toute son énergie à retenir les répliques de jaillir de ses lèvres.

— Je n'ai que peu de temps pour vous former aux bases de mon art, se justifia-t-il sans prendre davantage de pincettes. Vous devez au moins savoir qu'il existe différentes familles olfactives, composées de diverses sous-divisions, expliqua méthodiquement Lugen. L'équilibre d'un parfum s'évalue sur trois critères : la volatilité, l'intensité et la ténacité. Il faut que les molécules s'organisent entre elles. Les notes de tête sont perçues les premières par l'odorat. Ce sont les agrumes, comme la bergamote qui imprègne vos vêtements. Cela vient de la boutique de thé, je présume. Puis elles s'évaporent car elles sont les plus volatiles. Elles laissent place aux notes de cœur comme les essences florales. Puis, après un certain temps viennent les notes de fond : les épices, les bois, les résines… Ce sont les senteurs les plus persistantes. Ce sont elles qui resteront après que toutes les autres se sont évaporées.

— Un parfum ne peut donc s'apprécier que dans la durée ? émit Nimué qui était parvenue à faire plier son ressentiment pour les deux hommes devant sa curiosité.

— Rien à voir avec le thé donc, trancha Lugen.

De nouveau la jeune femme sentit ses joues s'échauffer, et cette fois, elle ne se retint pas :

— Voilà une réplique mal dosée pour un parfumeur, le brocarda-t-elle en se penchant au-dessus de la table. Trop agressive. Elle vous pique la fierté.

— Je ne…

— Laissez-moi vous contredire, monsieur Anthème, le coupa-t-elle : la première infusion d'un thé n'a pas la même saveur que la deuxième ou la troisième. Renseignez-vous davantage plutôt que de parler à tort et à travers et, qui plus est, pour dénigrer.

Lugen battit un instant des cils. Il n'avait pas souhaité se montrer désagréable, seulement évoquer ce qui lui avait paru un fait. L'information lui avait manqué et il avait simplement commis une erreur d'estimation. Pourquoi s'emportait-elle pour si peu ?

— Je l'ignorais, s'excusa-t-il, sans gêne particulière.

— Mon univers est tout aussi noble et complexe que le vôtre, renchérit-elle avant d'avaler une gorgée d'absinthe un peu trop grande qui se déploya comme une fleur de feu dans tout son corps.

Enhardie par la boisson, Nimué dévisagea Lugen. Elle avait le sentiment que le monde éthéré et aérien du parfumeur se mesurait à son monde aquatique et gustatif de compagnon-thé. De drôles d'images de dragon d'air et de dragon d'eau s'affrontant affleurèrent dans son esprit.

Un conte de son enfance.

« Le dragon aquatique, d'un bleu nacré, dardait sa langue avec menace. Face à lui, les narines légères du dragon sylphique frémissaient dangereusement. La gueule monstrueuse du premier salivait d'un poison mortel. Son pouvoir faisait écho à la puissance olfactive de l'autre. Le souffle du dragon des airs savait paralyser son ennemi. Son haleine charnue et suave pouvait mettre à terre n'importe quelle créature. »

Mais le dragon sylphique n'attaquait pas. Au contraire, il terminait son verre de citronnade d'un air distrait.

Ce que Nimué ignorait, c'était que Lugen était habitué à résister aux émotions ou à s'en détourner. Le jeune homme avait développé ce mécanisme alors qu'il était en internat. Quotidiennement, il se trouvait sous les feux des brimades et des moqueries de ses camarades. Plus tard, à l'université, il avait rencontré Tydorel Isat. Son ami le protégeait quand il n'avait pas les armes nécessaires pour se défendre. Mais Lugen n'avait jamais réappris à apprivoiser ses émotions.

— Je présage que nous formerons un magnifique trio, intervint Tydorel en levant son verre, un sourire sarcastique étirant ses lèvres.

Les deux autres échangèrent un regard brouillé.

— Eh bien ?

— Elle n'a pas encore annoncé la nature de son choix, déclara Lugen en dévisageant Nimué.

— Comment cela ? bondit Tydorel. Tu lui as révélé notre projet alors qu'elle n'avait pas encore décidé d'y prendre part ?

— Et comment aurait-elle pu prendre une décision si importante sans en connaître les données ? répliqua le parfumeur en lui coulant un regard las.

Tydorel ouvrit la bouche, mais Nimué intervint la première.

— C'est bon. J'en suis, lança-t-elle d'une voix nette, alors que tout dans son allure trahissait sa crainte.

Tydorel n'en fit pas cas et ouvrit grand les bras. Un sourire fantasque fleurit sur son visage.

— Allons, voilà qui est bien dit : clair et net ! Trinquons à nouveau pour sceller notre union !

Les verres s'entrechoquèrent une nouvelle fois.

— Mais j'y songe… reprit l'affichiste. Peut-être vous posez-vous la question de mon rôle dans ce projet. Eh bien, sachez, demoiselle, que c'est moi qui ai eu l'idée de cette aventure. Je suis aussi l'organisateur du voyage. J'en ai pensé chaque étape avec une parfaite rigueur. Et enfin, je serai l'affichiste chargé de faire la réclame du parfum que composera Lugen avec notre fleur, une fois qu'il aura reçu les autorisations nécessaires afin d'être commercialisé.

Sur le ton du secret, Tydorel confia ensuite à Nimué tous les détails de l'expédition : leur lieu de rendez-vous pour le départ, la planque où les attendraient leurs passeurs, les moyens de transport qu'ils allaient emprunter et les différentes étapes de leur voyage jusqu'à l'île de Thyios où résidait cette fleur au parfum entêtant qui devait leur permettre de remporter le concours.

Durant ses recherches, Lugen Anthème avait regroupé les informations la concernant à partir de livres de botanique édités du temps de l'ancien monde. Certes, ces différentes sources manquaient de détails et de précisions, notamment sur l'aspect de la plante, mais le parfumeur n'avait aucun doute sur le fait qu'elles parlaient toutes de la même fleur.

Tydorel exposa à la jeune femme la synthèse des recherches de Lugen. Nimué l'écouta avec une profonde concentration malgré les vapeurs d'absinthe et ponctua les explications de l'affichiste de petits hochements de tête secs, à la manière d'un soldat.

En réalité, la jeune femme se sentait terriblement nerveuse. Elle allait passer clandestinement les frontières de l'Archipel en compagnie de deux hommes qu'elle ne connaissait pas, frayer avec des hors-la-loi, aborder un territoire inconnu et déraciner une fleur rare pour sa gloire personnelle…

Au fond, Nimué avait conscience de combien tout ceci allait à l'encontre de ce qu'on lui avait appris, mais elle tenta de se persuader du contraire en se répétant que ses actions n'auraient que des conséquences minimes. Pourtant, l'histoire de l'Archipel lui revint en mémoire malgré elle.

Quand le traumatisme de la Magnus Mar avait commencé à s'apaiser dans les cœurs, certains avaient projeté de partir conquérir les territoires épargnés par la catastrophe afin de relancer un commerce mondial. Ces audacieux se gaussaient d'imiter les explorateurs du passé. Pourtant, les géographes avaient étudié les anciennes cartes et prédit que l'Archipel représentait à présent les plus vastes terres émergées du globe. Mais ils ne les avaient pas écoutés.

Une flotte essentiellement composée de galions avait été construite, décimant la totalité de la forêt qui s'étendait autrefois sur l'île Macatia. Ellar Ier et son gouvernement avaient projeté que les éventuelles ressources des terres étrangères pourraient profiter à l'Archipel. Et puis, ç'aurait pu être l'occasion de relancer un marché mondial. En effet, peut-être que les géographes et les scientifiques se trompaient sur l'étendue de ces territoires. Pour le savoir, il fallait prendre la mer. Mais les océans étaient vastes et découvrir de nouvelles terres émergées prenait des années. De plus, celles-ci ne représentaient que de petits territoires, la plupart du temps déserts.

Plusieurs décennies plus tard, quand l'impératrice Fenella II avait pris la décision de fermer les frontières, ses plus farouches opposants s'étaient mobilisés et, une nuit, avaient pris le commandement de trois galions avant de quitter l'Archipel. Les dragons verts n'avaient pu les en empêcher, surpris par la soudaineté de leur échappée.

Qualifiés aujourd'hui de pirates par l'Empire, ces dissidents voguaient sur les mers sans, semblait-il, avoir trouvé de terre assez riche pour s'y établir et fonder une nation. C'était ce que l'Empire en avait conclu en découvrant que ces pirates subsistaient en alimentant dans l'Archipel un marché noir florissant.

Pourtant, le Second Empire était né avec la conscience que si l'on souhaitait contrer le retour du fléau, il fallait protéger ce monde fragile, quitte à restreindre les libertés individuelles, comme un juste sacrifice.

Nimué déglutit difficilement en songeant que, comme les pirates, elle s'apprêtait à renier cet héritage. À la vérité, elle savait qu'elle faisait preuve d'égoïsme. Mais la perspective de s'élancer dans une aventure aussi captivante avait réduit son honnêteté intellectuelle au silence.

À la fermeture du café, le trio se leva pour prendre congé. Alors qu'ils parvenaient à l'entrée et que Nimué ajustait ses gants bleu dragée en se promettant de ne plus jamais boire une goutte d'absinthe, Rivael vint saluer Lugen Anthème. La chaleur de leur échange contrasta rudement avec l'acidité dont usaient Tydorel et Malmor Juglan, sorti un peu plus tôt en compagnie de l'apprenti-verrier.

Effluves d'absinthe

— Tiens donc, voilà le petit machiniste, siffla l'affichiste avec dédain. Comme ce doit être plaisant de passer ses journées à débloquer des portes et des cabines d'ascenseurs. Absolument passionnant…

Tydorel disséqua l'allure de Malmor des pieds à la tête avec un sourire fielleux puis s'attarda sur son odeur. Le technicien des ascenseurs suintait le poivre rose. Des accords miellés, foin et cuirés de tabac blond venaient ensuite. Du vétiver fixait le tout. Ce parfum gras aux accents de gomme et de fumée n'était décidément pas au goût de l'affichiste. Il lui rappelait les caves enfumées où l'on s'adonnait aux jeux de hasard qu'il avait parfois eu le mauvais goût de fréquenter, mais aussi les ateliers de l'île aux Fers, aux volutes noires et graisseuses.

Le parfum de Malmor faisait corps avec sa peau, comme une sueur odorante recouvrant l'épiderme. Un parfum de chair. Rien à voir avec les senteurs sophistiquées dont l'artiste-affichiste aimait à se parer, celles qui adoucissaient encore les chemisiers de soie, les foulards et les vestons de cuir d'ananas, celles qui vous anoblissaient, faisant oublier, le temps d'un frémissement de narines, votre origine terrestre.

— Malheureusement, les portes du bon goût sont restées fermées pour vous, à ce que je vois… renchérit Tydorel.

— Pardonnez, m'sieur, répliqua Malmor avec une révérence grossière. Je n'ai pas eu droit aux cours d'éloquence d'un professeur d'université aux mimiques ridicules. Personne ne m'a appris à utiliser les mots pour me défendre. Que diriez-vous de vous servir de vos pognes pour une fois, et plus particulièrement de vos poings ?

— Les portes des bonnes manières vous résistent également, je le crains, poursuivit Tydorel, feignant l'empathie. Je regrette, mais les hommes de ma trempe ne se battent pas à mains nues dans le caniveau, mon garçon. Passez votre chemin, fit-il en amorçant un pas pour s'éloigner.

Malmor le saisit par le bras et Tydorel frémit imperceptiblement.

— Ma gouaille à moi, j'la tiens des troquets, là où se rejoignent les apprentis après une longue journée passée dans les ateliers à trifouiller des boulons et des machines foutrement ingénieuses. Mon labeur est utile et j'me sens pas le besoin de justifier mon intelligence devant votre petite personne.

— Alors, lâchez mon bras.

— C'est vous qui êtes venu me chercher des noises. Mes biens et mes revenus ne pèsent peut-être pas bien lourd à côté des vôtres, mais je pense pas que ça fasse la valeur d'un homme et j'ai de la fierté. C'est la dernière fois que vous m'prenez de haut, est-ce que c'est bien entendu, m'sieur Isat ? Moi, j'ai pas l'temps de chercher à comprendre pourquoi vous vous sentez le besoin de rabaisser ceux qui foutent les mains dans l'huile et la graisse et qui n'ont pas, comme vous, le privilège d'avoir l'cul vissé sur une chaise toute la glorieuse journée et le dos qui s'tasse. Que ça soit à cause de c'qui est dans votre froc ou à cause d'vos parents, c'qui est tordu dans votre tête, ça vous r'garde. Maintenant, si vous l'permettez, je vais rentrer, parce que demain je me lève tôt. L'ascenseur de *La Malle aux Merveilles* est tombé en panne et si je ne l'répare pas avant l'ouverture demain, ça risque de causer des soucis à beaucoup de monde : aux gens du commun qui font leurs provisions, mais aussi aux patrons du magasin, des gens comme vous qui ont grand besoin des gens comme moi. Vous admettrez bien, m'sieur Isat, que l'inverse est pas aussi évident…

Sur ces mots, Malmor Juglan lâcha le bras de Tydorel et s'en alla dans la ruelle. La tension mit un certain temps à se dissiper et ne retomba réellement qu'au moment où Rivael ouvrit la bouche :

— Nim… Je constate qu'il est un peu tard pour rentrer chez ta tante. Je suppose que tu avais l'intention de passer la nuit chez Morna. Souhaites-tu que je te raccompagne ? proposa-t-il.

— Eh bien… merci, Rivael. Il est vrai qu'un gentleman ne laisserait jamais une jeune femme rentrer seule le soir, dit-elle avec un regard appuyé pour Lugen Anthème qui l'avait laissée venir seule jusqu'à *La Fée Galante*.

Le parfumeur fut déstabilisé par ce reproche dissimulé.

— Dans ce cas… bredouilla-t-il, nous nous retrouverons demain à l'heure et à l'endroit convenus. Bonne nuit, Rivael. Bonne nuit, mademoiselle Orseille. Allons-y, Tydorel.

Ce dernier, les yeux rivés sur la silhouette de Malmor Juglan, affichait un sourire sarcastique.

— Par les feux des dragons… Ce petit machiniste ne manque pas de culot. Me parler de la sorte !

— Au vu de ton comportement, tu l'as bien cherché, marmonna Lugen en songeant que cette remarque valait également pour son propre compte.

La mer Larimar

Les ports de l'Archipel n'avaient pas l'envergure de ceux de l'ancien monde, car les embarcations qui y faisaient escale n'entreprenaient que de courts voyages destinés à transporter les marchandises d'une île à l'autre.

Sur le port principal de l'île Verte, on trouvait des entrepôts tout en longueur, quelques hôtels qui s'alignaient face au débarcadère et des espaces protégés par des grilles de fer forgé. Des caisses de bois pour le transport des fournitures et des produits s'entassaient derrière les barrières métalliques.

À la nuit tombée, le bruit cahotant des roues sur le pavé précéda l'arrivée d'une calèche. Nimué en descendit et posa le pied sur le quai principal, sa silhouette floutée par la brume. La jeune femme trépignait sous la grosse horloge en laiton en triturant la bandoulière de son petit baluchon. Elle arborait une chemise blanche surmontée d'un corset de cuir souple, un pantalon de nankin sombre qui lui moulait les jambes et des bottines lacées.

Dans son dos, le gros balancier oscillait lourdement, semblant râper ses nerfs à chaque passage. Nimué était anxieuse. Les battements de son cœur résonnaient jusqu'à ses tempes et la jeune femme avait conscience de son pouls qui s'affolait dans le creux de ses poignets. Sa gorge était serrée et sa respiration manquait de naturel. Elle était assaillie par le doute.

Tout était allé si vite.

Hier matin encore, elle ignorait tout de ce projet des plus fantasques. À midi, Lugen Anthème, un parfait inconnu seulement trois jours auparavant, lui avait proposé d'y prendre part. Les heures égrenées par la suite s'emmêlaient de réflexions en pagaille et d'émotions contradictoires. En somme, voilà un capharnaüm mental dans lequel il était impossible de former une pensée claire et cohérente.

Sa raison et son instinct s'étaient tenus par la main pour protester vigoureusement tandis qu'elle prenait la décision de rejoindre l'aventure. Nimué avait alors éprouvé le même sentiment que lorsque l'on se laisse choir d'une branche ou d'un muret en espérant que la réception se ferait sans encombre. Mais dans sa situation, rien ne viendrait la cueillir pour prévenir sa chute, personne ne pourrait la rattraper si elle manquait de se briser la cheville ou la nuque. S'élancer dans ce projet aventureux relevait de sa seule décision et il lui en faudrait assumer les conséquences si les choses tournaient mal.

En s'imaginant voguer au-dessus des abysses où les krakens et les léviathans attendaient la moindre secousse pour s'éveiller de nouveau, en visualisant les gigantesques monstres aquatiques qui peuplaient les fosses marines, Nimué frissonna de plus belle et peina à déglutir. L'angoisse striait son front de ridules inquiètes.

Dans la pénombre, à l'écart de l'éclairage des lampadaires et du mince croissant de lune qui nimbait le ciel d'une lumière glauque, deux ombres approchaient à pas de loup.

— C'est elle, là-bas, souffla Lugen, paré de ténèbres.

— Je vois… Comment la louper ? soupira Tydorel avec sarcasme, le visage dissimulé dans son large col de redingote qui lui remontait jusqu'aux pommettes. Notre petite comparse n'est pas très futée. Ce voyage ne débute pas sous les meilleurs auspices.

Leurs murmures parvinrent jusqu'aux oreilles de Nimué qui pivota vivement dans leur direction, les faisant tout à coup tressaillir.

— Nerveuse, mademoiselle ? s'enquit Tydorel en se fendant d'un sourire charmeur. Cette nuit noire s'acoquine avec nous. Alors, pourquoi vous planter sous la lumière, à vue, en proie aux premiers gardes qui passeraient par là ?

La jeune femme se mordit l'intérieur des joues, se morigénant intérieurement pour son manque de jugeote.

— J'ai toujours parfaitement le droit de me trouver ici. Après tout, je n'ai encore rien fait qui soit répréhensible.

La réplique cachait mal l'appréhension qu'elle dissimulait à l'approche de cet acte irréversible qui la ferait basculer dans l'illégalité.

— Pas encore, en effet, admit Tydorel. Bien, trouvons la chaloupe qui nous conduira sur le navire. Mais avant cela… Si l'un de nous souhaite se rétracter, c'est le moment. Après, il sera trop tard.

Nimué glissa une œillade troublée vers Lugen. Celui-ci clignait des yeux frénétiquement, comme dérangé par un souffle d'air qu'il était le seul à pouvoir sentir. La jeune femme comprit que c'était ainsi que se traduisait son anxiété. Nul autre indice ne transpirait de son visage stoïque pas plus que dans son maintien indolent.

— Bien, nous n'avons plus le temps pour les barguignages ! Allons-y ! roucoula Tydorel, ignorant superbement le doute épais qui alourdissait le silence.

La première partie du voyage s'avérait des plus délicates et le moindre balancement de l'esprit pouvait tout faire chavirer. Malgré ses airs facétieux, Tydorel était anxieux. L'affichiste était impatient de se trouver à bord du *Fugueur*, le galion qui devait devenir leur lieu d'errance durant les premiers jours de leur périple. Un nom parfaitement approprié pour cette escapade interdite.

Le trio emprunta des ruelles désertes, presque entièrement plongées dans la pénombre. Nimué craignait qu'on entende son cœur tant il cognait comme un tambour. Comment réagirait-elle si une patrouille de gardes impériaux surgissait soudain de l'ombre nocturne ? Saurait-elle faire preuve de sang-froid ?

— J'ai maraudé ceci pour vous, fit Tydorel avec un air espiègle en farfouillant dans l'escarcelle qu'il portait à l'épaule.

Nimué eut un mouvement de recul tandis que l'affichiste lui tendait le manche d'un pistolet sous le nez.

— Comment saurai-je m'en servir ?

— Je vous l'enseignerai, marmonna Lugen en glissant sa propre arme dans sa ceinture.

La jeune femme ne put se retenir de lui couler un regard dubitatif.

— J'ai suivi des cours de tir à l'université, se justifia-t-il, semblant plus las que vexé.

— Je me targue de l'y avoir traîné de force, renchérit Tydorel. J'étais persuadé que cela nous serait utile un jour. Décidément, quel visionnaire je fais !

Soudain, tous trois se figèrent avec alarme, la respiration suspendue. Des claquements de bottes caractéristiques résonnèrent sur le pavé dans une mesure parfaitement réglée.

— Des gardes impériaux viennent par ici, s'étrangla Nimué.

— Filons ! souffla Tydorel en les entraînant vers la forêt longeant la côte.

Fort heureusement, le trio voyageait léger et leur dérobade se fit prestement. Lugen ne transportait sur lui qu'un petit nécessaire permettant de conserver des fleurs. Nimué, quant à elle, avait emporté des onguents, du thé et des médecines alignés dans de petites aumônières de cuir passées à sa ceinture ainsi que quelques vêtements. Tydorel portait le reste de leurs bagages dans une escarcelle.

Les fugitifs quittèrent le port et louvoyèrent longuement entre les arbres. La frondaison les priva de la lumière directe de la lune, si bien que seuls les reflets blafards miroitant sur la surface de la mer leur permettaient de se repérer. Quelques oiseaux de nuit coquetèrent anxieusement en les voyant sourdre de l'obscurité.

Défiant sa peur, Nimué avançait en suivant le dos de Lugen Anthème. Le ressac était impétueux sur cette côte escarpée. Tous trois pouvaient entendre le va-et-vient des vagues comme des coups de tonnerre qui éclatent. Même ainsi, dissimulés par la canopée, ils humaient les relents d'embruns par intermittence, charriés par le vent qui voyageait depuis des contrées inconnues sur le dos de la mer Larimar. Ces écailles de mer volatiles se désagrégeaient contre l'écorce des arbres ou dans la terre tendre, les imprégnant d'effluves iodés.

— Hâtons-nous ! bondit soudain Tydorel, caracolant entre les arbres en tenant son haut-de-forme. J'aperçois la crique tout près. Notre chaloupe nous attend là-bas.

Ils purent bientôt la distinguer au travers de grandes feuilles épaisses. Un filet de lune éclairait faiblement l'embarcation qui dodelinait sur la crête des vagues. Alors qu'ils abordaient la plage en tapinois, deux silhouettes enténébrées surgirent soudain de derrière un rocher. Tydorel affleura prudemment de la sylve, levant la main pour signifier son identité. Nimué nota immédiatement leur allure débraillée et leur haleine poissée d'un mauvais alcool.

— Monsieur Cormac, monsieur Connor… Je suis Tydorel Isat. Allons, maintenant que les présentations sont faites : pressons ! Il me tarde que nous prenions place à bord du *Fugueur.*

Les deux pirates à la face rubescente échangèrent un regard méprisant.

— Personne vous a suivis ? grommela le dénommé Cormac. On n'a pas tellement l'habitude d'un équipage pareil, fit-il en lorgnant avec dédain vers Lugen et Nimué.

— Alors vous vous rendrez compte que la compagnie d'honnêtes gens est diablement plus agréable et reposante que celle des malfrats, rétorqua Tydorel avant de prendre place dans la barque. Montez, montez, fit-il à l'adresse de Lugen et de Nimué.

Le regard qu'échangèrent les deux frères en disait long sur leur agacement. Nimué le perçut aisément. Mais comment leur en vouloir avec ce ton qui frôlait le mépris ? Les pirates poussèrent la chaloupe sur l'eau, faisant crisser le sable sur la coque. Puis le borgne, Connor, se saisit des rames.

Le talon de la botte écrasant le capian[1], Tydorel défia l'horizon d'un sourire conquérant avant de se retourner vers ses coéquipiers.

— Voici une première étape de franchie ! Nous remporterons ce concours ! Notre parfum sera nouveau, inédit, rare et exceptionnel. Un fabuleux voyage nous attend. Nous sommes des explorateurs, mes amis !

— Qui n'iront pas plus loin que cette plage s'ils nous payent pas, grogna Cormac en esquissant une grimace menaçante.

Tydorel fit tomber une bourse dans ses paumes ouvertes avec un sourire suffisant puis reprit :

— Trapus et costauds comme vous êtes, messieurs, je gage que d'ici une heure, si vous vous montrez suffisamment endurants, nous serons sur *Le Fugueur* ! Ne nous décevez pas.

Pourtant, ils n'avaient pas quitté la plage depuis cinq minutes qu'un coup de canon résonna. Une balle siffla non loin de la joue de l'affichiste. Tydorel, Lugen et Nimué s'écrasèrent sur le fond de la chaloupe. Tenant d'une main son haut-de-forme, Tydorel s'écria :

— Rame, mon bon ami, rame !

---

1. Proue saillante d'une embarcation.

— Des gardes impériaux, bougonna le pirate avant de tirer son pistolet de sa ceinture.

— Hé ! Tu ne vas pas leur tirer dessus ! Rame, te dis-je ! Je n'ai pas payé si cher la traversée dans cette coquille de noix pour que tu entaches notre périple d'un crime aussi grave !

Mais les deux pirates l'ignorèrent magnifiquement et entreprirent de tirer à tout va.

— Les rames ! s'écria Tydorel en les pointant du doigt.

Nimué s'en saisit et chercha sa position un instant. Elle avait déjà vogué sur la rivière avec Deryn et tante Eliabelle, mais jamais dans de semblables conditions. Ses compagnes de bord tenaient alors des ombrelles, pas des armes à feu !

À moitié affalée dans le fond de la coquille, elle s'évertua à manœuvrer pour les éloigner de la côte sous les consignes de Lugen, penché au-dessus d'elle.

— Redressez à droite, à gauche ! l'orientait-il, se risquant à jeter des coups d'œil furtifs au-dessus du rebord.

Les détonations leur vrillaient les tympans. Les billes de plomb fauchaient la surface de l'eau en se rapprochant dangereusement de la barque. Celle-ci oscillait périlleusement sur les flancs des vagues sous les gestes brusques de ses occupants.

Lugen guidait Nimué pendant que les pirates et Tydorel protégeaient la petite embarcation. Les deux forbans étaient avides de forer les chairs quand l'affichiste cherchait à décourager leurs assaillants.

— Vont-ils se laisser trouer le cuir à la fin ? tonitrua Connor.

— Nous devons simplement les contraindre à renoncer ! l'invectiva Tydorel, mâchoire tendue à craquer. Personne ne doit être blessé !

Ce dernier mot se perdit dans une nouvelle détonation.

— Haha ! Et d'un ! jubila Cormac, partant d'un grand rire canaille, tandis que sur la côte, une silhouette s'effondrait dans le sable.

Tydorel se figea. Sur la rive, les dragons verts s'agitaient, impuissants. Nimué fut comme précipitée dans des abysses d'effroi. Les ténèbres l'engloutirent. Une anguille de glace serpenta le long de son échine, l'électrisant d'un violent frisson. Un homme venait de mourir par leur faute…

L'évidence frappa son esprit comme un éclair : aucun retour en arrière n'était plus possible. Les images fulgurantes de tante Eliabelle et de Deryn, paisiblement installées à une table du Frangipanier, lui revinrent à l'esprit. Un thé relaxant avec Morna, la boutique, le visage des clients réguliers. Ossian et son officine, le théier millénaire, immuable et presque éternel…

Cette balle de pistolet foudroya sa conscience : peut-être avait-elle renoncé à tout cela pour toujours. Son optimisme naïf lui avait laissé croire que le voyage se déroulerait sans encombre. Mais à présent, dans l'hypothèse où elle parviendrait à réintégrer sa vie paisible, enrichie d'une bien incertaine victoire, rien ne serait plus comme avant. Pour aborder les rivages de son rêve, fallait-il qu'un homme perde la vie ? Nimué se sentit diablement égoïste, et coupable.

Soudain, un cri fusa comme un coup de tonnerre. Connor venait d'être frappé en plein thorax. Son sang cingla la joue de la jeune femme. La vie quitta son œil unique et le pauvre bougre bascula par-dessus bord. Par réflexe, Nimué s'était redressée, mains tendues vers l'homme qui coulait déjà, alourdi par les multiples plaques de métal cousues sur ses vêtements et les lourdes chaînes pendues à son cou. Sa plaie infusa l'eau noire d'un liquide rouge.

Son frère mugit rageusement avant de répliquer par une salve de tirs. Lugen se redressa à son tour comme s'il émergeait d'un cauchemar glaçant. Les oreilles sifflant sous les déflagrations, le parfumeur et la compagnon-thé échangèrent un regard éperdu, puis se remirent à la manœuvre, bouillants de s'éloigner de la plage au plus vite.

Le botaniste Ossian Isado souriait dans son sommeil. Des lianes imaginaires ondulaient autour de lui, suivant ses gestes comme des serpents charmés. Des calices de fleurs dardaient leur pistil doré vers son visage, cherchant à accaparer toute son attention. Ossian admirait leurs couleurs chatoyantes qui diapraient son rêve. Leur parfum suave était pareil à un mirage entêtant. Ce paysage onirique se moirait de mille teintes ondoyant au gré du songe…

Soudain, un rideau de velours noir tomba sur le tableau. Ossian émergea brusquement dans la pénombre. Quelqu'un frappait à sa porte, au beau milieu de la nuit.

« Un importun, un dérangé, ou alors… »

Les coups redoublèrent de vigueur. Le botaniste avala une rasade d'eau pour s'humidifier la bouche, enfila un peignoir et descendit l'escalier jusqu'à la boutique de son officine.

— Calmez-vous, plus rien ne presse, votre oiselle s'est envolée depuis longtemps, ronchonna-t-il tandis que le martèlement redoublait de vivacité et de force.

La porte s'ouvrit sur deux visages catastrophés : Deryn Orseille, dont la ressemblance avec sa tante ne manquait jamais de le troubler, et Morna Rhus, la maîtresse-thé de Nimué.

— Ma sœur a disparu, lâcha Deryn en déboulant dans la boutique, une lettre tendue en avant comme si elle brandissait un fleuret.

Le botaniste s'écarta juste à temps pour l'éviter et hocha le menton. Sa barbe de feu s'ébouriffait sur son ventre.

— Entrez, madame Rhus, enjoignit-il cette dernière avec un coup d'œil au-dehors, songeant qu'il était essentiel que personne ne surprenne leur conversation. J'ai reçu un courrier moi aussi. L'épîtrier est arrivé hier soir. Il venait du Dragon-Noir.

Tandis que la porte se refermait derrière elle, Morna hocha mécaniquement la tête, son chignon lâche basculant en avant.

— Nimué m'avait demandé de poster une lettre pour vous, et une autre pour sa sœur, expliqua-t-elle avec une colère contenue. Deryn, elle, était chargée de m'envoyer la mienne.

— Elle nous a demandé à toutes les deux de venir vous trouver dès que possible, expliqua la compagnon-passementière.

— Quant à cette petite intrigante, reprit Morna, elle est introuvable. Que manigance-t-elle donc ? Je crois qu'elle attend que vous nous éclairiez, Ossian.

Le botaniste inspira profondément. Son visage se crispa. Nimué lui avait confié la lourde responsabilité d'annoncer aux deux jeunes femmes la nouvelle du voyage clandestin qu'elle avait entrepris.

— Nimué m'a laissé une lettre différente de la vôtre. Elle avait pris soin de la crypter en usant des noms scientifiques de certaines plantes. Je dois dire que ce petit jeu m'a occupé durant quelques heures.

— Venez-en au fait, s'impatienta Morna.

— J'y arrive… Mais il est difficile de vous annoncer à toutes les deux que… eh bien, que Nimué et le parfumeur Lugen Anthème ont passé les frontières de l'Archipel pour partir à la recherche d'une fleur rare.

Un silence stupéfait s'installa avant que Morna ne vienne le briser.

— Passer les frontières ! s'insurgea-t-elle.

— Quitter l'Archipel pour dégoter une fleur ? Pour le concours ? devina Deryn, une main tremblante posée devant ses lèvres.

Ossian hocha péniblement le menton.

— Je n'arrive pas à y croire ! Si nous avions eu connaissance de son projet avant qu'elle ne le mette à exécution, nous aurions pu l'empêcher de s'engager dans un pareil périple. À quoi pensait-elle pour désobéir aux lois de l'Empire ? siffla la maîtresse-thé, quelques mèches blanches frémissant autour de son visage indigné. Poser le pied à l'extérieur, c'est tous nous mettre en danger.

La Magnus Mar a coûté la vie à plus d'un milliard d'humains. Nos vies sont précieuses. Comment peut-elle les mettre en péril pour servir une ambition aussi futile ? L'Empire, la compagnie, ses amis et sa famille… Je peine à la croire si ingrate et irréfléchie.

Deryn et Ossian marquèrent un silence. La rancœur de Morna était légitime. Mais pour la sœur et le mentor de la fugitive, la famille – de cœur ou de sang – primait sur le respect des lois. Certes, ils condamnaient moralement le crime de Nimué, tous deux en mesuraient parfaitement la gravité, mais jamais ils ne pourraient la dénoncer ni la livrer aux dragons verts. Si la politique de l'Archipel n'encourageait pas la délation, elle ne manquait jamais en revanche de rappeler que chacun était responsable de ses actes et que leurs conséquences retombaient immanquablement sur le groupe.

— Peut-être que tout se passera bien… essaya de temporiser Deryn en se tordant les doigts. Réfléchissez, Nimué et Lugen Anthème n'ont pas, à eux deux, le pouvoir de renverser l'Empire. Et il paraît encore moins probable qu'ils aient la capacité de réveiller les krakens et les léviathans. Ils veulent seulement rapporter une fleur pour le concours de parfums… S'ils parviennent à revenir sans que les dragons verts les attrapent, ce sera finalement comme s'ils n'étaient jamais partis, non ?

— Quelle naïveté… soupira Morna avec agacement. Durant leur périple, peut-être rencontreront-ils d'autres peuples. Il est probable que ces écervelés leur parlent de l'Archipel et livrent sa localisation, jusqu'à ses coordonnées. Et s'il s'agissait de peuples belliqueux, piqués de conquête ? Nous aurions alors une guerre à mener, fléau que nos lois et notre société avaient relégué au passé. Mais peut-être aussi ramèneront-ils de ces contrées étrangères une maladie qui se répandra ici comme une épidémie. Quelles terres vont-ils aborder ? Quelles créatures vont-ils rencontrer ? Et puis, s'ils réveillaient, malgré tout, les krakens et les léviathans ? Nous savons tous ce qui a déchaîné leur fureur…

— Le smog dans l'air, les métaux lourds dans les océans et l'extinction de milliers d'espèces animales, énuméra Ossian. En somme : l'avidité des hommes. Les léviathans vivent dans les fonds les plus absolus, dans les abîmes les plus insondables où la lumière n'existe pas. Dérangés par les microparticules de métaux, ils sont remontés de leurs fosses infernales. C'est là que ces créatures ont rencontré les krakens. Ces monstres gigantesques se sont affrontés, remuant les plaques lithosphériques, produisant d'immenses raz-de-marée partout sur le globe. Le sel marin fit fondre les glaciers, rendant la montée du niveau des océans inéluctable. Voilà la théorie la plus plausible, celle que l'on retrouve le plus communément dans les articles des revues scientifiques, conclut le botaniste en tentant, malgré son allure messéante, de se parer de toute sa dignité de savant.

— Il s'agissait d'une question rhétorique, Ossian… Nous savons tous que la tragédie est née de l'avidité de nos ancêtres, souffla Morna avec un calme grave. Pourtant, Nimué a fait preuve de la même avidité en partant chercher cette fleur rare. Comment a-t-elle pu ? La voilà semblable à ces pirates qui écument les mers et que les dragons verts traquent sur les flancs de nos îles… Si Nimué et ce maudit parfumeur découvraient une terre riche d'or et de joyaux ou d'autres ressources de ce genre et que la chose était découverte, cela risquerait d'éveiller la voracité de quelques ambitieux au sein de l'Empire. Certains trépignent d'entreprendre ce genre de conquête. Ils peinent à se contenter de ce qui nous est offert ici et attendent la moindre occasion pour s'envoler.

— Aah, les jouisseurs de brume… déclama Ossian. Ils ne peuvent effleurer le bonheur que dans l'ailleurs, le demain, le nouveau. Toute joie semble pourrir à leur contact et leur plaisir ne naît que dans le lointain.

— Je n'ai pas connaissance de cette maxime, fit remarquer Morna.

— C'est naturel. On ne me connaît pas pour ma plume.

L'ombre d'un sourire dérida imperceptiblement le visage de la maîtresse-thé.

— C'est regrettable, souffla-t-elle.

— Vous insultez ma sœur en la comparant à ces criminels ! s'insurgea soudainement Deryn, poings serrés.

— Nimué est responsable de ses choix, dut admettre Ossian. Cependant, la faute revient tout d'abord à cet homme : Lugen Anthème. Nimué est une optimiste naïve. Mais ce petit parfumeur est un fourbe. Je n'aurais jamais imaginé qu'il pourrait prendre une pareille initiative, maugréa Ossian.

Le botaniste invita les deux jeunes femmes à s'installer dans la bibliothèque, au-dessus de son officine. Trop heureuse de reporter la faute sur quelqu'un d'autre, Deryn frémit de rage en songeant au parfumeur. La jeune femme se laissa tomber dans un fauteuil en soupirant nerveusement. Durant ce temps, Morna entreprit de préparer une tisane de valériane.

Un court silence s'ensuivit.

Autour du trio, les vieux livres en galuchat[1] s'alignaient sur les étagères. D'autres, plus communs, en maroquin ou en basane, dégageaient une inaltérable odeur de cuir. Et quand on mettait le nez à l'intérieur, des notes d'encens et de sève s'en échappaient.

En temps normal, Morna se serait montrée attentive aux titres gravés au dos des documents, au nom de leurs auteurs et à la manière dont Ossian les avait classés. Mais aujourd'hui, chose rare, cette sensibilité qui faisait son intelligence se trouvait altérée par son émotion.

— Nous devons cacher leur départ, décréta Ossian en considérant les deux jeunes femmes qui soufflaient sur leur tisane. C'est ce que prescrivait la lettre de Nimué. Deryn, si tu le veux bien, je te charge de lui inventer une couverture crédible auprès d'Eliabelle et de son petit escadron d'amies. Arianell et Almeda sont au moins aussi suspicieuses que ta tante et perçoivent les complots et les cachotteries à des kilomètres.

— J'en ai fait la rude expérience à l'adolescence… confirma la jeune femme en roulant des yeux. Mais depuis, je connais toutes les techniques pour les duper.

— Bien. Morna, quant à vous, pourriez-vous justifier l'absence de Nimué auprès de la compagnie ?

— Elle nous a trahis, frémit la maîtresse-thé.

— La nouvelle nous choque tous profondément, et nous révolte…

— Mais l'important est de couvrir son échappée pour la protéger, je sais, concéda-t-elle.

---

1. Cuir de certains poissons (raie, requins…) qui, traité, est parfois utilisé en ébénisterie et en maroquinerie.

— Vous en sortirez-vous seule, à la boutique ?

— J'en doute. Les Rhus sont versés dans la culture du thé avant d'être des commerçants. J'admets m'être beaucoup appuyée sur Nimué en ce qui concerne le négoce. Elle est bien plus aguerrie que moi pour traiter avec les grossistes, discuter les prix sans se presser, savoir quand il est judicieux d'acheter ou d'attendre, mais aussi pour anticiper sur les saisons à venir. Elle choisit les bonnes voies commerciales pour écouler les stocks en fonction de l'offre et de la demande. C'est aussi elle qui connaît les voies détournées, les petits producteurs et les distributeurs avec qui on peut s'arranger quand on a fait une erreur de prédiction ou tenter un joli coup… Je l'avoue sans honte : sans Nimué, je risque de commettre de graves erreurs qui pourraient causer beaucoup de tort à mon commerce.

— Je vais prendre quelques jours de congé et je viendrai vous aider à la boutique, tenta de la rassurer Deryn. À l'atelier, j'ai l'habitude de m'occuper des commandes de fournitures et de gérer les réserves. Mais je vous en prie, Morna : tout ceci doit rester secret.

— Je le sais. La vie de Nimué en dépend.

À ces mots, Deryn hocha la tête fébrilement, les yeux embués par le tourment.

Le carnaval de printemps

Deryn n'avait résisté qu'une nuit avant de déroger à la promesse qu'elle avait arrachée à Morna. Cacher l'affaire à sa tante, à Almeda et à Arianell s'avérait une priorité. Cependant, aux premières lueurs du jour, la jeune femme s'était empressée de retrouver son amoureux, Rivael Callun, afin de tout lui révéler.

À l'annonce de la nouvelle, le muscadier s'était profondément troublé. Il en avait conclu que la rencontre entre Nimué et Lugen à *La Fée Galante* avait certainement pour visée de préparer ce voyage. Le jeune homme préféra toutefois cacher à Deryn la très probable implication de Tydorel Isat dans l'affaire, de peur d'éveiller davantage l'inquiétude de la jeune femme qui ne tenait pas l'affichiste en bonne estime.

Pour tenter d'apaiser les craintes de Deryn, Rivael lui avait rappelé que Nimué était une jeune personne pleine de ressources et qu'elle savait se tirer de toutes sortes d'embûches. Bien que les épreuves aient été d'une autre nature, elle l'avait déjà prouvé par le passé.

Ce soir, c'était le carnaval de printemps. Rivael espérait se montrer aussi habile que sa potentielle future belle-sœur pour approcher le danger sans s'y brûler. En effet, pour la première fois, à la suite des suppliques incessantes de Deryn, le dragon terrible qu'était sa tante l'avait autorisé à venir chercher sa bien-aimée pour la conduire à la fête.

Devant son miroir en étain, dans le petit appartement sous les toits de l'île aux Fers qu'il louait seul depuis que Malmor Juglan était parti vivre avec son épouse, Rivael se dévisageait avec un sérieux qui ne lui était pas coutumier. Le muscadier avait soigné son allure avec une attention toute particulière. Il fignola sa toilette par une eau de fougère afin d'apaiser le feu du rasoir puis se parfuma le creux des poignets d'une composition musquée de Farrell Dhali.

En appréciant le soyeux du ruban rouge qui ceignait le flacon de son parfum, Rivael songea à Deryn avec tendresse. La jeune femme était compagnon-passementière. C'était le nom que l'on attribuait aux mains méticuleuses qui décoraient et paraient les coussins, les meubles, mais aussi les flacons de rubans satinés, de fils de soie ou de pampilles[1].

L'art du flaconnage nécessitait une finesse et une patience que Deryn cultivait sans relâche. Au fil du temps, elle éventait un à un les plus menus secrets des franges, macarons, broderies, cordonnets, dentelles, liserés et autres rubans. Rivael aimait rester l'observer tandis qu'elle travaillait, discret, silencieux et attentif comme un chat dans un coin de pièce.

---

1. Objet de bijouterie ou de passementerie (production de fils) suspendu.

Le carnaval de printemps

C'était lors d'une entrevue avec le maître de Deryn que Rivael l'avait rencontrée. Le jeune homme venait tout juste d'obtenir son titre d'apprenti-verrier. La foudre n'avait pas tardé à leur tomber sur le cœur. L'esprit du jeune muscadier était devenu aussi vaporeux que les fils de soie que Deryn faisait mousser sur les flacons les plus prestigieux. Le charme avait opéré et leur histoire avait rapidement carillonné comme une évidence. Du moins, pour les deux amoureux. Il n'en allait malheureusement pas de même pour l'entourage de la jeune femme.

Gorge nouée, nuque et épaules raides, Rivael emprunta un bac depuis l'île aux Fers, puis loua les services d'une voiture de poste pour se rendre jusqu'à la demeure des demoiselles Orseille. Cadman, le majordome, lui ouvrit la porte et le conduisit dans le salon avec un vague regard qui exprimait discrètement, mais avec une intense sincérité, tout son soutien pour le jeune soupirant.

Au grand désarroi de Rivael, le bataillon était au complet. En tenue d'équitation, Almeda se tenait très droite, debout devant la fenêtre. Ses cheveux gris perle nattés avec rigueur retombaient lourdement sur son épaule. Ses yeux dorés et perçants éclairaient son teint mat piqué de taches de son. L'ancienne lieutenante des dragons verts de l'île aux Fers, aujourd'hui à la retraite, le dévisageait avec sévérité.

Arianell, peintre et vigneronne, se révélait plus mesurée dans ses jugements, sauf quand il s'agissait du bonheur de Deryn et de Nimué. Par-dessous ses fines lunettes cerclées d'or, la quinquagénaire regardait Rivael comme s'il s'apprêtait à faire quelque chose d'insensé ou de dangereux.

Enfin, l'ultime tête de l'hydre, et non des moindres, Eliabelle Orseille, le disséquait des yeux, campée dans un fauteuil aux accoudoirs imposants. Elle était vêtue d'une longue robe lavande. Ses cheveux couleur soleil étaient retenus en un rigoureux chignon.

Assise près d'Arianell, Deryn gardait les yeux rivés sur son amant, craignant peut-être que celui-ci produise une mauvaise prestation et que sa tante revienne sur sa décision.

Au milieu d'une artillerie d'éléments baroques – console, lustre, miroirs, lampes et bibelots innombrables –, Rivael se sentait comme prisonnier sur un champ de mines. Le salon des Orseille offrait à la fois une impression de grandeur tout en laissant le sentiment que la pièce se rétrécissait sur elle-même.

Cerné, le muscadier avait mis de côté ses extravagances de comédien et adoptait le sérieux d'un garde impérial.

— Mesdames… Je puis vous assurer que je suis un gentilhomme et que Deryn et moi saurons nous montrer raisonnables et responsables ce soir.

Arianell grimaça, Almeda plissa davantage les yeux. Eliabelle Orseille, quant à elle, ne se gêna pas pour lui décocher un regard torve. Rivael devinait que, quels qu'auraient été ses mots, la réaction aurait immanquablement été la même.

— Vous êtes un muscadier, Callun, doublé d'un ambitieux, éructa-t-elle en fronçant les narines. J'ai eu vent de votre récente querelle avec votre maître.

Tante Eliabelle n'aimait les esclandres qu'à la condition qu'aucun de ses proches n'y soit mêlé. Or, elle devait préserver la réputation de ses nièces. Toutes deux étaient entrées dans l'âge des demandes en mariage. La période était délicate et diablement pénible pour Eliabelle. Dans le secret de sa conscience, la respectable demoiselle aurait souhaité que ses deux protégées se dispensent des questions matrimoniales et suivent son modèle et celui d'Almeda. Mais à son grand désarroi, Deryn avait le cœur porté sur l'amour. Eliabelle fondait toutefois quelques espoirs sur sa cadette qui semblait remarquablement refroidie sur la question par ses erreurs d'adolescente.

— Nous nous sommes querellés sur une question artistique, rien de bien méchant. J'avoue avoir vaillamment défendu mon point de vue, admit Rivael. Mais vous ne trouverez pas la moindre goutte de sang ni même la moindre larme sous mes souliers. Je me suis hissé jusqu'à ma place sans piétiner qui que ce soit. La gentillesse est la qualité que je chéris entre toutes. Mais étrangement… je constate que cette confession me rend douteux à vos yeux.

— Gentil n'a qu'un œil, persifla tante Eliabelle en se parant d'une mine méfiante. Et tous les hommes sont douteux. Mais peut-être êtes-vous simplement…

— Niais ? Oui, sans doute. Je le confesse : je suis un parfait candide, attaché à votre nièce comme un enfant à la hanche de sa mère.

Almeda et Arianell grimacèrent. Eliabelle releva un sourcil et Deryn pinça les lèvres en triturant nerveusement le collier de perles en verre soufflé pendu à son cou.

— Oui… Peut-être en effet que la métaphore était mal calibrée, souffla Rivael.

Tante Eliabelle enfla d'une profonde inspiration et se pencha en avant, dardant ses yeux violets implacables dans ceux de Rivael.

— Puisque je n'ai qu'une parole, je vous autorise, ce soir, monsieur Callun, à sortir avec ma nièce. Toutefois... en aucun cas je ne vous accorde la moindre particule de confiance. Vous voici à l'épreuve. Quand Deryn reviendra, je veillerai scrupuleusement à ce qu'elle n'ait la plus petite égratignure, que sa fraîcheur et son sourire soient toujours aussi éclatants. Qu'un seul de ses pétales se ternisse d'un demi-ton et vous ne la reverrez jamais. Ai-je bien été claire, jeune homme ?

— On ne peut plus clair, mademoiselle Orseille.

Craignant le caractère précaire du verdict, Deryn ne laissa pas l'occasion à l'assemblée d'ajouter quoi que ce soit et bondit de son fauteuil comme un ressort. Le jeune couple s'enfuit sous le regard rapace des trois dames.

Alors que les deux amoureux trottinaient, Rivael se détendit enfin :

— Quand je vois ta tante et ses deux amies, je me dis que les dragons n'ont pas disparu, qu'ils ont simplement pris forme humaine, railla-t-il.

Deryn lui tapa gentiment le bras, amusée, et se laissa entraîner sur le bac. À la vérité, elle avait craint que le monstre à trois têtes ne se montre cruel, qu'il pourfende d'une pique acérée le cœur sensible de Rivael. Deryn s'était préparée à s'interposer si sa tante manifestait de l'injustice, même si la perspective la terrifiait. Eliabelle était sa seule parente. Elle l'aimait comme une mère et craignait toujours de la décevoir. Mais Rivael méritait qu'on le respecte.

— Tiens-toi bien à moi, la mer est un peu agitée ce soir, lui intima son amant.

Le carnaval de printemps

Deryn se laissa guider en remarquant que Rivael regardait les vagues d'un œil inquiet. Elle avait l'habitude de le voir se méfier de l'eau depuis que sa sœur, Gwenola, avait péri noyée.

— Allons, Riv, je ne vais pas passer par-dessus bord. Mais tu n'as pas besoin d'excuse pour me serrer contre toi, susurra-t-elle avec charme tandis que l'embarcation s'ébranlait.

La traversée jusqu'à Macatia était longue et monotone. Mais Deryn et Rivael ne s'en rendirent pas compte, trop occupés à bavarder et à se câliner.

À l'approche de la grande île, l'agitation grandit. En posant le pied à terre, les visiteurs débarqués de l'île Verte purent se délecter de l'effervescence qui animait chaque rue et toutes les branches du Grand Chêne. Un esprit de fête embaumait la capitale impériale. Aux lampadaires, aux chambranles des fenêtres et aux rambardes des balcons, des lanternes de papier en forme de dragon étaient suspendues en attendant d'être libérées. Les artisans avaient ingénieusement mélangé des petites graines de fleurs de printemps à la pâte à papier. Ainsi, quand les lanternes retomberaient sur le sol des parcs et des jardins, les graines germeraient dans la terre pour s'épanouir quelques semaines plus tard.

Il faisait encore un peu frais le soir au-dehors. Alors les femmes arboraient de longues redingotes sur des jupes de satin. Pour le haut, elles choisissaient un corset qui recouvrait une chemise en soie. Des bas de laine s'avéraient indispensables pour les plus frileuses. Les autres préféraient le coton. Enfin, des bottines lacées ou des souliers fantaisie complétaient leur tenue.

Sur les boulevards, les élégantes filaient dans le soir comme des étoiles furtives. L'éclat des lampadaires enflammait les émaux, les gemmes et les perles brodées sur les voiles de leurs robes, laissant une traînée de lumière éphémère dans leur sillage. Dans les intérieurs feutrés des salons, elles s'habillaient comme si l'été était déjà là, elles l'appelaient à ne pas tarder. Les éventails sentaient le musc et le gingembre.

Les hommes arboraient leur redingote la plus colorée, dépareillaient haut-de-forme et gants. Les pommeaux des cannes étaient agrémentés de petits bouquets de fleurs de printemps.

Des musiques et des chants tantôt enjoués et frais comme une rosée matinale, tantôt chauds et suaves comme la sève qui monte dans le creux des arbres, coloraient les quartiers d'une multitude d'atmosphères.

Deryn aurait voulu se laisser étourdir par cette fête qu'elle appréciait entre toutes. Mais la disparition de sa sœur ne le lui permettait pas.

Son nez se fronça sous l'inquiétude.

— Ne laisse pas le souci faner tes jolis traits, la pria Rivael avec un sourire irrésistible. Et je ne dis pas ça simplement pour éviter les feux de ta tante et de ses sbires. J'ai toute confiance en Lugen Anthème. Avec Nimué, ils sauront s'en sortir, même si ce duo me semble quelque peu incongru.

Ces paroles apaisèrent un peu la jeune femme ainsi que son ressentiment envers le parfumeur. Rivael l'avait rencontré peu de temps après le décès de Gwenola. Par altruisme, Lugen Anthème avait accepté de reproduire gracieusement le parfum de la demoiselle Callun. C'était pourquoi Rivael estimait avoir une dette envers lui.

— Parle-moi de lui. Je sais que tu le connais depuis quelques années à présent et que tu l'apprécies beaucoup.

— Eh bien… Il a sans cesse le nez dans ses formules, jamais dans les nuages, pas plus que dans la lune. C'est en cela qu'il est singulier. Sa poésie prend naissance dans la science. Lugen possède un goût prononcé pour la physique et la chimie. C'est un petit génie qui a choisi de fabriquer des parfums plutôt que de la technologie. Personne ne comprend bien pourquoi. Ses détracteurs disent qu'il n'a pas l'âme artistique et que, par conséquent, il ne sera jamais un grand nez. Moi, ce garçon me touche. Il dégage une forme de pureté. Il ne connaît pas le vice.

— Contrairement à toi, se moqua Deryn.

— Moi ? Je suis un intarissable romantique, déclama-t-il avec une intensité dans le regard qui fit pouffer sa promise. Mon seul vice est de t'adorer à mourir.

Deryn rougit violemment. Décidément, jamais elle ne s'habituerait à ces déclarations enflammées. Ce constat la ravissait.

Au milieu de la foule, Ossian apparut soudain, sa barbe de feu parfumée de muguet.

— Tiens, Deryn Orseille et Rivael Callun. Mademoiselle Eliabelle vous aurait autorisés à sortir ensemble ? les défia le botaniste.

— Sa méfiance se délie doucement, répondit Deryn qui remarqua aussitôt la senteur de la petite fleur blanche à clochettes que portait Ossian.

Dans sa jeunesse, le muguet était devenu l'emblème d'Eliabelle : une fleur au parfum généreux, mais qui n'offrait rien si on la manipulait. Les parfumeurs ne parvenaient pas à en extraire l'essence car elle se révélait trop légère. C'était à Lugen Anthème que l'on devait d'avoir reproduit synthétiquement son odeur verte et délicate.

— Vous me surprenez, Callun, murmura Ossian, les yeux brandis sur Rivael. Deryn vous a mis au courant du drame et pourtant, vous paraissez aussi épanoui qu'une rose au mois de mai.

— Comment avez-vous deviné que j'avais vendu la mèche ? s'ébahit la jeune femme, sa voix flûtée adoptant soudain des accents suraigus.

— Je te connais depuis que tu es toute petite, Deryn, soupira Ossian. Il n'était pas difficile de deviner qu'à la première occasion, tu te précipiterais pour apprendre la nouvelle à ton soupirant.

— Mais je… oui, bafouilla-t-elle, en baissant la tête, vaincue.

— Vous êtes tout aussi déraisonnables l'une que l'autre.

— Ossian, je vois bien que l'inquiétude vous étreint le cœur, intervint Rivael. Mais Nimué est une jeune adulte à présent, elle fait ses propres choix. Certes, elle a pris une décision dangereuse, mais notre rôle est de protéger ses arrières, non de la réprimander comme une écolière. Le père doit laisser son enfant quitter le nid et vivre ses propres expériences…

— Quelle charmante métaphore… maugréa Ossian.

Le botaniste jeta un coup d'œil autour d'eux et se rapprocha en baissant encore d'un ton pour étouffer sa voix de basse :

— Vous savez pourtant ce qu'elle risque si l'on découvre la vérité. Or, elle est imprudente, d'une spontanéité qui frôle l'inconscience, et ambitieuse. Le mélange vous semble-t-il bien équilibré ?

— Vous oubliez quelques ingrédients qui ont leur importance : le sens pratique et la bravoure. Et voilà, fit-il en remuant les doigts à la manière d'un magicien, l'harmonie est rétablie.

— Monsieur Callun… soupira Ossian. Il est terriblement agaçant de débattre avec des optimistes.

Sur ces mots, le botaniste prit congé et s'éloigna, affaibli par la contrariété.

Deryn sentit son angoisse se raviver. La vision de sa petite sœur sur l'échafaud fit brutalement accélérer son pouls. Mais la main chaude de Rivael et son sourire grandiose l'apaisèrent aussitôt comme un remède magique.

— Allons rencontrer monsieur Genista afin de justifier l'absence de Lugen Anthème, dit-il sur un ton enjoué et badin, comme s'ils s'élançaient dans une aventure amusante et sans conséquence.

Monsieur Genista n'était pas seulement le patron de la maison où travaillait Lugen, il était également le directeur de la compagnie des gantiers-parfumeurs. Il s'agissait d'un petit homme replet au nez aquilin, tout habillé de gris sombre satiné. Une broche-automate en forme de soleil mécanique dont l'intérieur renfermait quelques pétales et aromates trônait sur sa poitrine.

Le personnage était remarquable. Cul-de-jatte depuis un accident de calèche survenu dans sa jeunesse, il s'était fait fabriquer une prothèse mécanique surprenante par les ateliers Heremon. Il s'agissait d'un fauteuil muni de pattes d'araignées reliées aux nerfs du parfumeur que celui-ci contrôlait par signaux électriques directement *via* son cervelet.

— Je n'ai jamais adressé la parole à monsieur Genista, couina Deryn à l'oreille de Rivael. Es-tu certain que ce soit bien prudent ?

— Allons, Deryn. J'entends bien que nous ne sommes que de minuscules moucherons face à cette honorable araignée. Mais fais-moi confiance, elle se gardera de nous dévorer. En outre, nous devons protéger Lugen.

La jeune femme se tritura les doigts. Tout ce stress pour couvrir un garçon qu'elle ne connaissait même pas...

L'essaim qui virevoltait autour de l'illustre araignée ne semblait pas pressé de se disperser. Deryn et Rivael durent se contenter d'un éclaircissement temporaire pour s'immiscer dans le petit groupe frémissant.

Crochetant nerveusement son bras autour du coude de son amant, Deryn avança, plus tendue que si elle se dirigeait vers l'autel.

— Pardon, veuillez m'excuser, fit Rivael à l'adresse de l'homme à qui il s'était vu contraint de couper la parole. Monsieur Genista, je me nomme Rivael Callun, apprenti-verrier d'art. Et voici mademoiselle Deryn Orseille, compagnon-passementière, et ma fiancée.

Deryn sentit ses joues s'empourprer. Où Rivael avait-il la tête ? Rien n'était encore gagné ! Si le bruit courait jusqu'aux oreilles de tante Eliabelle, qui était encore loin de leur offrir son accord, ils pouvaient renoncer l'un à l'autre !

— Monsieur Genista, pouvons-nous nous entretenir un instant en privé ? Il s'agit d'une affaire importante, poursuivit Rivael.

Le carnaval de printemps

Le parfumeur huma l'air par réflexe, comme s'il cherchait à déceler quelque information à propos de ce jeune homme qu'il ne connaissait pas, mais dont le nom lui était étrangement familier.

— Callun, Callun... Oh ! L'affaire des cabochons[1], c'est vous, n'est-ce pas ? émit-il, un sourire flottant sur ses lèvres.

— Pardon, monsieur Genista ?

Ce dernier partit dans un grand rire franc qui délaya toutes les courbettes et les flagorneries de sa petite cour.

— Par l'ambre gris de dragon ! J'ai eu vent de votre rébellion : vous avez tanné votre maître pour qu'il mette l'accent sur les cabochons de parfum. Vous marteliez qu'il fallait rendre exceptionnelle cette partie du flacon à laquelle on n'octroie que trop peu d'attention. Vous avez voulu en faire une pièce essentielle, un bijou, lui insufflant son individualité propre. L'extravagance de vos propositions n'a pas rencontré que des adeptes, remarqua-t-il en levant son index ganté devant son œil, mais vous avez recueilli mon assentiment, Callun, notamment pour votre talent à manier les couleurs. Je n'ai pas manqué de répéter à votre maître qu'il serait un imbécile de ne pas prêter attention à vos idées. Nous sommes de vieux amis, je le connais bien. Il cédera au bon sens, dès qu'il aura digéré son aigreur et qu'il sera prêt à affronter cette joie sur votre visage expressif.

Rivael dut se retenir pour ne pas s'incliner devant le parfumeur.

— Bon, je vous suis, fit soudain Genista en s'éloignant du petit cercle que son renom avait formé.

---

1. En parfumerie, nom donné au bouchon du flacon.

Les huit pattes articulées se murent avec vivacité. Deryn et Rivael échangèrent un regard ébaubi puis bondirent sur ses pas. Tous deux se pressèrent derrière l'homme-araignée en silence. Le parfumeur semblait chercher quelque chose. Il marmonnait en oscillant la tête dans tous les sens. Les baguettes métalliques qui dansaient sous lui hésitèrent, comme engourdies par le doute.

— Là ? Non… Ah ! Voilà ! s'exclama-t-il, son visage s'éclairant soudain devant un petit stand de crêpes. Mon nez ne me trompe jamais.

Deryn et Rivael se sentirent un peu gauches tandis que le maître-parfumeur attendait sa commande, les narines frémissant devant l'odeur de farine, de beurre et de sucre. La pâte qui cuisait sur la plaque de fonte formait de légères bulles qui gonflaient doucement sous la chaleur.

— Voyons les garnitures… Marmelade de violette ou de coquelicot ? Pouah ! Parfois, la tradition est sacrée et c'est sacrilège de chercher à la renouveler. Beurre-sucre ! tonna-t-il comme on clamerait avec ferveur la devise de l'Empire. Et vous autres ?

Tous deux secouèrent la tête avec nervosité, d'autant que Rivael entretenait un faible pour le coquelicot.

— Bon… fit Genista avant de récupérer son bien. Dites-moi, jeunes gens, qu'aviez-vous à me dire de si important ? les questionna-t-il avant de mordre dans la pointe de sa crêpe, manquant de tacher sa chemise de beurre fondu.

— Monsieur Genista, commença Rivael qui peinait à quitter des yeux les rebords suintants de la crêpe, je suis un ami de Lugen Anthème. Il m'a chargé de vous annoncer qu'il sera absent quelque temps. Il souhaite travailler différemment pour composer le parfum de l'impératrice afin de mettre toutes les chances de son côté pour remporter le concours et faire briller le nom de votre maison. Soyez donc certain qu'il reviendra vers vous avec des idées neuves et une créativité exacerbée.

— Ah, voilà finalement un complément d'information à cette courte missive qu'il m'a laissée avant de s'évaporer. Lugen n'a pas pour habitude de prendre ce genre d'initiative ni d'agir de la sorte, se méfia le parfumeur. Est-il arrivé quelque chose ? Ne me mentez pas, Callun, le menaça Genista en pourléchant ses doigts émaillés de grains de sucre.

Deryn serra les dents. Elle savait à quel point Rivael avait horreur du mensonge et comme son honnêteté pouvait les mettre en danger tous les deux. Il était difficile de prédire ce trait de caractère avec sa grandiloquence de comédien. Mais son amante le connaissait bien et décida d'endosser la responsabilité de cette fable.

— Monsieur Genista, intervint-elle avec une douceur doublée de sérieux. Monsieur Anthème souhaite réellement prendre du temps pour travailler sur ce parfum. Mais il a besoin de solitude. Je suis persuadée qu'il réapparaîtra enrichi par cette expérience et que la proposition qu'il vous soumettra ne manquera pas de vous charmer.

Deryn fut surprise par sa propre assurance.

Le parfumeur hocha doucement la tête, lèvres repliées, peut-être davantage pour les débarrasser des dernières traces de sucre que pour mimer sa réflexion.

— Je suppose qu'il ne me laisse pas le choix. Mais ce ne sont pas des manières ! Je n'ai eu droit qu'à un misérable morceau de papier posé sur mon bureau pour m'informer de son absence. Il aurait au moins pu m'expliquer la raison de son départ soudain dans une lettre rédigée en bonne et due forme.

— C'est qu'emporté par sa fièvre créatrice, Lugen n'en a pas pris le temps. Et j'ai cru comprendre qu'il ne faisait pas vraiment confiance à l'épîtrier de sa rue.

— Cet oiseau de malheur… J'admets que je ne peux pas en tenir rigueur à Lugen. Bon… Il est vrai qu'il n'a pas pris de congé depuis trois ans. Toutefois, que cela ne dure pas plus d'un mois. Ses manières me déçoivent. Ce garçon fait parfois preuve d'une nonchalance qui frôle l'impertinence, bougonna-t-il. Sans compter que je ne parviens pas non plus à contacter Tydorel Isat. Ce graphiste a l'œil de son temps. Je ne saurais me passer de son travail.

Deryn pinça les lèvres.

« J'ignore où il se trouve, mais qu'il aille aux krakens ! » songea-t-elle secrètement.

Il y a deux années de cela, chaperonnée par une Arianell qui ne la quittait pas des yeux, elle avait servi de modèle pour une affiche publicitaire qui devait vanter les mérites d'une petite gamme de savons. La jeune femme avait été choisie pour sa grâce et sa taille de libellule qui faisait sa fierté. Mais en découvrant le résultat, elle s'était fâchée contre l'artiste. Tydorel Isat avait encore affiné sa taille déjà très mince en ne manquant pas, en plus, de grossir sa poitrine et ses hanches, flouant, niant, méprisant, sa silhouette de danseuse.

— Vous froncez les sourcils, mademoiselle Orseille ? C'est l'évocation de monsieur Isat qui vous déplaît ?

devina le parfumeur en remuant ses moustaches pour en déloger les éventuelles perles de sucre récalcitrantes.

— Oh ! Eh bien…

— Parlez à cœur ouvert. J'aime la franchise quand elle n'est pas méchante, fit-il en lorgnant de nouveau le stand de crêpes.

Deryn hésita un instant. Elle craignait de déplaire au parfumeur. Mais n'était-ce pas l'occasion de faire entendre sa voix, et celle d'autres qui, comme elle, s'étaient senti méprisées par ce genre de procédé ?

Le regard encourageant de monsieur Genista la décida.

— Parfois, se força-t-elle à préciser pour adoucir son propos, j'ai le sentiment que monsieur Isat, comme d'autres, ne cherche aucunement à rendre gloire aux femmes comme il se plaît à le dire, mais seulement à un idéal masculin chimérique. Je les invite à n'en dénicher qu'une qui correspondra à leur modèle impossible ! Leur recherche les épuisera et finira par les tuer.

— Dans ce cas, bon débarras ! clama le parfumeur en levant le bras. Haha ! Je n'avais jamais considéré les choses ainsi. Mais vous avez peut-être raison. Il est vrai que la beauté peut prendre différentes formes. D'ailleurs, votre allure est charmante. À la vérité, c'est à la mode qu'il faut s'en prendre, mademoiselle. C'est elle qui désigne le modèle d'une époque, comme si la silhouette de telle ou telle femme était tour à tour actuelle, désuète ou avant-gardiste.

Deryn se retint de relever un sourcil. Monsieur Genista avait avancé cette idée comme s'il en prenait tout juste conscience. Rendue plus attentive par son travail, et étant une femme, elle avait pour sa part dressé cet amer constat depuis longtemps.

— Les tendances sont beaucoup plus stables chez nous autres hommes. Cette bedaine que j'entretiens merveilleusement comme vous le voyez ne deviendra jamais une tendance, pas plus que ma courte taille. Au diable cette mode dictatrice et humiliante. Ce n'est pas pour cette mauvaise fée que nous mettons notre talent à disposition, n'est-ce pas ?

Deryn lui répondit par un rictus de radieuse fierté. Genista se réjouit. Ces deux tourtereaux lui avaient offert ses premiers sourires authentiques depuis le début des festivités.

— Bon… fit de nouveau le parfumeur. Je dois vous quitter. Je déteste par-dessus tout ce goût de trop peu et je mourrais de honte si je devais de nouveau m'empiffrer devant vous autres, frémit-il, ses huit pattes remuant d'impatience sous sa taille.

Leur mission menée à bien, Deryn et Rivael s'étaient perdus dans la foule avant de s'aventurer vers la demeure de monsieur Aiden, un maître-tanneur qui avait fait fortune en travaillant pour les écuries de la garde impériale.

À l'origine, c'était le maître de Rivael qui avait été convié à cette soirée. Mais le verrier au caractère un peu farouche et casanier avait les mondanités en horreur. Rivael s'était donc proposé de s'y rendre en son nom.

Seulement, à peine les deux amoureux se présentèrent-ils devant l'hôtesse chargée de contrôler les entrées que les contrariétés débutèrent.

— Je regrette, monsieur Callun, mais vous ne figurez pas sur la liste des invités.

— Me permettriez-vous d'y jeter un œil ?

La jeune femme apathique fit tourner le document entre ses doigts avec un air ennuyé.

— Vous auriez dû vous trouver au-dessus de « Cramoise ». Or, ce n'est pas le cas. Je vous demanderai donc de vous éloigner, marmonna-t-elle en faisant de nouveau pivoter le document.

— Attendez ! Il est possible que l'invitation soit restée au nom de mon maître : Glyn Hiperic. Veuillez vérifier une dernière fois, je vous prie.

Après un regard réprobateur, la jeune femme consentit à sa requête.

— O. Genista, M. Heremon… G. Hiperic, ah ! en effet. Il y a une note stipulant que vous le représenteriez ce soir et que vous seriez accompagné. Bien. Dans ce cas, vous pouvez entrer.

— Nous vous remercions, répondit chaleureusement Rivael alors que Deryn bouillait d'impatience.

Mais sa vexation se dissipa dès l'instant où elle posa le talon à l'intérieur de l'appartement. Monsieur Aiden avait manœuvré pour transformer son salon en véritable jardin où des ribambelles de fleurs couraient sur les murs, s'entortillaient dans les branches des lustres et foisonnaient dans des vases impressionnants de gigantisme. L'un d'eux était le fruit d'une commande passée au maître de Rivael. Les conversations des invités se mêlaient à la musique de la rue. Le concours du parfum de l'impératrice était sur toutes les bouches.

Dans un boudoir désert, les deux amants s'étaient éclipsés derrière une lourde tenture. Les lèvres ourlées par le désir, Rivael embrassait sa presque fiancée, s'amusant de voir le rose de ses lèvres se brouiller et gonfler sous leurs baisers. Elle, sentait son bas-ventre se pincer sous l'effet du plaisir. Les doigts de Rivael qui glissaient sur le bombé de sa cuisse n'y étaient pas étrangers.

Soudain, des voix enflèrent dans le couloir. Deryn se coula hors des bras qu'elle aimait tant et se jeta sur un petit fauteuil en se massant la cheville, feignant une grimace de douleur.

— Ouille, ouille, ouille…

— Mais que fais-tu ? Il ne faut pas qu'on nous trouve seuls ici !

— De la glace, Riv… Faits mine d'aller me chercher de la glace ! le pressa-t-elle, les pommettes encore rosies par l'émotion.

À peine eut-elle terminé sa phrase qu'une brassée de mondains passa les portes en grande conversation. Ils la remarquèrent à peine et poursuivirent leurs bavardages en se partageant l'espace par petits groupes.

Soupirant devant leur manque d'intérêt, Deryn se redressa sur ses pieds et sortit sans prendre la peine de faire semblant de boitiller. Alors qu'elle avançait vers le salon principal, Rivael vint vers elle avec un petit bac de glace pilée et un air interloqué. Sa fiancée ouvrit la bouche pour s'expliquer quand soudain elle distingua, dans un filet de voix, le prénom de Lugen. Levant l'index pour faire signe à Rivael d'écouter, elle tourna bientôt les yeux vers les silhouettes qui s'éclipsaient dans le salon.

— C'était monsieur Farrell Dhali, lui apprit Rivael sans trop savoir que faire de son bac de glace.

La curiosité picota Deryn.

— Allons voir, dit-elle en passant les portes, tout en claudiquant un peu grossièrement.

Le carnaval de printemps

Le salon exsudait des effluves de cuir et de graisse de cirage mêlés à un parfum suave reproduisant celui du pois de senteur[1].

La passementière se laissa tomber sur une chaise en grimaçant, se positionnant ainsi juste derrière le groupe. Rivael récupéra quant à lui une serviette dans laquelle il disposa quelques cristaux de glace avant d'en tapoter délicatement la cheville de Deryn. Le jeu n'était pas désagréable. Les frissons sur les avant-bras de la jeune femme firent sourire Rivael.

Deryn étudia du coin de l'œil la plantureuse personne qui accompagnait Farrell Dhali. Il s'agissait de la grande Aslinn Cramoise, la duchesse des Sables d'or. Cette femme dégageait une aura sensuelle. Un parfum rond, ambré, composé de girofle, de jasmin et de santal flottait mollement autour d'elle. La cinquantaine, formes généreuses, mais sans taille marquée – elle semblait sculptée dans un seul bloc –, charme capiteux, peau d'agrume, vive, rieuse et pleine de feu, Aslinn Cramoise ressemblait note pour note à son parfum : opulente et corsée.

— Madame Cramoise, la duchesse des Sables d'or, a repris l'affaire après la mort de son mari, murmura Rivael à l'oreille de Deryn. Cela faisait déjà plusieurs siècles que la maison avait acquis ses lettres de noblesse. Son fondateur, Alistair Cramoise, était le parfumeur officiel de l'empereur Ellar Ier. Là où dans l'ancien monde il fallait se distinguer par un fait d'armes héroïque, la virtuosité d'Alistair et son intelligence lui ont valu de gagner son titre de noblesse et la gouvernance des Sables d'or. Malgré le passé prestigieux de la maison et bien qu'elle ne soit

1. Plante à fleurs au parfum odorant.

plus rattachée à la famille impériale, la direction de madame Cramoise n'a fait que la rendre plus éclatante encore. On surnomme cette dame « l'Ensorceleuse ». Madame Cramoise sait user de charmes délicieux… qui pourraient toutefois s'avérer dangereux. Elle a été soupçonnée d'avoir empoisonné son mari. À l'époque, l'affaire faisait les gros titres. Mais sa culpabilité n'a jamais été prouvée. J'aurais tendance à croire que le bruit a été colporté par ceux pour qui voir une femme, fût-elle duchesse, se hisser à cette place prestigieuse dérangeait. D'ailleurs, l'affaire est réapparue il y a quelques jours dans *L'Oxylabe*, va savoir pourquoi.

— Quand les temps sont calmes, les gazettes mettent le nez dans leurs archives, supposa Deryn.

Farrell invita galamment la duchesse à s'asseoir dans un fauteuil de cuir recouvert de tissus précieux avant de s'installer à son tour. Le parfumeur se fit servir un thé à la menthe très sucré. Dans sa tasse, les feuilles vertes étaient roulées en billes. Il fit signe au domestique de lui laisser la théière ventrue, puis porta à ses lèvres sa tasse pleine d'un bouillon de sucre écumant et de feuilles de menthe infusées.

— La fleur est le symbole le plus divin de la nature, déclama Farrell en levant en l'air sa main ambrée qui ne tenait pas la tasse. Sa dualité avec le parfumeur souligne notre lien teinté d'ombre et de lumière. Nous cherchons sans cesse le meilleur moyen de faire nôtre sa vertu la plus belle : son parfum. Toutefois, nous aimons aussi nous parer de ses couleurs éclatantes, aux nuances infinies. Nous voulons capturer sa beauté magnifique. Certes, nous pouvons demeurer là à la contempler.

Mais qui refusera d'admettre que ses doigts démangent du désir de la cueillir ? Pourtant une fois coupée de ses racines et de la terre nourricière, la fleur n'offrira plus longtemps toute sa splendeur : sa couleur se ternira, son parfum s'affadira… Alors nous tentons par tous les moyens de les conserver : la ferai-je sécher dans un livre ? La distillerai-je pour garder le souvenir de son essence capiteuse ? Qu'importe la méthode, la fleur dans son entière beauté est perdue. En cela, notre art est humble. Nous ne prétendons pas reproduire la splendeur magnifique de la nature, seulement tenter de mettre en lumière l'une de ses multiples facettes merveilleuses.

La duchesse hocha le menton avec distinction, puis adressa à l'homme qui lui faisait face une œillade chargée d'acidité.

— Voilà un discours, Desmond, qui ferait un beau sujet pour un futur article, non ?

Le journaliste, un poil enrobé, brun, mat, au sourire étudié, affichait une mine amusée.

— Pour une revue d'art, très certainement… Mais d'autres sujets plus exaltants requièrent en ce moment mon attention. Vous savez comme mon réseau est redoutablement bien établi. Le moindre petit secret sur l'Archipel remonte immédiatement à la rédaction de *L'Oxylabe*. D'ailleurs, voici pour vous une avant-première : je sais que Genista prépare un parfum pour cet été. Il se nommera *Larimar*.

Rivael émit un sourire discret. La maison Genista requerrait certainement les services de son maître pour fabriquer le flacon de cette composition. Deryn, quant à elle, sentit l'excitation la gagner en songeant qu'elle, la petite compagnon-passementière, détenait à présent une information que la bonne société de Macatia convoitait. Elle s'installa plus confortablement pour écouter la discussion avec un sourire excité.

— Vos journalistes ont-ils questionné Lugen Anthème ? demanda Farrell. Ce chimiste a si peu de jugeote qu'il aurait pu vous lâcher l'information sans s'en rendre compte. Il ne maîtrise pas les ficelles de la communication. Il ignore comment parvenir à auréoler un parfum d'une brume de mystère afin de susciter le désir.

— Pourtant, la maison Genista se porte à merveille depuis qu'il est arrivé, rétorqua monsieur Desmond. Notre concurrent, *Le Tisserin*, maudit soit-il, a publié leurs chiffres de vente. Les vôtres, monsieur Maurelle, présentent une légère baisse.

— Vous n'avez pas manqué de les mentionner, sans vous embarrasser de parler de nos investissements dans la culture de certaines variétés de fleurs rares, déplora Enis Maurelle. Votre papier, monsieur Desmond, se contente des mauvaises nouvelles.

L'Ensorceleuse pinça les lèvres et agita nerveusement son éventail, déployant autour d'elle des bourrasques de gingembre et de musc.

— Il est vrai, siffla-t-elle. Je n'oublie pas que certains ont pris un malin plaisir à colporter des rumeurs ignominieuses quand feu mon époux s'est évaporé. Monsieur Desmond, qu'aviez-vous besoin de raviver l'information dans cet article ? Vous manquez de sujets alors vous recyclez de vieilles affaires ? Votre gazette utilise parfois trop le scandale au détriment de l'information. Il serait bon de revoir vos méthodes. D'autres pourraient vouloir vous imiter et alors la presse ne serait plus qu'une course au sensationnel. Déjà, les journalistes d'aujourd'hui cavalent bien plus vite que ceux d'hier. Les informations nous frappent comme un parfum lourd, puis s'évanouissent brusquement sans laisser de trace. En parfumerie, nous jugerions un tel produit comme mauvais. Vous ne laissez aucun temps à l'analyse.

Deryn et Rivael baissèrent les yeux instinctivement, intimidés par l'admonestation de la brasillante duchesse comme si le reproche leur était adressé.

— Les scandales plaisent et se vendent, fit remarquer le gloseur sans paraître embarrassé. J'aime le tapage, les esclandres et les coups de tonnerre qui nous font sursauter. Ensuite… ils disparaissent comme un magicien dans une boîte en nous laissant figés, yeux écarquillés et suspendus dans l'attente du prochain coup.

— Et on le ressent parfaitement dans votre parfum ! constata amèrement l'Ensorceleuse. Il s'agit de *Ciguë*, l'une de mes premières compositions. Sa note de bois fumé est tout bonnement singulière. Je m'étais montrée particulièrement audacieuse cette année-là. Ce boisé-chypré ne peut être porté par n'importe qui. Il vous sied à ravir.

— Le parfum reflète le caractère : les cocottes capiteuses, les introverties fleuries, les mâles musqués… renchérit Enis Maurelle, ou les fumeux excentriques.

Monsieur Desmond se satisfit de cette pique qu'il fit mariner dans sa cervelle avec délectation.

— À ce propos, je n'ai pas encore pu inhaler à ma guise celui de cette petite fleur qui vient de poindre, poursuivit Farrell en se retournant, entraînant toutes les têtes dans son mouvement, dont celles de Deryn et de Rivael qui pivotèrent discrètement.

Peau d'obsidienne et yeux gris perlés aux longs cils papillonnants, la parfumeuse Galane Orchilla intriguait. À la suite d'un traumatisme crânien, son maître venait de perdre tragiquement l'odorat. La jeune femme avait donc subitement été propulsée au rang de maîtresse-parfumeuse avec toutes les responsabilités et les exigences que cela impliquait.

Ses cheveux bouclés et soyeux, piqués d'une barrette aux motifs compliqués, étaient parfumés sans nul doute, de même que le ruban de soie qui lui enserrait le cou. Son petit nez en trompette frémissait. Elle changeait sans cesse de posture et ne paraissait pas savoir que faire de ses mains. La demoiselle Orchilla avait tout d'une ingénue qui tente maladroitement de cacher sa confusion. Sa pomme de senteur tressautait sur sa poitrine menue à chaque fois que son rire, trop fort et un peu convulsif, secouait sa silhouette.

L'approcher aurait permis de humer son odeur et de se forger une première idée sur son caractère. Les nez de l'Ensorceleuse, de Farrell Dhali et d'Enis Maurelle semblaient la flairer comme des limiers.

Son allure masculine et sportive était floutée par une ample jupe de satin vert émeraude qui lui dessinait un arrière-train proéminent. Une chemise en soie rayée de la même couleur dévoilait le début de ses épaules carrées.

— Le couturier Galéo l'a habillée.

— Il me semblait reconnaître sa patte.

— Mmh… Sa nouvelle égérie est encore frêle sur ses appuis, remarqua l'Ensorceleuse. Mais demain, elle pourrait décider de la mode. Je le présage. Nous allons devoir la surveiller attentivement. Je suis furtivement allée la saluer tout à l'heure pour me faire une idée, avoua la duchesse en passant ses doigts sur sa joue duveteuse. Son aura olfactive est audacieuse, mais maladroite. Elle porte trop d'odeurs en même temps. Cette fille est un capharnaüm sensoriel.

— Peut-être, mais je gage qu'elle fera couler beaucoup d'encre dans les prochains mois, prédit Desmond avec enthousiasme.

— N'est-ce pas déjà le cas ? maugréa Farrell. Il n'y a pas un jour sans que la presse ne parle d'elle.

— Il est vrai. Mais je me targue d'être le premier à l'avoir fait découvrir par ma gazette. J'ai tenu à la rencontrer personnellement il y a trois semaines. Son premier parfum sera pour l'impératrice. Si elle réussit, quel début de carrière prestigieux ce sera !

Enis Maurelle prit soudain des allures de clown triste, de celles à fendre le cœur. Il était l'actuel parfumeur de l'impératrice Edme.

— Son Altesse porte mon *Iris impériale*, un parfum de mélancolie rêveuse. Mais puisqu'elle aspire à changer d'état d'esprit, peut-être changera-t-elle aussi de parfumeur. C'est ce que je cherche à éviter. Je dirai simplement que je vais tenter de lui composer un bouquet printanier, un renouveau, un appel à la belle saison.

— Nous lui préparons un bouillon différent, gloussa la duchesse. Une potion pleine de fougue qui lui permettra de sortir de sa torpeur. Edme était gaie, impertinente et pétillante autrefois. Elle le redeviendra grâce à notre élixir aux notes juvéniles, audacieuses et festives.

Soudain, comme pour illustrer l'enthousiasme d'Aslinn Cramoise, des feux d'artifice pétaradèrent en une salve de couleurs et de bruit, crachant des fumées âcres qui moutonnèrent en gros nuages épais dans le ciel étoilé.

Au troisième coup, la pièce s'était vidée. Le groupe s'était rué par la baie ouverte pour gagner les jardins. Ceux-ci s'étalaient sur un vaste balcon ventru qui, de jour, projetait son ombre quasi astrale sur la rue pavée du dessous.

Devant ces éclats de tonnerre colorés, chacun gardait les yeux grands ouverts. Les dames trituraient nerveusement leurs flacons à sels ou de pâmoison qui dansaient sur leur poitrine tandis que des sourires d'enfants béats adoucissaient les traits des messieurs. De même, l'ensemble du personnel de maison avait cessé son activité pour se ruer aux fenêtres afin de ne rien manquer du spectacle.

Deryn se coula dans les bras de Rivael. Son cou de cygne se dévissa pour admirer ces fleurs de feu qui éclataient sur la toile sombre du ciel. La jeune femme aurait été parfaitement heureuse si sa sœur s'était trouvée à ses côtés, saine et sauve. Un instant, elle ressentit une certaine aigreur à son égard. Nimué lui paraissait odieuse de lui créer autant de souci et de gâcher ainsi sa sérénité. Deryn décida de se venger en s'autorisant à s'amuser. Après tout, que pouvait-elle faire de plus pour sa sœur ce soir ?

— Et si nous allions admirer la collection de livres reliés de monsieur Aiden ? proposa-t-elle à Rivael avec une lippe suppliante.

— Qui serait assez fort pour résister à une moue pareille ? fit-il en lui attrapant le menton.

La fête n'avait pas épargné la bibliothèque qui semblait avoir été le théâtre de réjouissances plus privées. Des plats en opaline, des sucriers, des tasses et une théière en porcelaine recouvraient un bureau en acajou encerclé de chaises dépareillées et négligemment disposées. Rivael s'était penché sur des carafons en cristal.

— Un très bon dosage en silice, potasse et plomb, murmura-t-il pour lui-même. Très joli travail.

Soudain, il sentit la joue duveteuse de Deryn frôler la sienne. Le jeune muscadier inspira son parfum à pleins poumons, yeux clos. Un jasmin solinote. Quand il les rouvrit, la belle examinait la carafe avec un œil expert.

— Joli travail en effet, apprenti Callun, susurra crânement Deryn. La qualité de ce cristal est remarquable.

— Mmh… À quoi le mesurez-vous, mademoiselle Orseille ? l'interrogea son amant en prenant un malin plaisir à entrer dans son jeu.

— À son aspect, j'en conclus que son pourcentage d'oxyde métallique, sa densité et son indice de réfraction sont excellents, fit-elle en empruntant le ton sérieux du maître de Rivael.

— Je vois que mes leçons n'ont pas été vaines.

— Qui a dit que je ne les ai pas apprises seule ?

— Vous serais-je inutile ?

— Oh non, monsieur, souffla-t-elle en dégageant une mèche blonde de son front avec un petit air mutin.

Tout laissait à penser que les lieux avaient été promptement désertés. Comme si les éclats colorés et la puissance des pétards avaient soufflé tous les invités au-dehors. Se retrouver seuls dans un lieu si grandiose émoustilla Deryn. Des ailes de papillons lui chatouillèrent le creux du ventre et un sourire espiègle s'étira sur ses lèvres. Le sentiment d'interdit avait quelque chose de grisant, elle devait bien l'avouer. Était-ce la même excitation qui avait étreint sa sœur tandis qu'elle s'engageait dans cette aventure ? Si c'était cela, alors Deryn la comprenait, un peu. Pourtant, pour rien au monde elle n'aurait agi comme l'avait fait Nimué. Tout ce qu'elle chérissait se trouvait ici et son devoir était de contribuer à protéger leur petit monde.

Soudain, on entra dans le boudoir qui jouxtait la bibliothèque. La porte séparant les deux pièces n'avait pas été correctement fermée. Deryn et Rivael se tendirent. Les ongles de la jeune femme s'imprimèrent dans l'avant-bras de son amant qui grimaça en s'efforçant de n'émettre aucune plainte.

Ils ne reconnurent pas les voix provenant du petit cabinet. Mais aux paroles proférées et au ton utilisé, tous deux comprirent immédiatement qu'ils n'auraient pas dû être là et que ces informations n'étaient pas destinées à tomber dans leurs oreilles.

— Bien, nous sommes donc tous d'accord, pour une fois. Cet événement semble en effet le plus propice pour mettre la machine en marche. Je me charge d'en informer les autres.

— Rappelle-leur bien que nous devons rester unis et coordonnés. Aucune initiative personnelle ne sera tolérée cette fois-ci. Nous ne cherchons plus à déstabiliser l'Empire, mais à le faire tomber. Vous conviendrez que la manière d'agir est absolument différente et qu'il faudra faire preuve de rigueur et de discrétion…

Le carnaval de printemps

Deryn et Rivael s'étaient figés. Aucun d'eux n'osait esquisser le moindre mouvement, ni émettre le moindre son. Ils osaient à peine respirer. Pour eux, ces quelques paroles échangées derrière la porte avaient jeté un voile glacial sur la fête.

Leur esprit était confus. Mais leur instinct du danger les sommait de s'enfuir avant de se faire repérer. Rivael fut le premier à réagir. Le sang battait à ses tempes. Le jeune homme posa sa main sur l'avant-bras de Deryn. Celle-ci hoqueta de surprise, immédiatement étouffée par la main de son compagnon.

Ce dernier posa son index sur ses lèvres et la souleva dans ses bras pour les éloigner, craignant que les talons des bottines de la jeune femme ne les trahissent.

Ils filèrent dans les couloirs avant de se forcer à adopter un pas plus tranquille et naturel en passant devant la portière. Mais dans l'esprit des deux amants, une seule pensée rougeoyait : « Un complot menace l'Empire ! »

Ils ne savaient pas qui en était à l'origine ni quand ou comment il aurait lieu. Mais une chose était certaine : un danger planait sur l'Archipel.

De peur d'être repérés, Deryn et Rivael pressèrent le pas. Tous deux s'engagèrent sur les passerelles qui formaient les branches du Grand Chêne et se perdirent dans la foule, le cœur battant à un rythme plus effréné que celui des tambours.

— Oh par le feu des dragons, Riv ! Ces gens vont certainement tenter d'assassiner l'empereur ! gémit Deryn après s'être assurée que personne ne les écoutait.

— Que faire ? Nous voilà dépositaires de la connaissance d'un complot, et pas des moindres ! Ces gens dans le cabinet n'étaient certainement pas n'importe qui. Nous devons nous montrer extrêmement prudents.

— Je ne veux pas que l'Empire s'écroule, Riv. Nous y sommes heureux, en sécurité et même plutôt prospères. Je refuse de voir tout ça compromis et encore moins disparaître…

— Moi aussi. Peut-être… peut-être est-il de notre devoir d'avertir l'empereur Ellar du complot qui le menace.

Lissant nerveusement sa jupe caramel, Deryn répliqua avec fougue :

— Alors nous devons d'abord collecter des preuves de ce que nous avançons. Sinon, personne ne nous croira et nous pourrions nous mettre en danger. Par le sang des dragons, je tremble comme une feuille.

Rivael soupira en se pinçant l'arête du nez. Tout ceci était stupéfiant. Ils traversèrent le boulevard Ellar Ier puis s'engagèrent dans des ruelles moins bondées en lançant de temps à autre des regards anxieux derrière eux.

— Voyons… commençons par le début. Le complot se préparait dans le salon de monsieur Aiden.

— Tu crois qu'il est impliqué dans l'affaire ? demanda la jeune femme en tentant de s'apaiser.

— Je n'ai pas entendu sa voix, mais certains sont restés silencieux. Quand ils sont entrés, au bruit de leur pas, j'ai pu juger qu'ils étaient au moins quatre. Qui pourrait vouloir que l'empereur Ellar II disparaisse ?

Une main sous le coude et l'autre sur son menton, Deryn réfléchit un instant, fouillant dans sa mémoire. Quelques articles de journaux des semaines passées formèrent une chaîne cohérente dans son esprit.

— Depuis quelque temps, pas une semaine ne passe sans que certaines corporations critiquent la politique protectionniste du gouvernement.

— Elles commencent à oublier pourquoi celle-ci a été mise en place et qui elle protège en premier lieu.

— Visiblement. Je me souviens d'un article qui témoignait du mécontentement de la compagnie des tanneurs. Nous trouverons peut-être des réponses sur l'île aux Fers, là où sont installés les ateliers de monsieur Aiden, suggéra la jeune femme.

Soudain, un petit groupe d'hommes apparut sur une branche en hauteur. À première vue, ils se contentaient d'observer le boulevard en contrebas, mais Rivael et Deryn se sentirent épiés. La peur les saisit brusquement comme une eau glacée.

— Nous y réfléchirons plus tard. Pour l'heure, trouvons Morna et disparaissons, souffla le muscadier en entraînant sa compagne par le coude.

— Morna ? Pourquoi Morna ?

— Elle nous cachera pour la nuit. Si quelqu'un nous a vus, il vaut mieux éviter de rentrer chez nous, au moins pour ce soir. Et puis, Morna saura quoi faire. J'ai confiance en son jugement.

— Tu as raison. Elle doit tenir un stand au pavillon des thés.

Deryn et Rivael se frayèrent un passage entre les musiciens et leurs instruments, traversèrent des terrasses de café bondées et des places encombrées par des danseurs de farandole pour rejoindre non sans mal leur destination.

Heureusement, leur hypothèse se révéla juste. Derrière

un comptoir monté sur tréteaux, Morna proposait une dégustation de thés floraux. Les mélanges sentaient le jasmin, la rose, la fleur d'oranger, la violette ou encore la fleur de lotus. Du fait de l'absence de Nimué, l'apprenti d'un confrère secondait la maîtresse-thé.

Rivael prit la place de Morna derrière le stand tandis que Deryn l'entraînait à l'écart afin de lui confier ce qu'ils avaient entendu. Le regard perçant de la maîtresse-thé adopta soudain l'expression des oiseaux de proie.

— Dans un premier temps, vous devez disparaître, déclara vivement Morna. Quelqu'un vous a peut-être repérés. Rentrons sur l'île Verte, à la plantation Rhus. Ensuite, nous réfléchirons afin de déterminer quelle est la meilleure manière d'agir. L'empereur doit être protégé.

Sa famille éprouvait le plus grand des respects pour Ellar II. La loyauté était une valeur primordiale aux yeux des Rhus.

— Oui, filons au plus vite, renchérit Deryn.

Morna hocha la tête d'un air résolu, ses mèches blanches claquant sur sa poitrine menue.

— Ma famille me demande, annonça-t-elle à l'apprenti en dénouant son tablier avec sang-froid. Je compte sur toi pour fermer le stand et ranger le matériel quand les clients seront partis. Je suis satisfaite de ton travail. Je ne manquerai pas d'en faire part à ton maître.

L'apprenti s'inclina légèrement avant de la remercier par un sourire contenu.

Deryn admirait grandement la réactivité de la maîtresse-thé. Elle ignorait pourquoi mais, sous sa direction, la jeune femme avait la sensation qu'elle et Rivael étaient en sécurité.

Pourtant, alors qu'ils sautaient tous trois dans un tramway de nuit pour rejoindre l'embarcadère, d'autres inquiétudes affleurèrent dans l'esprit de Deryn.

— Tante Eliabelle sera furieuse que je ne rentre pas ce soir… gémit la jeune femme en regardant Macatia rétrécir au fur et à mesure que l'embarcation s'en éloignait. Je lui enverrai un oiseau postal dès demain matin, en espérant qu'elle se montre clémente. Mais je l'imagine bien, de rage, tordre le cou de l'épitrîer…

Rivael lui attrapa la main et la porta à ses lèvres.

— Si nous déjouons ce complot, peut-être que la vénérable dragonne répondra plus favorablement à notre demande. D'ailleurs, je l'espère bien, parce que je pourrais difficilement briller davantage qu'en ayant sauvé l'Empire.

Deryn et Rivael battirent des paupières alors qu'il faisait encore sombre au-dehors. Tandis que la maisonnée bruissait d'agitation, pas la moindre lueur, si ce n'était lunaire, ne filtrait au travers des persiennes. La nuit s'était révélée particulièrement courte et la fatigue se faisait ressentir. Rivael se redressa, les coudes plantés dans un matelas posé sur le parquet de la chambre des frères de Morna.

Par souci de décence, Deryn avait quant à elle passé la nuit dans celle de la maîtresse-thé. Glissée dans une chemise de nuit, la jeune femme s'étirait à présent comme un chat engourdi de paresse, en bâillant à s'en décrocher la mâchoire.

Pendant que les deux invités émergeaient péniblement des draps, les Rhus et leur personnel travaillaient à la plantation. Les cueilleurs s'étaient levés avant l'aube pour récolter les feuilles de *Camellia sinensis* encore baignées de la rosée de la nuit. Au milieu des arbustes, les ongles tranchaient les pédicelles[1] des feuilles sans les blesser, sans que la chaleur du corps ou le sel de la transpiration ne puisse les souiller. Les arbres étaient taillés à hauteur de hanche afin de faciliter le travail des cueilleurs. Seules les feuilles les plus hautes étaient récoltées ainsi que les bourgeons car ils s'avéraient plus chargés en sève.

Pendant que le père de Morna contrôlait la qualité de la moisson, son épouse et la mère d'Elioth disposaient les feuilles sur de grands plats de bambou tressé. Une toile délicate remplaçait le bois pour le précieux oolong. Concernant le thé vert, l'étape de l'oxydation était occultée. Le reste de la cueillette était disposé dans un endroit humide. Puis le thé serait chauffé afin de stopper l'oxydation avant d'être séché.

Le petit frère de Morna s'occupait du feu sous le chaudron de brassage. La maîtresse-thé, quant à elle, brassait les jeunes pousses à la main, veillant à ne pas les brûler. Morna connaissait la température idéale pour les feuilles de ce terroir. La jeune femme maniait le feu et l'eau en maître. Au nez, elle savait parfaitement comment réagissait le produit et adaptait son geste en conséquence. Plus jeune, elle avait laissé brûler tout un chaudron. Son maître l'avait réprimandée pour la forme, mais il savait que pour reconnaître la bonne odeur, il fallait avoir expérimenté et analysé la mauvaise.

Enfin, les cousins d'Elioth se saisissaient de la production pour la prochaine étape. Les jeunes hommes faisaient savamment rouler les feuilles sous leurs mains pour les aérer et les refroidir afin d'en faire ressortir

1. Partie du pédoncule qui supporte la fleur d'une plante.

les sucs et les huiles essentielles. Elles adoptaient alors cette forme typique et aisément reconnaissable par les amateurs de thé. D'autres furent roulées en billes.

Quand Deryn et Rivael apparurent sur la terrasse, la mine encore tout ensommeillée, la grand-mère de Morna les mit à contribution en leur apprenant à trier les feuilles selon leur qualité. Durant ce temps, son fils faisait glisser les billes de bois sur son boulier et griffonnait des chiffres dans son livre de comptes.

En milieu de journée, Deryn envoya l'épîtrier à sa tante, l'informant qu'elle et Nimué avaient été invitées par la famille de Morna pour quelques jours. Le mensonge lui pinça le cœur et raviva son angoisse quant au sort de sa petite sœur.

Le soir venu, Rivael et Deryn s'isolèrent sur la terrasse donnant sur la plantation. Sirotant un thé vert parfumé à la rose et au litchi, tous deux firent le point sur leurs réflexions de la journée.

— Monsieur Aiden est un grand maître de la compagnie des tanneurs, fit remarquer Rivael. Comme tu l'as suggéré, peut-être trouverons-nous des indices sur l'île aux Fers, dans leur quartier. Ton idée d'entreprendre nos recherches là-bas me semble judicieuse.

— Certes, seulement… comment pourrons-nous enquêter sans éveiller de soupçons ? On ne se balade pas entre les ateliers comme sur la promenade des Dragons, fit-elle remarquer en roulant des yeux.

— J'y ai déjà réfléchi. Nous nous ferons passer pour des fonctionnaires en charge de l'inspection. Pour qu'on ne nous regarde pas de travers, nous expliquerons que nous préparons un rapport sur les conditions de travail des tanneurs.

— Un certificat avec un tampon administratif sera nécessaire. Le problème, c'est que nous ne saurons pas falsifier un pareil document.

— Malmor connaît beaucoup de monde, pas toujours recommandable. Avec son aide, je pense pouvoir trouver un faussaire. Mais cela prendra certainement une semaine.

Les mains moites, mais quelque peu excitée par la perspective de l'aventure, Deryn hocha la tête, pinçant de ses dents le rose de ses lèvres.

À ce moment-là, Morna émergea de la maison pour les rejoindre, une tasse d'oolong entre les mains. La maîtresse-thé les toisa un instant en silence en gardant une distance avec eux. Son regard était accusateur. Deryn s'était pourtant platement excusée d'avoir renversé tout un panier de feuilles de thé.

— Rivael… commença Morna. J'ai cru comprendre que Deryn n'a pas tenu sa langue quant au sort de Nimué.

La maîtresse-thé s'adossa contre une poutre de bois. Ses yeux éclairés par la lune renvoyaient une lumière blafarde et menaçante.

— Il est vrai. Mais je suis son fiancé, ou c'est tout comme, la défendit le jeune homme. Vous-même, Morna, savez combien le secret est particulièrement lourd à porter. Ne craignez rien, je saurai vous épauler tout en gardant le silence.

Deryn posa sa main sur celle de son amoureux en un geste reconnaissant.

— C'est naturel, mais dangereux, répliqua Morna en dardant sur la compagnon-passementière un regard sévère.

— Personne d'autre n'en saura rien, lui assura Deryn.

Morna soupira en croisant les bras.

— Quand pensez-vous que Nimué reviendra ? Et où accostera-t-elle ?

Deryn et Rivael haussèrent les épaules de concert.

— Vous n'en avez vraiment aucune idée ? insista Morna.

— C'est impossible à dire, soupira Rivael. Elle n'est visiblement pas l'instigatrice du projet et dans le courrier adressé à Ossian dont Deryn m'a parlé, elle ne paraissait pas très au courant des détails de son déroulé. Inutile donc de faire d'hasardeuses déductions.

— Nous avons justifié son absence ainsi que celle de Lugen Anthème, renchérit Deryn. À présent, nous ne pouvons qu'attendre leur retour.

Le visage de Morna se froissa imperceptiblement sous la contrariété. Elle n'avait que peu d'informations sur Lugen Anthème, excepté qu'il était parfumeur pour la maison Genista. Serait-il le cerveau de l'affaire, ou d'autres personnes faisaient-elles également partie du voyage sans que Nimué ait pris la peine de les mentionner ?

Le courrier crypté qu'elle avait adressé à Ossian était assez bref et son écriture fuyante et maladroite en comparaison avec la graphie dont elle usait habituellement pour les livres de comptes. Morna y avait lu un signe de son trouble.

Pour l'heure, elle ne pouvait rien faire de plus concernant cette affaire. Ses pensées obliquèrent alors vers une autre direction.

— Concernant vos soupçons de complot… commença la maîtresse-thé, j'ai pris le temps de mettre de l'ordre dans mes idées. Il est trop dangereux de s'en mêler.

Restons en dehors de ça et faisons confiance à l'entourage de l'empereur pour le protéger. Si complot il y a vraiment, les espions d'Ellar II le découvriront et agiront en temps voulu. Interférer dans l'affaire risquerait seulement de les gêner.

Cette soudaine décision surprit Deryn et Rivael. La famille Rhus était profondément loyale envers l'empereur. Pourtant, Morna donnait l'impression de capituler. À moins que sa confiance envers les autorités ne soit si grande qu'elle n'ait absolument aucun doute sur leurs capacités à protéger Ellar II. Cela lui ressemblait bien.

Quoi qu'il en soit, Deryn et Rivael hochèrent docilement la tête, avant de replonger le nez dans leur tasse de thé. Morna ne put la voir, mais leur expression laissait subtilement deviner leur détermination à pousser plus loin leur enquête.

Le Fugueur

La fin du voyage jusqu'au *Fugueur* ne s'était pas effectuée dans la sérénité. Avant qu'ils ne parviennent à échapper aux dragons verts, Tydorel avait pris une balle dans l'avant-bras. Il avait fallu contenir ses râles outrés et bander la plaie à la hâte en attendant que le blessé soit pris en charge sur le galion.

— Si tout ceci est arrivé, c'est à cause de ces deux imbéciles qui se laissent diriger par leurs hormones ! s'insurgeait l'affichiste. On n'a pas idée de tirer sur des dragons verts ! Comment ces scélérats ont-ils pu vivre si longtemps ? Argh…

— Cessez de remuer, monsieur Isat, ou je risque de vous faire mal !

Pendant que Nimué inspectait la plaie à la lueur de l'aube naissante, Lugen avait pris les rames tout en tentant de calmer son ami, craignant les représailles de Cormac. Le visage du parfumeur oscillait entre la grimace et l'agacement.

N°157

Le pirate, lui, paraissait flotter à l'intérieur de son propre esprit. Regard ahuri et bras ballants, il allait de long en large dans la chaloupe, manquant à maintes reprises de tomber à la mer. La mort de son frère lui avait, semblait-il, fait perdre la raison.

— Cormac, asseyez-vous maintenant à défaut de ramer ! soupira Tydorel. Ce bougre va finir par aller nourrir les bonites[1] et les requins à force de tanguer de la sorte, ou pire : nous faire chavirer !

— Maudit soit l'Empire ! vociféra soudain Cormac, en empoignant l'affichiste par le col de sa redingote. Des boulets de canon dans la poire et un pillage en bonne et due forme ! Voilà tout ce que vous et votre satané Archipel méritez ! Ces foutues îles nous bouffent l'horizon ! Vous autres, Archîliens, vous nous tirez comme des harponneurs, mais vous manquez pas de vider le ventre de nos galions ! Vous vous gavez des réserves de nos cales en imposant vos prix et vous vous permettez de nous mépriser et de garder vos ressources pour vous seuls ! Misérables bigorneaux puants !

— Ne me faites pas croire que vous vous attendiez à ce que l'on vous traite en gentilhomme quand vous agissez comme un arsouille[2] ! C'est-le-risque-quand-on-verse-dans-le-mar-ché-noir, répliqua Tydorel d'une voix chevrotante tandis que l'autre le secouait à lui en faire craquer la nuque. Mademoiselle Orseille, votre intention est louable, mais je vous déconseille… l'engagea-t-il alors que Nimué avait empoigné la crosse de son pistolet pour le défendre.

---

1. Poisson de mer de la même famille que les thons et vivant dans les mers chaudes.

2. Un voyou.

— Le galion ! intervint Lugen en tendant l'index vers l'horizon.

Cormac ne cessa de grogner et de vociférer des menaces à l'encontre de l'Empire alors que la masse ombreuse du *Fugueur* enflait sur la toile bleue parsemée d'étincelles aurorales.

Même à cette distance, on devinait que le navire possédait l'amplitude d'un entrepôt marchand. Calqué sur les bateaux que l'on voyait sur les gravures de l'ancien monde, il était propulsé par de larges voiles couleur safran, arborait plusieurs ponts et un château arrière particulièrement massif. Lugen nota également une haute et mince cheminée. Celle-ci devait être reliée à un moteur, lui-même relié à une hélice. Il en conclut donc que lorsque les vents étaient contraires à leurs projets, les pirates orientaient la direction à la vapeur.

Quand ils se rapprochèrent du *Fugueur*, les trois Archîliens purent découvrir les arabesques dorées, un peu écaillées, qui ondulaient sur ses flancs. Les motifs oscillaient harmonieusement entre le minéral et le végétal. La figure de proue représentait une femme qui brandissait un coffret ouvert, offrant joyaux, soieries et épices en sacrifice à l'océan pour qu'il épargne le galion et son équipage de ses colères.

Avisant la taille de la carène sous l'eau et la partie émergée de la coque qui l'écrasait de son ombre, Nimué se sentit minuscule. La jeune femme nourrissait l'étrange sentiment d'aborder une terre nouvelle, telle une île voyageuse flottant sur les eaux.

Parvenus contre le flanc du galion sur lequel des algues et des coquillages étaient venus s'encroûter, les passagers de la chaloupe virent une échelle de corde tomber jusqu'à eux, comme se déroulant du ciel. Cormac continuait de s'égosiller et, contre toute règle de courtoisie, bouscula les trois autres pour embarquer le premier.

— Ce lascar n'a décidément pas le deuil calme, déplora Tydorel en empoignant les barreaux à sa suite, grimaçant à cause de sa blessure.

Ce fut dans ce climat explosif que les quatre voyageurs rallièrent le galion. Dès que la nouvelle de la mort de Connor se répandit, l'électricité qui régnait dans la chaloupe se propagea instantanément à tout le bâtiment. Si bien que sur le pont principal, la tension fut bientôt à couper au sabre.

— Compagnons… je requiers une assistance immédiate de la part du médecin de bord ! réclama Tydorel en posant le pied sur le pont principal, droit et fier comme un prince blessé sur un champ de bataille.

Mais sa grandiloquence laissa froid l'équipage qui râlait et s'agitait en tous sens. Le soignant, monsieur Acantha, un vieil homme au visage dur et mal rasé, se fraya cependant un chemin entre les matelots. Des plis coulaient sous les commissures de ses lèvres, témoignant d'une vie où le sourire était rare.

— Mmh… Fort heureusement, la balle est ressortie sans causer trop de dégâts, commenta-t-il en faisant signe à l'affichiste de le suivre.

— Vous m'en voyez ravi ! Le plomb que j'ai dans la cervelle me suffit amplement, tenta le blessé avant de constater que son humour ne produisait aucun effet sur l'austère médecin.

Après un salut de la main à Lugen et Nimué demeurés

hagards dans leur coin, Tydorel suivit Acantha dans son cabinet situé sur le pont inférieur afin de nettoyer la blessure.

Ses deux acolytes observaient avec inquiétude les pirates qui allaient d'un bout à l'autre du pont avec force protestations. Certains condamnaient l'imprudence qui avait été celle de Connor. Mais la majorité, trois tons plus hauts, s'insurgeait contre sa mort et maudissait bruyamment les dragons verts.

La sentinelle s'agitait dans son nid-de-pie tandis que le cartographe beuglait contre les îliens de l'Archipel. Six matelots tentaient de maîtriser la fureur de Cormac. Prise de pitié devant leur air éperdu, une forte femme à la peau charbon entreprit de rapatrier Lugen et Nimué dans un coin du pont moins mouvementé, sans pour autant se priver de joindre son râle à celui des autres.

— Eilis Barbeau, canonnière et, d'après mes aïeux, princesse héritière d'une terre aujourd'hui recouverte de flotte, d'algues et de mollusques, se présenta-t-elle. Éloignez-vous de là, les Archîliens. Hé ! Cormac ! Va falloir calmer ton ardeur, mon gars ! T'auras bougrement plus de peine que maintenant si tu nous perces le filet !

Perdue sur ce pont immense, Nimué déglutit. Cormac continuait de hurler sa rage en brandissant son pistolet aux quatre vents. La compagnon-thé et Lugen ne quittaient pas le canon des yeux, ce qui impliquait de balancer le menton en tous sens avec frénésie en s'interdisant de cligner des paupières. D'un air stoïque, un moussaillon passait la serpillière sur le pont où le sang de Tydorel avait coulé.

Soudain, un homme chauve aux yeux bleus pénétrants,

jusque-là assis sur le cabestan[1], se redressa. Il devait approcher les deux mètres. Une longue veste à basques lui tombait jusqu'aux chevilles. Son ombre traversa tout le pont en s'étirant.

— Je ne veux plus entendre la moindre plainte ! tonna-t-il brusquement, imposant tout autour de lui un silence médusé.

L'ensemble de l'équipage était à présent pareil à une collection de statues de cire aux mines grotesques.

— Cormac, mon gars, reprit-il, ton frère est mort dans l'exercice de ses fonctions. Tu recevras un dédommagement et tu as ma parole qu'une cérémonie lui sera rendue. Vous autres, Archîliens, bienvenue à bord du *Fugueur* ! Le capitaine Marlin et son bouillant équipage vous saluent ! Et maintenant, tendez bien l'oreille. J'ai pas pour habitude de répéter les consignes : faites branler, ne serait-ce que d'un pouce, l'ordre qui règne sur ce bâtiment et je vous fais jeter à l'eau. N'oubliez pas que vous n'aurez personne pour vous secourir, ni aucune occasion de parlementer. Ici, les règles sont strictes, il en va de la survie de notre communauté.

« L'ordre qui règne sur ce bâtiment ? » s'interrogèrent Lugen et Nimué.

Ils hochèrent la tête avec un temps de retard, ce qui fit sourciller le capitaine.

Tous deux tentaient tant bien que mal de remettre leurs idées en place. Ils se trouvaient au large, le large interdit, à bord d'un navire dévolu au marché noir. Le voyage était à peine entamé et voilà que deux hommes venaient de perdre la vie par leur faute : un pirate et un

---

1. Treuil dont l'axe vertical permet, en enroulant un câble, de déployer une force très importante.

garde impérial. Sans compter que Tydorel, le pilier de l'expédition, était blessé. La gravité de leur crime avait crû comme une marée furieuse. Réussiraient-ils à rentrer vivants sur l'Archipel sans que leur implication dans cette affaire soit découverte ? Ils n'avaient pas d'autre choix que de compter sur leurs amis restés à terre. Pourvu qu'ils aient accepté de collaborer et qu'ils soient parvenus à leur inventer une couverture crédible.

Soudain, le désir de remporter le concours du parfum de l'impératrice leur sembla bien futile, presque grotesque par rapport à la dangerosité et à la gravité de l'aventure qu'ils avaient entreprise.

— Hé ! Petite sardine !

Nimué sortit brusquement de ses pensées et releva le menton. Eilis Barbeau l'invectivait depuis l'entrée du château arrière.

— Vous et le merlu, venez par là.

La canonnière les entraîna sur le pont inférieur.

— Voici pour vous, jeune homme, et pour m'sieur Isat, fit-elle en présentant une cabine. Vous, la sardine, je dois vous céder mon palais, ordre du capitaine. J'imagine que vous avez aligné la monnaie pour jouir de ce joli confort. Les passagers sont rares sur notre baleine de bois. Mais, de mémoire, la plupart des pérégrins ont dû se contenter des cales. Ça nous coûtait pas plus cher de les faire dormir ici, dans les cabines, à l'abri de l'humidité, mais on doit rester cohérents dans l'service. Parce que, bien sûr, ce qui détermine le traitement qu'on va offrir au client, c'est le poids d'la bourse qu'il va nous tendre devant l'nez. Allez-y, garçon, entrez. Et vous, la sardine, suivez-moi.

Lugen et Nimué échangèrent un regard entendu et se

séparèrent. Eilis Barbeau mena la compagnon-thé dans un autre couloir où s'alignaient quelques cabines.

— L'aile des femmes, annonça la princesse obsidienne. Là, voilà ma cabine. Touchez à rien ou je l'saurai. Chaque objet a sa place. J'suis d'une maniaquerie maladive.

Nimué hocha la tête en avisant les lieux.

En effet, on semblait avoir assigné une place à chaque babiole. Mais celles-ci étaient si nombreuses que la pièce dégageait une étrange impression de fourbi organisé : conque, roses fanées, foulards chamarrés, pistolet de duel, flacons de poudre finement ouvragés, carafon de rhum, collier en perles d'huîtres… La cabine exsudait un parfum d'alcool fort, de camphre, de fleurs séchées et de feuilles de patchouli, sans doute pour protéger les soieries de la canonnière des mites.

— Six jours de mer, souffla Nimué en ôtant ses bottines dont les semelles étaient demeurées sableuses.

Eilis s'empressa d'aller les taper l'une contre l'autre dans le couloir.

— À voir vos joues roses, j'en conclus que z'avez l'pied marin. Je m'en réjouis, pour mes draps et les tapis. Mais au cas où, il y a un seau dans le coin là-bas. Faut pas tirer cette tête. Z'avez choisi de faire ce voyage, c'est pas un exil forcé, si ?

— Oh non. Mais je crois avoir assez mal anticipé les difficultés auxquelles nous aurions à faire face.

— Vous parlez drôlement, se moqua grassement Eilis. Bah… Connor était un bon bougre, mais il avait la cervelle poreuse comme une éponge. C'était la mission de trop. Le capitaine s'apprêtait à lui donner un poste moins… turbulent. Pas eu le temps ! Le loustic a pris son congé.

Nimué remua les lèvres, n'osant hocher la tête, signe qu'elle se serait résignée. Elle traînerait encore quelque temps sa culpabilité.

— Z'avez l'air déboussolée. V'nez donc, je vais vous faire visiter les lieux. Peut-être qu'après ça vous s'rez un peu moins désorientée.

Après le pont de l'équipage, Eilis guida Nimué vers l'étage inférieur pour lui présenter la loge dont elle avait le commandement. Dans la pièce, cinq canons s'alignaient parfaitement à travers les ouvertures circulaires. Nimué balada son regard dans chaque recoin avec curiosité. Le boutefeu qui servait à allumer les mèches était rangé avec soin, quatre barils de poudre se trouvaient strictement ordonnés le long d'un mur et les boulets de métal étaient consciencieusement disposés dans une gouttière de plomb. La rigueur de la canonnière se ressentait en ces lieux dépourvus de poussière et au parquet impeccablement ciré.

— Charbon, soufre, salpêtre, énuméra fièrement Eilis en posant le plat de sa main sur un tonnelet de poudre. Mélange maison et minutieusement équilibré, comme un bon thé, compagnon.

Nimué releva les sourcils sous la surprise. Comment la canonnière du *Fugueur* savait-elle qu'elle travaillait dans ce domaine ? Un malaise la gagna. Leur identité n'avait donc aucun secret pour les pirates ? À quel point les avaient-ils fichés ? Jugeant qu'il n'était pas nécessaire d'accroître son anxiété alors que celle-ci commençait tout juste à s'apaiser, la jeune femme décida de ne pas aborder la question pour le moment.

— Les avez-vous déjà fait chanter ? s'enquit-elle plutôt

en appréciant du bout des doigts la rugosité de l'épais métal des gueules à feu.

— Bien sûr ! Je ne suis pas sur ce navire pour faire joli ! répliqua Eilis en remplissant le réservoir de poudre.

Ça, Nimué en était convaincue. Avec une personnalité pareille, l'idée que la canonnière occupe une fonction ornementale sur ce navire semblait en effet saugrenue. Tête rasée, anneau doré lui traversant le lobe d'oreille droit, grands yeux de biche, nez plat et imposant, bouche démesurée… Eilis Barbeau dégageait une forte présence. Nimué considéra sa chemise chatoyante et sa taille charnue qui imposait à son corset noir sa forme gondolée. Une ceinture bariolée lui ceignait la taille et un pantacourt prune tombait jusqu'à ses mollets enserrés dans des bottines hautes.

— Mais… contre qui avez-vous fait feu ?

— Les dragons verts de chez vous, ou d'autres îliens qui ne voulaient pas nous voir approcher leurs côtes, répondit Eilis en chargeant un boulet dans l'un des cylindres de métal. En somme : ceux qui contrarient notre commerce.

La compagnon-thé lui renvoya une expression interloquée. L'armée impériale affrontait donc ouvertement les pirates ? Les journaux n'en parlaient quasiment jamais, ce qui laissait à penser que la chose était extrêmement anecdotique.

— Nous n'en avons presque jamais eu vent.

Eilis eut un sourire sarcastique en enflammant la mèche.

— Tes oreilles !

Nimué eut tout juste le temps d'y plaquer ses mains avant

que le boulet ne soit propulsé dans les airs avec un bruit de tonnerre. Elle tangua sous la violence de la secousse.

— Je teste régulièrement le matériel, l'informa Eilis, dont la silhouette solide semblait incapable de vaciller.

— Vous ne craignez pas que les boulets de métal dérangent le sommeil des krakens et des léviathans ?

Eilis haussa les épaules avec un rire sonore.

— Pensez-vous, mignonne ! Ces monstres font la taille de vos îles. Ce n'est qu'un grain de poussière pour eux. Même si je voulais réduire votre bout de monde à néant, si j'étais femme de chaos, je n'aurais pas le pouvoir de leur faire décoller le train des fonds marins.

Nimué devina un éclat dangereux dans ses yeux noirs. Elle comprit que l'idée avait déjà séduit la canonnière.

— J'ai pas répondu à vot' première question, fit soudain cette dernière remarquer en allant ranger le boutefeu après l'avoir épousseté du plat de la main. J'imagine que vos gosses, sur l'Archipel, ne rêvent pas de pirates. Votre empereur prend garde à ce que ses sujets en sachent le moins possible sur ce qui se trame au large. Histoire de pas dévoiler qu'une vie s'y déroule, un commerce, des échanges… Il craint sûrement que ça titille l'désir d'évasion de certains, supposa-t-elle en époussetant l'un des canons.

Nimué hocha le menton, une main sur sa poitrine pour enjoindre son cœur de se calmer. La politique d'Ellar II tenait sur un fil bien ténu. L'Archîlienne se demanda comment Tydorel était parvenu à organiser un pareil voyage sans éveiller les soupçons de l'Empire. Un service secret devait forcément traquer ce genre de projet. Quelle était la force du réseau de l'affichiste pour entrer en contact avec l'équipage du *Fugueur* sans s'être fait repérer ? Nimué frémit, pas si certaine de réellement vouloir le découvrir.

— Y a-t-il beaucoup d'autres terres émergées à travers le globe ? s'enquit-elle plutôt, évaluant la question comme moins risquée.

— Z'êtes sûre de vouloir savoir, mam'zelle ? En rentrant chez vous, les secrets vous brûleront les lèvres et si vous en parlez, vous vous mettrez en danger.

Nimué hésita. La remarque d'Eilis était pertinente, mais son intérêt pour le vaste monde la piquait. Échanger avec une pirate, une âme voyageuse, était une véritable aubaine. Sur l'Archipel, trop d'engouement pour les terres interdites pouvait s'avérer louche. Nimué n'aurait pas beaucoup d'autres occasions d'assouvir sa curiosité intellectuelle.

— Ce sera ma seule question, décida-t-elle en suivant Eilis qui sortait de la loge à canons.

— Eh bien sachez qu'il n'y en a pas beaucoup. Et à notre connaissance, aucune n'est plus vaste que votre Empire. Nous, on s'y rend pour commercer avec les petits peuples qui vivent sur ces bouts de terre. Le marché noir de l'Archipel leur permet de subvenir à leurs besoins.

— Vous ne croyez pas plutôt qu'avec ce commerce, vous les avez placés dans une certaine dépendance ? l'interrogea Nimué en la rejoignant dans sa cabine. Sans vous, ils s'en sortiraient certainement tout aussi bien, en se concentrant sur les ressources de leur territoire.

— Vos terres à vous sont extrêmement fertiles, la rabroua la pirate en posant ses bottines propres auprès d'une rangée de pantoufles fantaisie. C'est pas la même chose partout.

Nimué plissa les yeux. La voix de la canonnière était mal assurée. Visiblement, des données fiables leur manquaient à toutes deux. Sans étude sérieuse, il était difficile de juger comment les différentes terres émergées du globe pourraient évoluer sans commercer les unes avec les autres, sans les galions pirates.

Mais pour la compagnon-thé, ce marché noir représentait un danger pour l'Archipel. Un territoire incapable d'être autonome n'était pas viable. C'était dans cette pensée que Nimué avait baigné toute sa vie. La souveraineté de l'Archipel était un gage de prospérité, de paix et de préservation de l'environnement.

Auparavant, avant la catastrophe de la Magnus Mar, les terres qui constituaient l'actuel Empire basaient leur économie sur le commerce des épices. De nombreux comptoirs commerciaux essaimaient les îles. La plupart avaient disparu avec le fléau des eaux. Plus globalement, colonialisme, appât du gain, batailles pour le monopole des circuits commerciaux et trafic des ressources insufflaient au monde sa dynamique. Ceux qui étaient aujourd'hui trafiquants avaient pour la plupart des ancêtres dans la marine marchande. Ce qui comptait pour eux, c'était la loi du marché, la seule loi qui vaille. Or, sur l'Archipel, cette loi n'avait qu'un faible poids, se faisant aisément écraser par les intérêts sociaux ou environnementaux.

— Le royaume de vos ancêtres, quelles étaient ses richesses ? s'informa Nimué, tant par curiosité que pour s'éloigner du terrain glissant sur lequel leur conversation s'était de nouveau engagée.

— Le cacao, le riz, et les esclaves, énuméra Eilis en haussant un sourcil circonspect.

Nimué frissonna. Décidément, elle aurait peut-être dû se contenter de parler météo.

La canonnière se laissa tomber dans un fauteuil de bois sombre dont les accoudoirs en spirale évoquaient l'habitacle d'une natice, cet escargot de mer à la coquille striée. Les doigts d'Eilis tapotèrent un instant le laiton, puis elle reprit :

— Sur le continent de mes ancêtres, les esclavagistes vendaient leurs captifs aux quatre coins du globe depuis pas loin d'un millénaire. Vous saviez ça, vous ? Avant que la Magnus Mar n'emporte le vieux monde, ce trafic perdurait depuis peu ou prou un millénaire !

— Je n'en avais qu'une vague idée. Et j'ignorais que cela durait depuis si longtemps. J'ai étudié la botanique, pas l'histoire, alors je possède quelques lacunes en la matière.

— Eh ben, j'vous l'apprends. Faut savoir qu'il y avait une demande importante, sur le continent et plus à l'est, alors certains petits États y ont répondu. C'est grâce à c'négoce que le royaume d'mes ancêtres s'est enrichi. Faut dire que la pratique était juteuse. Les miens guerroyaient sans arrêt avec leurs voisins plus ou moins directs. Donc, le plus rentable, c'était de revendre les prisonniers d'guerre. Alors évidemment, parfois, la paix était trop longue ou les prises, pas franchement miraculeuses. Du coup, pour pas perdre les marchés, mes aïeux devaient piocher ailleurs pour répondre à la demande. Quelques razzias dans les villages de leur propre royaume finissaient de remplir les commandes. C'était pas glorieux, faut bien l'avouer. Mais c'était une autre époque, un autre temps. Vous par contre, avec un minois pareil, vos ancêtres venaient du Nord, pas vrai ? Vous d'vez donc quand même connaître deux ou trois choses sur c'drôle de commerce, même si ce n'est que dans les dernières années avant la Magnus Mar que les affaires se sont concentrées sur les terres du nord et de l'ouest.

— J'ai quelques connaissances dans ce domaine, mais je ne suis visiblement pas aussi bien informée que vous. C'est une page bien sombre de l'histoire, fit gravement la compagnon-thé.

— Ah, les Nordiens ont peut-être imposé une sacrée dynamique au commerce, mais ils ont pas su tenir dans la durée. Peut-être que vous l'savez pas, mais quelques années avant que la Magnus Mar n'emporte tout, un mouvement abolitionniste a éclaté au Nord et a commencé à freiner le trafic. Mais n'allez pas croire que l'humanisme fleurissait plus facilement dans leur cervelle, c'est seulement que le servage était moins ancré dans leur société.

— Peut-être. Mais je pense que le développement des automates a aussi joué son rôle. Ces hommes de métal travaillaient sans se blesser, sans manger ni boire, ni même se reposer. Alors forcément, le commerce des esclaves a perdu de son attrait. J'imagine que cette nouvelle force de travail mécanique a davantage motivé les grands du Nord que la morale, ironisa Nimué.

— Mmh… Quoi qu'il en soit, mes aïeux ont dû voir leurs finances se racornir, ricana Eilis. Mais la loi du marché domine toujours ce monde. Ici, sur *Le Fugueur,* petite sardine, on vous fournit un service. Mais on pourrait aussi bien décider d'vous retenir captifs, vous et vos compagnons. On pourrait vous forcer à nous donner tout ce que vous possédez, jusqu'à votre liberté, en échange de la promesse de ne pas vous livrer aux dragons verts…

Dans cette menace prononcée sur un ton badin, Nimué décela un certain sérieux. Eilis affichait un masque impossible à déchiffrer. On eût dit que son visage s'était durci, pareil à de l'ébène. Nimué sentit son pouls s'accélérer et son dos se raidir.

— … mais ce s'rait notre perte, finit la canonnière en secouant la tête, sa figure retrouvant sa souplesse. Si nos clients ne nous font plus confiance, alors nous perdons nos marchés. On serait contraints de poser le pied à terre et ça, c'est hors de question. J'vous ai fait peur ? Vous inquiétez pas. Ici, vous êtes cliente, signala-t-elle en la pointant du doigt, et notre clientèle doit repartir satisfaite.

Eilis avait raison. Nimué regagna soudain un peu d'aplomb en comprenant que ce statut lui offrait effectivement un certain pouvoir.

Genista, l'homme-araignée, affectait une mine contrariée. Ses sourcils blancs en bataille remuaient comme les mandibules d'un insecte agité. La réunion du conseil s'achevait, et chacun dans l'hémicycle s'en était fait la remarque : le président de la compagnie des gantiers-parfumeurs irradiait d'une humeur électrique. Les apprentis et les compagnons affichaient une moue maussade, déçus de n'avoir pu jouir des calembours et des digressions comiques qui ponctuaient habituellement les discours du parfumeur à l'emblème solaire.

— La curiosité me titille, chuchota Aslinn Cramoise derrière son éventail qui battait l'air avec la frénésie d'un colibri. Allez donc enquêter, Farrell. Je veux savoir ce qui a disloqué l'infrangible sourire de notre président.

— Et me faire carder le poil ? grimaça Dhali. Au risque de vous déplaire, duchesse, je préfère passer mon tour…

— Allons ! Inutile de barguigner. Genista est une bonne pâte. Depuis quand vous laissez-vous impressionner par son allure arachnéenne ? J'ai confiance en votre esprit créatif, mon ami. Vous trouverez bien un moyen de l'amadouer pour l'amener à se livrer.

Par un regard appuyé, l'Ensorceleuse lui intima de se décider. Farrell sourcilla en triturant la gemme rouge pendue à l'une de ses dreadlocks.

— C'est sans scrupule que vous m'envoyez au-devant des ennuis, duchesse. La chasse aux secrets n'est pas un loisir sans risque. La dernière fois, suivant vos désirs, j'ai passé la soirée dans un salon enfumé avec des membres de la compagnie des orfèvres. J'en suis ressorti saoul comme un cochon et fumé comme un jambon. Et maintenant, que se passera-t-il si Genista m'envoie paître publiquement ? À croire que ma dignité vous importe peu. Vous m'utilisez décidément avec trop peu de soin, finit-il en croisant les bras.

— Ne prenez pas la mouche, répliqua-t-elle en feignant l'agacement. Je vous ai connu plus téméraire, Farrell. Allez-y maintenant.

Dhali roula des yeux en soupirant. On ne refusait rien à la duchesse Aslinn. Pourtant, Farrell était loin d'en être réduit à l'état de chevalier servant rompu aux caprices de sa dame. Sa relation avec l'Ensorceleuse était tissée de taquinerie, de jeux et d'espièglerie complice.

— Si l'araignée venait à me mordre, me secourrez-vous ? s'enquit-il avec une lippe comique.

— Si elle était capable de blesser, je me serais fait votre bouclier. Mais elle ne file que douceur et ses mots sont de soie, susurra Aslinn en relevant une épaule contre sa joue molle et douce. Je puis vous l'assurer. Maintenant, filez !

Les chatteries de la duchesse dessinèrent un sourire amusé sur le visage cuivré du parfumeur. Bandant sa mâchoire, il déambula jusqu'à une petite table recouverte de douceurs et de boissons. En temps normal, sitôt son discours terminé, Genista se dirigeait immanquablement vers ces bijoux gustatifs : petits choux à la crème de toutes les couleurs, chouquettes, éclairs au chocolat miniatures et autres friandises côtoyaient des théières de thé glacé et des carafes de citronnade. Farrell remua les doigts au-dessus de la table et s'empara d'une boîte en émail. Toute contenance retrouvée, il se dirigea d'un pas tranquille et décontracté vers Genista.

— Un calisson vous rendrait-il le sourire, président ? tenta le parfumeur en l'approchant, le coffret ouvert devant lui pour s'attirer la confiance de l'homme-mécanique.

Genista grimaça dans ses moustaches.

— Dhali… Aujourd'hui, il faudrait plus que quelques douceurs pour me dérider. Toutefois, c'est un bon début, acheva-t-il en s'emparant d'une sucrerie.

Farrell eut un sourire en coin en refermant la boîte.

— S'il s'agit de l'article qui est paru hier à propos de votre parfumeur, sachez que rares sont ceux que *L'Oxylabe* épargne de son encre acide.

— Oui, oui… Mon « technicien » n'en est pas à sa première attaque. Je ne suis pas inquiet, il s'en remettra.

En comparaison, le cours de la vanille me contrarie bien davantage, éluda-t-il.

— Nous nous attendions, la duchesse et moi-même, à ce que vous en parliez dans votre discours.

— Tiens donc, il est vrai que j'ai oublié de le mentionner. Décidément, je suis bien étourdi ce matin. Le manque de sucre sans doute. Ce calisson va me ragaillardir. Vous me sauvez. Veuillez m'excuser à présent, Farrell, finit Genista en posant sa main sur l'épaule de son interlocuteur.

Dhali n'était parvenu à glaner aucune information, ni dans les mots, ni dans les silences, trop opaques, de Genista. Dans une dernière tentative, il plissa les yeux, comme si cela pouvait lui permettre de lire à travers la boîte crânienne du président.

En s'éloignant, ce dernier lâcha un soupir contenu. Après avoir pris le temps d'y réfléchir davantage, la subite décision de Lugen Anthème de s'absenter pour plusieurs semaines lui paraissait un comportement peu naturel de la part du jeune homme. Genista s'interrogeait. Ce mystère le taraudait. Il soupçonnait quelque cachotterie venant de son nez. Mais la prudence l'engageait à n'en parler à personne. *L'Oxylabe* avait des oreilles partout et la réputation de son parfumeur avait déjà suffisamment souffert.

Lassé de s'empêtrer dans ces questions, le président engagea ses huit pattes métalliques en direction de Galane Orchilla. Alors qu'il discourait devant l'hémicycle, son regard était tombé sur l'expression maussade et contrariée de la jeune femme, si bien qu'elle lui avait paru l'exact reflet de sa propre humeur.

Isolée et pensive, la demoiselle observait à présent le

grand boulevard en contrebas depuis l'une des fenêtres de la tour. Le siège de la compagnie des gantiers-parfumeurs se situait dans un immeuble en pierre de taille de style baroque à l'accent oriental. Le monument se terminait par une coupole recouverte de feuilles d'or, surmonté d'un globe de la même teinte dorée, figurant un flacon de parfum terminé par un cabochon.

Mais aujourd'hui, sa magnificence laissait froide la jeune femme. Galane triturait nerveusement sa manche en dentelle fine. Ses sourcils impeccablement taillés se révélaient aussi froncés que ceux de Genista. Dans son chemisier blanc à la coupe compliquée, la jeune maîtresse-parfumeuse ne semblait pas à son aise.

— Mademoiselle Orchilla ?

Galane se tourna vers le directeur avec un léger sursaut qui fit bruisser sa longue jupe de satin couleur cerise.

— Monsieur Genista…

— Veuillez m'excuser de vous couper ainsi dans vos réflexions. Je me demandais ce qui pouvait rendre soucieuse une jeune femme dont le couturier Galéo a fait son égérie et qui a reçu le titre de maîtresse-parfumeuse dans le même mois.

Les lèvres de la jeune femme furent parcourues d'une imperceptible convulsion.

— Certainement pas les mêmes raisons que celles qui fanent les traits d'un maître-parfumeur reconnu et respecté de tous, directeur de la compagnie de surcroît.

Genista se dérida brusquement pour éclairer de son sourire le visage de la jeune parfumeuse. Galane se détendit un peu à son tour, mais un léger frisson roula comme une vague sous sa peau fuligineuse.

— À la vérité, se confia-t-elle en reportant son regard sur le boulevard, ma place est très précaire. Je suis passée maîtresse sans avoir fini de me former. Depuis cet accident durant lequel mon maître a perdu l'odorat, tout s'est précipité. Me voilà tout à coup responsable de son affaire alors que j'ai encore beaucoup à apprendre.

— L'expérience découle certes d'un drame, mais elle sera très formatrice, vous verrez.

— Sans doute… Mais je dois maintenant faire mes preuves et veiller à ne pas ternir l'image de la maison. Me voilà sans cesse épiée, jugée. Chaque murmure dans mon dos est un souffle destiné à me faire chuter. J'ai l'impression qu'on me demande de me tenir droite en haut d'un mât en pleine tempête.

Un court instant, cette image romantique fit rêvasser Genista.

— Ne le prenez pas ainsi. Vous intriguez beaucoup de gens, il est vrai. Notamment la duchesse Aslinn ainsi que Dhali et Maurelle, mais leur curiosité est dépourvue de malveillance. Vous n'avez peut-être pas encore pu le constater, mais les compagnies, de par leur fonctionnement, encouragent davantage la cohésion que la compétition.

Les yeux de la jeune femme s'éclairèrent soudain d'un trait de défi.

— Oh, je ne suis pas contre une certaine compétition. Sinon je ne me serais pas inscrite au concours de parfums de l'impératrice. Voilà d'ailleurs un domaine dans lequel nous sommes adversaires, monsieur Genista. À ce propos… monsieur Anthème, votre maître-nez, je ne l'ai vu que deux fois aux réunions.

— Lugen est fâché avec les horaires et les dates. Sans compter qu'il n'aime pas beaucoup les conseils de la compagnie. Je ne devrais pas me montrer si souple, mais j'admets payer son talent en lui permettant d'échapper de temps à autre à quelques réunions et conférences.

— Vous ne devriez peut-être pas récompenser ses dérobades face à ses responsabilités. Oh ! pardon, je n'ai pas à vous parler ainsi, président…

— Ne vous excusez pas. Vous avez sans doute raison. Mon autorité est un peu molle, voire tout à fait moelleuse ! Toutefois, soyez assurée que je ne manque jamais d'assommer Lugen de comptes rendus à mon retour. Je gage qu'il finira par les trouver si barbants qu'il consentira à venir ici plutôt qu'avoir à m'écouter durant des heures.

— Sait-il vraiment écouter ? murmura Galane pour elle-même, le regard dans le vague.

— Que dites-vous ?

— Pardonnez-moi, je parlais toute seule. Notre conversation m'a un peu ravigotée. Merci, monsieur Genista.

L'homme-araignée la salua et la regarda s'éloigner avec le pas un peu raide de quelqu'un qui se sait observé.

Mais la jeune femme n'était pas aussi timorée et gauche que tout le monde le disait. Elle se débattait encore, comme un bourgeon qui cherchait à éclore, voilà tout. Sa maladresse et sa timidité avaient tendance à en faire douter, mais Galane Orchilla était intelligente, l'homme-araignée en avait la certitude. Une petite fleur précoce, telle était l'image que la jeune femme inspirait à Genista. Or, le maître-parfumeur était persuadé qu'elle ne se laisserait pas surprendre par les gelées tardives.

Houle et piraterie

Le lendemain de leur arrivée à bord du *Fugueur*, alors que le soir tombait au ponant, Nimué et Lugen demeuraient toujours sans nouvelles de Tydorel. Postés sur le pont principal, les deux Archîliens commençaient à s'en inquiéter. Le ciel du crépuscule était balafré de traînées rougeoyantes, cisaillé de lumière. Cet éclat alarmant faisait écho à l'appréhension des deux compagnons dont les vêtements et la peau se trouvaient teintés par l'astre écarlate.

Détaillant depuis un moment la silhouette du capitaine Marlin avec nervosité, la compagnon-thé trouva soudain le courage de faire un pas dans sa direction.

— Cette incertitude est détestable, soupira Nimué. Je vais interroger le capitaine. Il sait forcément où se trouve monsieur Isat et comment il se porte.

— Renoncez, fit Lugen en lui saisissant l'avant-bras, le visage aussi crispé que la veille. Vous n'avez pas remarqué la manière dont il nous observe ? Notre présence l'agace.

Cet homme ne vous écoutera pas.

— Je n'ai pas votre couardise, rétorqua la jeune femme en se dégageant.

Lugen détourna le visage, sur lequel l'ombre du contre-jour chassa brusquement la lumière.

— Comme il vous plaira.

Nimué sentit sa poitrine se serrer. Sous le coup de l'émotion, elle avait manqué de tact. Mais elle reporta rapidement son attention sur son premier dessein. Plus tard, elle s'excuserait auprès du jeune homme.

La compagnon-thé descendit l'escalier qui menait au pont inférieur d'un pas résolu, ses bottines claquant sur le parquet. Les matelots présents sur le pont l'avisèrent d'un œil inquisiteur. Trop d'aplomb dans la démarche, trop de fierté dans le regard. Un rictus moqueur écorna les mines sobres des marins. Chacun prédisait sans mal ce qui allait suivre.

— Nous désirons voir monsieur Isat, exigea Nimué en allant se planter devant le capitaine.

La jeune femme avait parfaitement conscience que son audace pourrait lui en coûter. Mais son statut était différent de celui des matelots. Elle était ici une *cliente*. Par ce fait, elle évoluait en dehors de la hiérarchie du galion. Elle était libre. Libre de poser des questions, d'exiger des réponses et d'être traitée avec respect.

Pourtant, l'allure intimidante du commandant et le demi-mètre qui séparait le haut de son crâne du sien lui en firent douter. Elle était peut-être cliente, mais le regard tranchant que lui renvoya le capitaine n'avait rien à voir avec celui des vendeurs de *La Malle aux Merveilles*. Loin d'être complaisant, Marlin s'assombrit. Les paupières du forban se mirent à gonfler d'une colère mal contenue et sa mâchoire se contracta, faisant saillir les tendons de son cou.

— Mes hommes ont rarement le loisir de voir de nouvelles femmes apparaître, commença-t-il d'une voix blanche. Savez-vous pourquoi ils ne vous importunent pas ?

— Parce qu'un soupçon d'intelligence brille derrière ces yeux abrutis par l'alcool ? brava Nimué, bien décidée à ne pas se laisser intimider par cette ombre imposante.

Le capitaine s'avança en inspirant profondément tandis que ses lèvres se repliaient sur elles-mêmes. La compagnon-thé fut contrainte de reculer.

— Non, mademoiselle… Parce que je leur ai donné l'expresse interdiction de se montrer discourtois envers vous. Et savez-vous pourquoi ?

Elle retint sa pique et secoua la tête.

— Parce que monsieur Isat m'a payé pour assurer votre sécurité durant ce voyage. Mais si vous vous montrez désobligeante, le prix pourrait grimper sans prévenir et je doute que vous trouviez dans vos maigres bourses de quoi payer la différence.

Nimué sentit le sang quitter son visage et ses jambes mollir comme du coton.

Le regard plein d'alarme, Lugen observait la scène qu'il surplombait depuis le gaillard d'arrière, ses mains posées à plat sur la rambarde comme s'il cherchait à se soutenir. Son visage n'avait jamais été aussi pâle.

— Mademoiselle Orseille ! intervint soudain Eilis de sa voix veloutée de l'autre côté du pont. Le repas est servi dans votre cabine.

La diversion tombait à point nommé. Nimué se déroba pour se diriger vers la canonnière d'un pas mécanique, comme si ses articulations étaient incapables de se plier. Les matelots saluèrent son passage par quelques ricanements.

— En voilà une mauvaise mine, fit remarquer la canonnière. Je vais prendre une assiette et vous tenir compagnie. Hier, pourtant, vous étiez fraîche comme une rose. Z'êtes pas facile à suivre.

Ce ne fut qu'une fois dans sa cabine que Nimué parvint à se détendre un peu. Elle attrapa ses couverts et soupira pour tenter de chasser les derniers relents d'anxiété. Eilis Barbeau en était déjà à sa troisième bouchée.

— Vous mangez pas ? Remarquez, si c'est pour tout rendre sur le tapis ensuite…

— Non, non, ne craignez rien, fit Nimué maladroitement.

La jeune femme peinait à chasser de sa tête les paroles du capitaine. Mais dans le même temps, elle refusait de s'épancher auprès de la canonnière. Cette dernière l'avait induite en erreur sur les exigences que Nimué pouvait attendre de la part de l'équipage. L'Archîlienne ne put s'empêcher de lui en garder une certaine rancune.

Cliente ? Sa définition et celle des pirates n'étaient visiblement pas les mêmes. Au Dragon-Noir, la compagnon-thé apprenait patiemment à connaître le goût des clients et à mémoriser leurs attentes individuelles. La jeune femme tentait de les satisfaire au mieux, quitte, parfois, à prendre sur elle pour continuer à se montrer aimable quand on lui manquait de respect. En comparaison, sur *Le Fugueur,* les passagers qui payaient le service d'une traversée ne pouvaient douter que seul l'argent pesait dans la balance. Peu importait leur satisfaction, que l'expérience soit agréable ou non, du moment qu'ils réglaient leur dû et ne troublaient pas la vie du galion.

Nimué soupira en reportant son attention sur le contenu de son assiette. Mieux valait reléguer cette altercation à l'arrière-plan de son esprit pour le moment.

— Dites-moi, Eilis, ce… tubercule qui accompagne le poisson, serait-ce ce que l'on appelle *Solanum tuberosum* ou plus communément « pomme de terre » ?

— Des patates, oui. Comment vous connaissez ça ?

— J'ai de bonnes notions de botanique. Cela vient de l'ouest ou du nord, n'est-ce pas ? demanda-t-elle, se souvenant d'avoir lu un paragraphe à ce sujet dans un document des archives de la bibliothèque impériale.

— Tout juste. Il y a environ trois semaines, on a déchargé du cacao venant de chez vous en échange de ces tubercules.

Nimué fronça les sourcils.

— Un producteur de cacao de l'île Verte trafique avec vous ?

— Le cheminement est plus complexe, fit Eilis sans en dire davantage. Je peux pas en parler, secret d'affaires.

Nimué soupira.

— Vos acheteurs, ont-ils vraiment besoin de cacao qui vient de l'autre bout du monde ? C'est nourrissant ça, les pommes de terre et c'est bon, fit-elle en portant un nouveau morceau à sa bouche.

— Oui. C'est pas franchement une question de besoin. Mais votre cacao aussi, il est bon. Ça serait dommage qu'ils n'y goûtent jamais.

Nimué se retint de lui dire combien cette pensée lui semblait dangereuse. Si le monde devait tourner sur cette base, alors il ne faudrait pas longtemps avant de voir revenir le charbon et le smog. Cette perspective la fit frissonner d'horreur.

— Et nous, ça nous fait vivre et manger, finit Eilis en ne faisant qu'une seule bouchée de sa pomme de terre, sa mâchoire se déployant avec avidité comme celle d'une lotte.

Au matin, trois petits coups résonnèrent à la porte de la cabine de Nimué.

— Notre jolie fleur a-t-elle les yeux éclos ?

— Oh !

La jeune femme bondit du lit, enfila en hâte un peignoir bariolé que la canonnière avait laissé à sa disposition et repoussa le lourd banc-coffre en camphrier qu'elle avait placé la veille devant sa porte. Son échange avec le capitaine lui avait fait craindre le pire.

— Monsieur Isat ! s'exclama-t-elle en découvrant la silhouette impeccable de Tydorel postée dans le couloir. Nous nous inquiétions et personne n'a voulu nous donner de vos nouvelles.

— Chère compagne d'aventure, je me porte comme un charme, fit-il en passant sa main dans ses longs cheveux ivoire. Pourquoi cette malle devant votre porte ? Et… diable ! Vous avez dormi avec votre pistolet sous l'oreiller ? Craignez-vous que l'on attente à votre vertu ?

— À ma vertu… ou à ma vie, marmonna-t-elle en croisant les bras sur sa poitrine. Le maître de ce navire s'est montré très discourtois hier. J'ai exigé d'avoir de vos nouvelles, et ce rustre m'a menacée.

— Menacée ? se récria Tydorel. J'irai lui parler afin de lui rappeler les termes de notre contrat. Il aurait beaucoup à perdre !

À cet instant, Lugen apparut dans le couloir, les yeux cernés d'une vague argentée et le front humide.

— Lugen ! Aurais-tu reconnu le timbre mélodieux de ma voix ? l'interrogea Tydorel avec toute l'emphase qui le caractérisait.

— Êtes-vous souffrant, monsieur Anthème ? intervint Nimué.

— Ce n'est que le mal de mer, trancha l'intéressé en clignant des yeux.

Nimué songea que cette froideur était le prix de sa maladresse de la veille.

— Vous devriez boire de l'eau et manger un peu, conseilla-t-elle avec une réelle empathie en matière d'excuse. Une promenade sur le pont extérieur devrait aussi vous soulager.

— Oh oh ! Notre compagnon-thé infuse ses conseils savamment ! L'océan vous aurait-il livré quelques secrets durant mon absence ?

— Ce sont les recommandations d'Eilis Barbeau, la canonnière. Elle me les martèle dès que mon visage a le malheur de pâlir d'une nuance. Elle craint que je ne saccage sa cabine, fit Nimué en roulant des yeux.

— Je ne suis pas inquiet à ce sujet. Vous avez le teint d'une jolie pêche, mademoiselle Orseille. Nimué… puis-je vous appeler Nimué ? Ah… j'aimerais pouvoir en dire autant de mon cher parfumeur, poursuivit Tydorel sans attendre l'approbation de la jeune femme. Lugen, tu es pâle à faire peur… Allons prendre l'air ! s'exclama-t-il en entraînant le jeune homme vers le pont principal.

Nimué fit la moue en regardant l'affichiste enlever Lugen contre son gré. Elle n'était pas opposée à ce qu'ils se tutoient, bien au contraire. Mais les manières de Tydorel la laissaient dubitative.

Toutefois, grâce à son soutien, elle avait retrouvé son assurance. Regagnant sa cabine, la jeune femme entreprit de s'habiller avant d'aller requérir une entrevue avec le capitaine Marlin.

Nimué refusait de rester dans une situation pareille. S'il le fallait, elle s'excuserait pour son manque de souplesse à s'adapter aux lois et à la hiérarchie du galion, mais elle ne quitterait pas le capitaine sans qu'il ne soit revenu sur ses menaces.

Après s'être adressé un regard déterminé dans le miroir, elle remonta vers les étages en direction de la timonerie. Nimué songeait qu'elle avait toutes les chances d'y dénicher le commandant. Elle fit tout d'abord face au maître-timonier occupé à diriger le gouvernail. Celui-ci l'avisa avec curiosité. Visiblement, après la rouste verbale qu'elle avait prise la veille, personne ne s'attendait à la voir montrer le nez de sitôt. La jeune femme allait lui demander où se trouvait le capitaine Marlin à cette heure quand la voix de ce dernier retentit depuis le gaillard d'arrière.

Nimué inspira à fond, lissa sa chemise et redonna du rebond à ses mèches noisette avant de rentrer dans la dunette sous le regard interloqué du second du capitaine et du commandant Marlin lui-même.

— Bien le bonjour, messieurs. Capitaine, je requiers un entretien, dit-elle dans une attitude posée et respectueuse.

Houle et piraterie

Sans un mot, le capitaine fit signe à son second. Ce dernier opina du chef et sortit en refermant la porte vitrée derrière lui. La posture de la jeune femme n'était pas passée inaperçue. Le pirate comprit sans mal qu'elle était venue s'excuser pour son tempérament indiscipliné. Mais que ce soit la crainte de ses menaces ou la raison qui l'avait conduite à venir le trouver ici, cela restait encore à déterminer.

— Je tiens à m'excuser pour ma conduite déraisonnable, déclara-t-elle sur un ton sobre. Il y a des règles à respecter sur ce navire et je suis prête à m'y plier. En échange, j'attends que l'attitude de vos hommes se montre respectueuse à mon égard.

« Peut-être donc la crainte plutôt que la raison », en déduisit le capitaine.

Ce dernier émit un léger grognement puis prit place derrière le bureau après avoir invité Nimué à s'asseoir face à lui.

En attendant qu'il prenne la parole – ce qu'il ne semblait pas pressé de faire –, elle détailla les cartes, les journaux de bord, les appareils de mesure, l'astrolabe et le compas qui encombraient l'imposant bureau pour ne pas croiser ses yeux bleus féroces.

— Je me suis mal comporté hier, admit le forban, davantage comme on énonce un constat que comme une véritable excuse. À la vérité, personne ne vous aurait importunée. Mon grand-père est né sur *Le Fugueur*, à l'infirmerie. Mon père après lui, et moi-même par la suite, mais dans l'armurerie, à croire que j'étais pressé d'en découdre avec la vie. On m'a appris qu'à bord, la discipline est essentielle. Les soûlards peuvent tanguer tant qu'ils le veulent sur le pont et dans les couloirs, festoyer, gueuler comme des lions de mer jusqu'à l'aube, mais notre cohésion et la hiérarchie ne doivent jamais vaciller. On forme une famille authentique, ébréchée, fêlée, déglinguée peut-être, mais soudée comme les douelles d'un tonneau. Sur notre royaume flottant, on n'est jamais à l'abri d'une tempête, d'un ouragan, d'être percutés par une baleine, ou d'une avarie, mais aussi de la folie et des tares humaines. Et ça vaut également pour la dignité de nos matelotes. Il arrive que certains ne pigent pas cette clause de notre contrat moral. Alors, quand la leçon a du mal à entrer dans leur cervelle, un coup de rasoir sous la ceinture finit par l'ancrer.

— La méthode est atrocement barbare, frissonna Nimué.

— Parfois, nécessité fait loi : si les femmes fuient le galion, alors à terme, les pirates disparaîtront. Donc, voyez, vous ne craigniez rien. Ici, on a besoin d'hommes solides, pas de bêtes imbéciles qui cachent leur défaut d'intelligence derrière une posture agressive.

— Alors pourquoi vous être montré si discourtois envers moi ? s'insurgea la jeune femme en agrippant les rampes de son fauteuil.

— Déjà, parce que vous n'êtes pas vouée à nous donner une graine de pirate rose et criarde. Ensuite, pour vous faire taire, marmonna le capitaine en croisant les doigts. Vous êtes opiniâtre et inexpérimentée des dangers du monde. Ce trait de personnalité pourrait s'avérer touchant, mais je ne fais pas dans la sensiblerie. Aussi paradoxal que cela puisse paraître, les esprits libres comme le vôtre sont un danger pour une communauté de pirates.

— Comment cela ? tiqua Nimué, songeant qu'elle aussi appartenait à une communauté : la compagnie du thé, à laquelle elle n'avait d'ailleurs pas manqué de désobéir en participant secrètement au concours de parfums…

— Au cas où la chose vous aurait échappé, nous vivons sur un navire. Pour que notre mode de vie et que notre existence demeurent pérennes, il est essentiel d'obéir à un code, à des règles. Nous sommes libres d'aller où bon nous semble, mais notre sort reste précaire.

— Malgré vos cales emplies de richesses, s'enhardit la jeune femme avec un sourire au coin des lèvres. C'est drôle, en effet. Serions-nous plus libres que vous ne l'êtes sur notre Archipel, alors même que voyager en dehors de ses frontières est interdit ?

Le capitaine émit un grognement, mais Nimué continua, en dépit de l'alarme interne qui la mettait en garde sur le fait qu'elle allait trop loin :

— Vous êtes dépendants des infractions de certains citoyens de l'Empire. S'il n'y avait plus d'acheteurs, vous seriez contraints de réagir et vite, au risque de disparaître.

— Cela n'arrivera jamais.

— Mais peut-être…

— S'il n'y avait plus de clients pour les denrées exotiques, nous ferions commerce d'autre chose, la coupa le capitaine sur un ton acide. C'est aussi simple que ça. Mais notre commerce noir a encore de beaux jours devant lui. Il y a plus de criminels sur l'Archipel que votre empereur et son gouvernement ne semblent le croire. D'ailleurs, vous en êtes la preuve… Que faites-vous sur ce navire, mademoiselle Orseille, si ce que nous faisons vous indigne tant ? Comme nous, vous aussi comptez sur la vertu et la bonne conduite des autres en espérant que votre action n'ait qu'un impact insignifiant. Dans un monde aussi fragile que le nôtre, il est vital pour le groupe de bien se comporter afin d'assurer sa survie. Il ne peut y avoir qu'un seul mouton noir et celui-ci ne peut pas faire d'adeptes, au risque de faire basculer tout le groupe du mauvais côté. Comme nous, vous avez choisi de devenir l'exception et de vous en octroyer les privilèges. L'entendre ne va pas vous plaire, mais vous manifestez autant d'égoïsme que nous, pirates.

Nimué peina à répliquer. Sa gorge se serra et une fièvre soudaine la fit tressaillir, signe que la réplique la touchait et qu'elle y décelait une certaine part de vérité.

— Je ne suis pas comme vous, répliqua-t-elle cependant.

— Non… Vous êtes pire… Vous désirez frayer avec les moutons noirs sans tacher votre blanc pelage et en ressortir plus puissante et plus éclatante.

Le forban avait raison.

Nimué se trouvait dos au mur, acculée par le remords et la culpabilité. Elle devait reconnaître que depuis qu'elle avait pris la décision de suivre Lugen et Tydorel, tout était allé de mal en pis. Il n'était plus seulement question de désobéir à la compagnie du thé, à sa maîtresse ou même à tante Eliabelle. Ses fautes n'étaient plus celles d'une enfant, instructives et sans conséquence. Elle s'était rendue coupable d'un crime en devenant hors la loi et fugitive. Et, plus grave encore, elle avait participé au commerce des pirates qui mettaient le monde en danger.

Les lacets de son corset lui parurent soudain bien trop serrés. Elle suffoquait.

— Notre entretien s'arrête là, s'étrangla-t-elle.

Houle et piraterie

La jeune femme se releva, très droite malgré son inconfort, salua le capitaine en inclinant la tête et quitta la cabine de commandement.

Ce malaise était la preuve que le capitaine Marlin avait raison. Nimué avait basculé du côté de ceux qui mettaient ce monde en péril. Ce voyage piétinait ses principes. Ses actions menaçaient sa vie et celle de ses compagnons, mais aussi l'Archipel, Deryn, tante Eliabelle, Morna, les compagnies…

La compagnon-thé posa une main sur son cœur et laissa retomber sa hanche contre la rampe de l'escalier dans un soupir asphyxié. L'air lui manquait. Elle tira sur les fils de son corset et inspira à pleins poumons, yeux clos tandis que l'air s'engouffrait dans sa poitrine.

Non, elle n'était pas comme les pirates. Ce voyage n'était qu'un écart dans la bonne conduite qu'elle s'efforçait de tenir depuis toujours. Ces forbans pouvaient-ils en dire autant ?

Non. Elle n'était pas comme eux.

La colère la gagna. Le capitaine avait failli la faire douter. Au fond, elle était convaincue que ce périple n'était qu'une bouffée de liberté, la seule qu'elle ne prendrait jamais contre les lois de l'Empire. Mais l'ampleur de la faute ne suffisait-elle pas à condamner la jeune fille ? Ossian, Deryn et Morna lui pardonneraient-ils ? Sombre et contrariée, Nimué regagna le pont.

À l'avant de la poulaine[1], Lugen s'appuyait sur son bras droit sous le regard contrarié de Tydorel.

— Lug… Tu me fais peur, avoua l'affichiste. Je vais finir par te traîner de force chez le médecin si tu t'obstines à le fuir.

---

1. Plateforme triangulaire située à l'avant des navires à voiles.

— Ça ira.

— Ça ira… en empirant ! Si tu ne te fais pas soigner. D'ailleurs, c'est déjà le cas : tu sembles fâner sur place. Ne crois pas que je n'ai pas compris ton petit manège. Tu ne veux être un poids pour personne et tu envoies joliment paître quiconque se penche sur toi avec un air inquiet. Tiens, pas plus tard que tout à l'heure, tu t'es montré particulièrement inconvenant avec Nimué alors qu'elle se souciait de ton état.

— Je ne serai un boulet de plomb pour personne.

— Ah… J'ai déjà entendu cette expression dans ta bouche par le passé. Quand tu parlais de ton père… Et tu te trouves quelques ressemblances avec ce pauvre homme instable ?

Lugen ne répondit pas. Ses cils papillonnaient nerveusement sous des sourcils froncés.

— Si tu ne veux pas lui ressembler, prends soin de toi, avant que les autres n'aient à le faire. Le médecin est libre cet après-midi. Vas-y.

Sur ces mots, Tydorel s'éloigna pour aller trouver le commandant Marlin. Lugen soupira, la poitrine oppressée, fiévreux.

Petit garçon, il avait grandi avec l'ombre d'un père, malade et peu présent. Mais le jeune homme estimait ne pas en avoir réellement souffert. Toutefois, sa plus grande crainte était et avait toujours été de lui ressembler, de prendre les contours de cet être à la fois fragile et toxique.

Cet homme que dans un passé flou, relégué dans les limbes de l'amnésie infantile, il appelait « papa » s'appuyait sur sa femme comme sur une béquille, menaçant de la briser sous le poids de ses propres afflictions. Il n'avait jamais pris soin d'elle, ne semblait pas même réaliser combien il lui demandait, en échange de rien. Lugen se souvenait qu'auprès de lui, les fonctions de sa mère étaient celles d'une infirmière et d'une psychiatre, non d'une épouse.

Au fil des années, son mari avait gâté son insouciance, sa fraîcheur et sa joie de vivre. Même si elle essayait de n'en rien laisser paraître pour épargner son fils, qu'elle aimait comme son petit monde, Lugen, tout enfant qu'il était, décelait toujours une pointe d'inquiétude au fond de ses yeux.

Puis, un matin, le petit garçon s'était réveillé alors que sa mère était partie faire quelques commissions pour le déjeuner. Surpris de trouver la maison si calme, l'enfant était sorti de sa chambre. Devant ses pieds nus, étendu dans le couloir, le corps de son père gisait. L'homme avait avalé de la ciguë pour se donner la mort.

Passé le premier choc, Lugen avait ramassé quelques graines au creux de la main tiède de son père avant de considérer le corps avec une certaine froideur. Un peu de vomi coulait de la bouche, mêlé d'une salive écumante. Était-ce là qu'était né l'intérêt du garçon pour la botanique ? L'idée le répugnait sans qu'il puisse totalement l'invalider.

Quand sa mère était rentrée, Lugen n'avait pas pleuré, même pas gémi. Il s'était contenté de la serrer dans ses bras, comme pour la consoler, elle. Le petit garçon n'avait pas cherché à se montrer particulièrement fort. C'était simplement que les émotions s'étaient peu à peu taries au fond de lui.

Seulement, ce constat était devenu une source

d'inquiétude pour les autres. Et pour sa mère, en particulier. Alors, pour la protéger, pour ne pas prendre la suite de l'ombre qui avait fané sa mère, à l'âge de sept ans, Lugen avait demandé à être placé à l'internat de son école. Et même s'il se sentait seul, qu'il peinait à se faire des amis et était le plus souvent harcelé par ses camarades, au moins n'était-il plus une source d'inquiétude pour personne.

Un vertige gagna soudain le Lugen adulte, le tirant de ses sombres souvenirs.

Nimué apparut sur le pont. Une bourrasque insolente lui offrit des airs de gorgone tandis qu'elle escaladait les dernières marches qui menaient sur le gaillard d'avant.

La jeune femme soupira. Son entrevue avec le capitaine, mais peut-être plus encore l'inactivité, la rendait nerveuse. D'autant qu'elle se trouvait parfaitement démunie sur ce galion d'où la nature était absente. La chlorophylle lui manquait, de même que les senteurs de la terre et de l'humus.

Alors qu'elle peinait à remettre ses cheveux en place, Nimué découvrit la silhouette de Lugen Anthème qui s'ébauchait de profil. Derrière sa mine maladive, le jeune homme semblait pensif. Un carnet ouvert dans une main, une plume en acier dans l'autre, il tentait de noyer ses souvenirs, son angoisse et ses doutes dans l'analyse de l'odeur de l'océan.

Ce parfum frais, iodé, rance parfois, il s'était attaché à le disséquer depuis des mois. Mais les senteurs soufrées de la vase, des algues et des coquillages en décomposition n'étaient plus aussi présentes que sur la plage. Ici, perdu dans l'horizon bleu, il pouvait sentir le ventre de la mer, porté dans l'air par le sel, adjoint à quelque chose de frais et de difficile à définir : l'odeur à la fois simple et insaisissable de l'eau. Un peu minérale, un peu froide.

Cette odeur naturelle lui emplissait les narines derrière celle du navire, mélange de vernis tout juste posé, de cordage de chanvre, de bois et de graisse. Cette composition ressemblait au parfum qu'il préparait pour la saison estivale : *Larimar*. Mais comme la fraîcheur de l'océan était difficile à reproduire…

Le parfumeur tourna la tête en remarquant que Nimué s'était approchée de lui.

— Mademoiselle Orseille ?

La jeune femme retint une moue déçue. Ne pouvait-il lui proposer de s'appeler par leurs prénoms comme Tydorel un peu plus tôt ?

— Je me demandais : pourquoi le logo de la maison Genista représente-t-il un soleil ? l'interrogea-t-elle dans une tentative de se défaire de toutes les questions qui lui enserraient le cœur et la conscience.

— Parce que le soleil et sa chaleur sont essentiels pour les parfums. Aucune odeur ne vient du froid, répondit-il avant de reporter son regard sur l'horizon. Vous le savez : les pôles du globe sont des terres de glace. Ça va peut-être vous sembler curieux, mais j'aimerais, un jour, réussir à reproduire l'odeur de la bise, de la neige et des icebergs…

Nimué sourcilla légèrement.

— Que voulez-vous dire ? La glace ne sent rien.

— Vous avez raison. Il s'agit d'une odeur blanche, inexistante, qu'il faudrait évoquer plutôt que reproduire, puisque, comme vous le dites, elle ne sent rien. Pour être plus clair, je voudrais parvenir à dépeindre des odeurs qui n'existent pas dans la nature mais qui sont identifiables dans l'imaginaire collectif. Cela voudrait dire que je me suis grandement amélioré dans l'élaboration des parfums de synthèse.

La jeune femme hocha la tête en venant s'accouder au bastingage. Elle n'était pas certaine de bien comprendre. Les avant-bras croisés l'un sur l'autre, elle fixa les yeux lointains du jeune homme, couleur anthracite.

— Je me suis renseignée sur vous avant notre départ, avoua-t-elle. Ma sœur laisse facilement traîner de vieux magazines un peu partout et notamment dans mes affaires. J'y ai trouvé quelques articles vous concernant.

— Vous vous méfiez de moi ? s'enquit-il d'une voix sans émotion.

— Oh… non, non.

« Vous devriez peut-être », se retint de répliquer Lugen, répugnant à l'idée de devoir développer la question.

— Du moins, plus aujourd'hui, précisa finalement Nimué. Mais avant de vous suivre dans cette aventure insensée, je devais au moins savoir à qui j'avais affaire.

Le parfumeur ne réagissait pas, laissant entendre que l'opinion de la jeune femme à son propos lui importait peu.

— Vous avez inventé une matière synthétique pour remplacer les muscs animaux, reprit-elle pour lui faire part de ses découvertes. Cette matière, très prisée en parfumerie, provient des glandes de certaines espèces, comme le chevrotain.

— Vous êtes bien renseignée.

— Votre création entrait en parfaite adéquation avec la politique environnementale de l'Empire, continua-t-elle.

Houle et piraterie

Alors le parfumeur Genista s'est empressé de vous embaucher. De cette manière, vous êtes entré dans le monde du parfum que vous avez contribué à rendre plus vertueux.

— Ce musc de synthèse, vous devez savoir que je l'ai créé plus ou moins par hasard. Je n'ai pas beaucoup de mérite.

Nimué ne sut que répondre. Il avait peut-être raison sur ce point, mais le jeune parfumeur n'avait cessé de démontrer son talent par la suite, gagnant peu à peu sa légitimité auprès de la compagnie et du public. Soudain, elle étudia son visage avec plus d'attention. Des cernes violacés alourdissaient son regard.

— Êtes-vous souffrant, monsieur Anthème ?

— Pardon ?

— Vous avez une bien mauvaise mine depuis que nous avons mis le pied sur *Le Fugueur.* Je ne suis pas médecin, mais il faudrait peut-être envisager que votre mal ne soit pas seulement dû à la houle.

Lugen se passa la main sur le front.

— Ça va.

Nimué secoua la tête, faisant danser ses mèches châtaines.

— Vous ne pouvez juger de rien ainsi.

Sur ces mots, elle attrapa le visage de Lugen et posa son front contre le sien. Ce contact provoqua un mouvement de recul de la part du parfumeur. Mais les mains de la compagnon-thé le tenaient fermement.

De là, Lugen pouvait distinguer chaque filament de ses iris fabuleux, le duvet blond de ses joues, son nez grivelé de taches de rousseur révélées par le soleil, sentir le souffle léger qui s'échappait de ses narines et la chaleur un peu grasse de ses lèvres, toutes proches.

— Vous êtes fiévreux, monsieur Anthème, en conclut-elle avec le plus grand des sérieux. Il faut voir le médecin, même s'il est vrai que c'est un homme sinistre.

— J'irai, répondit-il en se dégageant, dérangé par une telle proximité. Ne vous faites pas de souci.

Mais Nimué était anxieuse. Déterminé à ne causer d'inquiétude à personne, Lugen s'en agaça. Pourtant, il devait admettre, intérieurement, qu'elle avait sans doute raison.

Durant l'échange de tirs avec les dragons verts, une balle lui avait effleuré le bras. Il avait tenté de soigner la plaie lui-même, sans en parler à quiconque, pour n'avoir à déranger personne. Mais sa fièvre s'aggravait de jour en jour, l'obligeant à rester couché la plupart du temps. Son membre avait un peu gonflé, sa plaie l'élançait et son pansement qu'il lavait au mieux demeurait suintant.

Si la situation ne s'améliorait pas sous peu, Lugen se promit d'aller voir le médecin Acantha.

Les heures et les jours glissaient mollement, à l'instar du *Fugueur* sur les flots. Quand il n'était pas reclus dans sa cabine, perclus de fatigue et fiévreux, Lugen tentait de trouver la force pour mettre le nez au vent et prenait des notes sur son carnet. Ce nouvel environnement se révélait relativement pauvre en odeurs remarquables, hormis les essences de bois qui formaient la structure du galion. Si bien que le parfumeur s'efforçait de travailler son odorat de mémoire, cherchant à se rappeler les centaines d'essences qui composaient son orgue à parfums.

Houle et piraterie

Le jeune homme passa le reste de la matinée à réfléchir aux mélanges qu'il pourrait expérimenter à son retour afin de reproduire synthétiquement l'odeur du sel ou de l'écume.

Soudain, la voix métallique du capitaine résonna sur le pont :

— Gênez l'équipage ou fourrez votre nez où il ne faut pas, et vous passerez par-dessus bord, gronda-t-il en croisant Nimué qui descendait de la dunette.

Ces menaces n'avaient plus autant d'effet sur l'esprit de la jeune femme qu'à son arrivée sur le navire. Ce jour-là, elle hocha distraitement le menton, le regard rivé sur l'horizon, soupirant d'y voir une masse noire déformer la ligne floue où l'océan épousait le ciel.

Adossé au mât de misaine, bras croisés, Lugen observait sa compagne d'aventure. Après cinq jours en mer, accoudée ainsi au bastingage, elle paraissait plus calme. Lugen distingua une légère odeur acide de transpiration portée par le vent marin. Un peu aigre, du fait de l'angoisse passée. Tout l'équipage en était marqué et Nimué ne faisait pas exception. Sur *Le Fugueur*, l'eau douce était précieuse et les toilettes de chat étaient de rigueur. L'odeur transpirant des aisselles moites de la jeune femme se mêlait à celle de la lessive de sa chemise : un savon à la violette, lui semblait-il, peut-être celui qu'elle avait acheté ce jour où il l'avait retrouvée à *La Malle aux Merveilles.*

Ses cheveux marrons glacés commençaient à graisser, dégageant un léger effluve de sébum et de cuir mêlés. L'huile de fleur d'oranger dont elle se parfumait le corps en temps normal s'évaporait peu à peu.

Le parfumeur remarqua soudain qu'il n'était pas le seul à avoir le regard rivé sur Nimué. Le capitaine s'agaçait qu'elle ne pâlisse plus à ses menaces comme au début. Il y avait bien longtemps que Marlin n'avait eu affaire à des gens impressionnables. Le pirate avait cru pouvoir effrayer quelque temps ces îliens qui ne connaissaient que l'Archipel. Un sourire en coin sur sa face burinée par le soleil, le capitaine vint se placer à la droite de Nimué et prononça gravement :

— Savez-vous que les nuits sans lune, l'on entend parfois d'énormes créatures racler leur dos contre les parois des cales ? Ces corps monstrueux sont couverts de crevasses et croûtés de coquillages. En tendant l'oreille, on perçoit leur long râle rauque…

Un voile de doute passa dans les yeux vert d'eau de la jeune femme.

— Ne cherchez pas à l'abuser, intervint Lugen en les rejoignant. Les léviathans et les krakens ne survivraient pas s'ils remontaient à la surface, à cause de la pression, mais aussi de la température.

— Ah… Vous savez donc ça sur vos cailloux isolés ? railla Marlin en tournant vers Lugen un air narquois.

— Vous tentez de nous faire passer des baleines pour des krakens, capitaine ? Nous croyez-vous donc si crédules ? tiqua Nimué.

— Quand on ne voyage pas, le cerveau s'atrophie et se dessèche comme une vieille prune, répliqua Marlin.

— Vous parlez comme si le monde était vaste et que l'Archipel n'était qu'un caillou insignifiant, rebondit la jeune femme, les mains sur les hanches.

Le capitaine lui renvoya un sourire railleur avant de

repartir vers la cabine de commandement.

— Vous vous êtes apprivoisés, vous et le commandant, constata Lugen.

Nimué affecta une mine surprise. Ce genre d'observation était rare de la part du jeune homme.

— On pourrait dire ça. Vous êtes, pour votre part, une créature plus farouche, monsieur Anthème, se permit-elle.

— Pardonnez-moi, je ne suis pas très à l'aise avec les femmes.

— Oh... Est-ce que la gent féminine vous désarçonne ? s'étonna-t-elle avec une expression facétieuse.

— En général, elles ne s'intéressent pas tellement à moi.

— En êtes-vous certain ? le questionna-t-elle en s'apercevant qu'aborder ce genre de discussion avec Lugen la réjouissait.

— Il semblerait que mon visage n'entre pas dans des proportions idéales. Mon menton est certainement trop court et pas assez développé pour correspondre aux critères de séduction de notre société. Ces caractéristiques évoquent une certaine force, une puissance protectrice que les femmes recherchent. Or, j'en suis dépourvu.

Se redressant, Nimué releva vers lui un sourcil interloqué et se retint de pouffer de rire.

— Vous pensez réellement qu'il s'agit là d'un critère pour se faire aimer d'une femme ?

— Pour devenir un partenaire attractif, corrigea-t-il. Sans aucun doute. C'est une idée avérée. Inconsciemment, les femmes chercheront un homme qui offrira de bons gènes à leur progéniture et qui sera à même de les protéger. De ce fait, l'ensemble de la gent féminine est attiré par un pourcentage minime d'hommes, environ vingt pour cent, d'après les études que j'ai pu lire.

Nimué était troublée par ce genre de propos. Apposer sur les relations intimes des analyses et des chiffres... Elle n'avait jamais envisagé les choses sous cet angle. De plus, la thèse que défendait le parfumeur lui paraissait curieuse. Déjà, parce que toutes les femmes ne souhaitaient pas faire l'expérience de la maternité, ou encore parce que d'autres aimaient les femmes et non les hommes. Mais Nimué comprenait que Lugen parlait de statistiques basées sur la majorité de la population. Toutefois, là encore elle émettait des doutes quant à cette théorie.

— Cette étude est un peu réductrice, ne croyez-vous pas ? Je suis certaine qu'une foultitude d'autres données viennent peser dans la balance.

— Oui, vous avez raison, notamment la classe sociale. Les femmes chercheront un homme qui leur sera supérieur socialement, toujours dans cette logique de protection.

Cette dernière remarque renvoya Nimué à ses propres expériences amoureuses. Finalement, la jeune femme n'était plus certaine d'apprécier la discussion. Lugen semblait disséquer le principe même de l'amour, comme il le faisait avec les parfums.

— Je vois une faille dans votre théorie, monsieur Anthème : les femmes ne savent pas toujours reconnaître la qualité d'un homme. Songez bien que nous sommes humaines et non de redoutables calculatrices. Nous commettons couramment des erreurs d'estimation.

Moi-même, j'ai eu le cœur brisé à deux reprises. J'ai beaucoup souffert et beaucoup perdu. Toutefois, ces expériences douloureuses m'ont permis d'apprendre.

Cette fois-ci, ce fut à Lugen de sentir que la discussion lui échappait. Le parfumeur n'était pas prêt à recueillir les peines amoureuses de la demoiselle. En dehors des études sociologiques, de l'aspect chimique des émotions et des chiffres, les questions du cœur le déroutaient au plus haut point.

Mais Nimué ne remarqua pas ses cils qui se mirent soudain à papillonner nerveusement.

— Le premier garçon que j'ai aimé était une forte tête, commença-t-elle avec une certaine mélancolie. J'étais toute jeune quand je l'ai rencontré et ses audaces m'impressionnaient beaucoup. Je me rappelle qu'il n'avait peur de rien. Vous aurez sans doute deviné qu'il avait les faveurs de nombre de jeunes filles, fit-elle en roulant des yeux. Je pensais qu'il pourrait m'aimer moi, juste moi et que je parviendrais à changer ses travers. Mais je m'étais fourvoyée.

— Vous et ces autres demoiselles que vous évoquez… Vous vous êtes laissé impressionner par un garçon dominant, aux accents agressifs, rien que de très banal.

— Oui, comme des fleurs d'héliotrope attirées par le soleil. Mais nous nous y sommes brûlé le cœur. Il m'a rejetée, moi et mes accès romantiques. Toute jeune, je n'étais pas très jolie, ni très gracieuse, ni très adroite… Voyez, moi non plus je n'avais pas ce qu'il fallait, du moins pour plaire à ce genre de garçon. Finalement, j'aurais peut-être dû le voir comme une chance…

Lugen constata que ce portrait n'était plus fidèle à Nimué aujourd'hui. Alors que jusqu'ici il s'était attardé sur ce que la jeune fille dégageait, il focalisa cette fois son attention sur sa silhouette. La compagnon-thé était petite, mais plutôt fine, elle arborait un visage doux aux grands yeux d'eau. Le parfumeur en oublia un instant l'inconfort de la discussion et se surprit à demander :

— Qu'est-il devenu, ce garçon ?

— Nous étions très jeunes quand je l'ai rencontré. J'étais encore à l'école de jeunes filles. Mais avec le recul, je comprends aujourd'hui que c'était là son âge d'or.

— De quelle façon ?

— Il a mal tourné. Un jour, j'ai appris dans un article de *L'Oxylabe* qu'il avait eu des ennuis avec la justice. Une sombre affaire de trafic d'opium… En me renseignant davantage, j'ai découvert qu'il était tombé dans la boisson. J'ai éprouvé de la peine pour lui.

Lugen vit Nimué se grandir imperceptiblement. Il supputa que malgré son empathie, qu'il jugea sincère, la jeune femme se félicitait de ne pas avoir fait sa vie auprès de ce bandit. Aujourd'hui, la compagnon-thé était devenue inaccessible pour cet homme. Pas tant par son statut car Nimué n'appartenait qu'à une petite bourgeoisie, mais par ce qu'une jolie jeune femme intelligente pouvait raisonnablement demander à un compagnon : une certaine stabilité et un esprit équilibré.

— Par la suite, j'ai grandi, je me suis un peu embellie et mon caractère s'est affirmé, poursuivit-elle, comme pour confirmer la thèse de Lugen. Le deuxième homme que j'ai aimé était le fils d'un notable, un financier. Mais ses affaires l'accaparaient : ce n'était que rendez-vous, conférences et dîners d'affaires à n'en plus finir. Il n'avait pas beaucoup de temps à nous consacrer. Finalement, sa demande en mariage est arrivée. J'ai réfléchi, malgré les vives protestations de ma tante et de ses amies qui ne présageaient rien de bon dans notre union. Pourtant, il m'offrait une vie confortable, la possibilité de réaliser mon rêve d'ouvrir une boutique de thé et une tendresse que je croyais sincère. Mais ma tante est une personne diablement perspicace, à l'esprit bien fait, et vif. Comme souvent, elle avait vu juste. J'ai découvert que les soirées d'affaires de mon fiancé comptaient la présence de nombreuses cocottes et qu'il faisait même miroiter à l'une d'elles qu'il l'aimait. J'étais déçue et humiliée par le peu de respect qu'il me témoignait. Mais cette découverte ne m'a pas détruite. Ce manque de chagrin m'a interpellée. J'ai compris que je ne m'étais peut-être pas intéressée à cet homme pour les bonnes raisons.

— Du confort, des moyens financiers… Vous jugeriez-vous aussi fausse et vénale que les courtisanes de *La Fée Galante* ?

Nimué sentit son cœur se serrer. Elle se tourna vivement vers Lugen et plongea dans son regard ses grands yeux d'eau troublés.

— Non, voyons ! Vous savez, j'avais du respect et de l'affection pour ce garçon. Seulement… visiblement pas assez pour être bouleversée quand j'ai appris sa tromperie.

— Vous avez raison, veuillez m'excusez. Contrairement aux courtisanes, vous n'avez pas fait de la recherche du bon parti votre profession.

— C'est vrai… Mais comme cette courtisane, j'ai finalement été rejetée. Avant même que je ne lui fasse part de mon refus, il est revenu sur sa demande.

Nimué marqua un silence.

Quand le jeune homme l'avait quittée, elle était enceinte. Elle le lui avait dit, parce qu'elle pensait le lui devoir. Après tout, un bébé, cela se concevait à deux. Mais alors qu'il demeurait stupéfait devant elle, songeant peut-être qu'elle l'avait piégé, la jeune femme avait froidement ajouté qu'elle ferait le nécessaire afin qu'aucun lien ne perdure entre eux. Il avait vaguement hoché le menton, rendu stupide par le trouble et incapable de réactions.

Sur ces mots, Nimué était sortie pour se rendre sans attendre à l'officine d'Ossian. C'était la dernière fois qu'elle avait vu ce fiancé volage qui ne s'était, par la suite, jamais enquis de son état.

— Quelques mois plus tard, continua-t-elle, la gorge serrée et gardant cette ellipse pour elle, il s'est marié à une charmante demoiselle dont la famille se faisait de plus en plus connaître dans le marché des liqueurs. Ils paraissent heureux tous les deux. Pourtant, Rivael m'a rapporté qu'il n'avait pas rompu ses relations avec certaines courtisanes.

— Voilà qui est banal, déplora froidement Lugen. Vos erreurs sont tristement courantes.

Nimué fronça les sourcils, blessée.

— Si vous appreniez à parler aux femmes, peut-être vous regarderaient-elles davantage, riposta-t-elle, se sentant trop fragilisée par les souvenirs réactivés par son histoire pour encaisser une nouvelle pique.

— Comme vos deux anciens amants ? Vous encouragez donc ce genre de manipulation ? L'éloquence n'est qu'un joli coffret. Mais rien ne vous assure de la qualité de ce qu'il recèle. Il cache parfois les intentions les plus sournoises.

— Pourtant un bel emballage peut aussi être une mise en valeur pour une jolie chose, pour attirer l'œil sur elle.

— Mmh… C'est peut-être vrai. Les flacons de Rivael Callun que vous connaissez subliment les parfums déjà splendides. Et les publicités de Tydorel attirent sur eux l'œil des clients, balança-t-il.

Nimué se mordit la lèvre. Elle se surprit à souhaiter qu'il lui parle de sa beauté à elle, plutôt que de celle de ses parfums.

Le silence s'installa. Lugen se rendit compte que la discussion l'avait vidé de son énergie. Il n'était certes pas coutumier de ce genre de conversation, mais elle n'aurait pas dû pouvoir le laisser dans un tel état de faiblesse. La cause était ailleurs. Sa fièvre avait empiré et il peinait à se maintenir debout.

— Veuillez m'excuser. Je suis fatigué, fit-il soudain en prenant congé.

Il abandonna là la jeune femme et tenta de regagner sa cabine.

Sa fébrilité prenait des proportions inquiétantes. Ses mains tremblaient, sa vision se brouillait et des vagues de plus en plus glacées le saisissaient. Lugen comprit qu'il ne parviendrait pas à venir seul à bout de cette fièvre. Le jeune homme espéra ne pas avoir réagi trop tardivement. Inquiet, il changea de cap et se résigna à se rendre chez le médecin de bord. Mais en descendant l'escalier qui menait sur le pont inférieur, un vertige le prit.

Il comprit qu'il n'aurait jamais dû sortir de sa cabine dans son état. Son bras avait encore gonflé et la douleur s'était accrue. Depuis la veille, il commençait à sentir une odeur désagréable émaner de sa plaie, sous l'épais bandage.

En posant sa main valide sur la rambarde, il prit conscience qu'il n'aurait pas la force de descendre l'escalier. Ses jambes ne le soutenaient plus. Il s'affala sur les marches et tomba inconscient, emporté par la fièvre.

— Hé, garçon ! s'alarma un pirate qui arrivait dans son dos avec l'un de ses acolytes.

— Nom d'un marsouin, il respire mais il est brûlant comme un poêle !

— Portons-le chez Acantha.

Lugen fut promptement transporté dans le cabinet. En ouvrant la porte, monsieur Acantha remua les lèvres avec circonspection. Visiblement, la mine désordonnée qu'affichait Lugen était déjà une donnée pour l'établissement du diagnostic.

Le jeune homme revint à lui étendu sur une table d'examen. Il était faible et ne pouvait bouger que difficilement son bras infecté.

— Vous auriez dû venir ici plus tôt, marmonna le médecin en grattant nonchalamment sa courte barbe grise.

— Je pensais que ça guérirait… mais ça n'a fait qu'empirer, souffla-t-il d'une voix pâteuse. Comment ?…

— Vous avez fait une chute de tension. Deux matelots vous ont transporté jusqu'ici.

Monsieur Acantha émit un léger grognement et défit le bandage de fortune. Une odeur pestilentielle de chair pourrie les assaillit. Lugen sentit la nausée lui tordre l'estomac. Il se pencha sur le côté pour vomir. Préparé à cette éventualité, le médecin tendit un seau avec une surprenante vivacité.

— L'abcès s'est infecté. Ce tissu crasseux n'a sûrement pas aidé, grommela-t-il.

— J'ai… murmura Lugen qui était si fébrile qu'il peinait à parler. J'ai soigné la blessure avec de l'alcool, mais… il n'y a pas eu d'amélioration.

— Effectivement… C'est mauvais, très mauvais.

Lugen se tendit et grimaça sous la douleur tandis qu'Acantha le manipulait.

— Il faut agir vite. La situation est critique.

— À quel… point ?

— Il va falloir amputer, c'est votre meilleure chance de survie.

Le jeune homme pâlit encore d'une nuance.

— C… Comment ça ? demanda-t-il, espérant un complément heureux à cette sentence, comme une possible alternative.

— Vous avez de la chance, fit remarquer le médecin d'une voix lointaine, j'ai tout ce qu'il faut ici pour opérer proprement. Il ne faut pas traîner, vous avez nettement plus de chance de survivre si on s'y met tout de suite. Sinon, ça risque de s'infecter plus gravement, et alors, je ne donne pas cher de votre peau.

— Ce n'est pas possible… se rebella Lugen en tentant de se redresser.

Cependant son épuisement et sa douleur au bras le clouèrent de nouveau sur la table d'examen.

— Calmez-vous. La peau est nécrosée. Je ne peux pas faire mieux. Pas ici, du moins. C'est la seule solution, voyez par vous-même.

Lugen jeta un œil effaré sur la chair violacée de son

bras. Il voulut parler mais il était trop affaibli et la bile lui brûlait la gorge. À cause de sa fâcheuse habitude à ne vouloir inquiéter personne et à éviter les médecins pour se distinguer de son géniteur, il allait perdre un membre. Comment une chose pareille pouvait-elle lui arriver ?

— Ne traînons pas, fit le médecin en posant une main sur son épaule nue. Je demanderai au capitaine qu'on modifie légèrement le cap : on fera un crochet par l'île du Ferrailleur. Ils vous feront une prothèse. Monsieur Isat vous fera l'avance, j'imagine.

Tandis qu'il s'essuyait la bouche d'une main tremblante, sa gorge irritée par la bile et écœuré par cette odeur acide qui se mêlait à celle de la chair en décomposition, Lugen sentit les larmes lui voiler le regard.

Pour la première fois depuis longtemps, l'émotion le submergea. Elle jaillit de son ventre, criante, violente et bouillonna jusqu'à sa gorge, quand, brusquement, un linge fut plaqué sur son nez.

Quelques minutes plus tard, le chloroforme utilisé par le médecin tant comme anesthésiant que comme un moyen de contention le fit tomber dans un coma apaisant, endormant de nouveau chaque émotion, chaque sensation jusqu'à sa conscience.

Le jeune homme perçut quelques vagues sensations. Des cliquetis métalliques tintèrent à ses oreilles sans l'affoler. Son esprit était parti trop loin.

Étrangement, tandis qu'on lui tranchait la peau, les tendons, les muscles, les artères et les nerfs jusqu'à l'os, les visages de Nimué et de Tydorel lui apparurent, cotonneux et imprécis. Lugen se mouvait dans un paysage vaporeux. Mais les effets de l'anesthésie se dissipèrent trop vite.

Houle et piraterie

Soudain, la douleur fut si forte qu'il hurla avant qu'une deuxième inhalation de chloroforme n'emporte de nouveau sa conscience, la charriant dans des contrées brumeuses et fantasmatiques.

Les dragons verts

Deux jours après l'opération, sur le pas du cabinet du médecin, Nimué piaffait d'impatience et de tension.

N'étant pas parvenue à croiser de nouveau le parfumeur et le croyant reclus dans sa cabine, elle était venue ici en comptant faire part au soignant de son inquiétude.

— Monsieur Acantha est occupé avec un patient, lui avait confié un matelot qui passait la serpillière dans le couloir. Je sais pas bien de quoi il s'agit, mais ça sera sûrement long : il a réclamé qu'on lui apporte son repas dans son cabinet.

Pourtant, Nimué s'était résignée à attendre dans les parages. De toute façon, elle n'avait rien de mieux à faire. Pour tromper son impatience, elle se mit à analyser l'odeur qui s'imprégnait peu à peu dans le parquet sous les passages incessants de la serpillière détrempée.

— De l'huile d'olive ? tenta-t-elle à l'adresse du marin en levant les semelles pour ne pas le gêner.

— Des olives noires, oui, un peu d'huile de lin, et du sel. On en fait une pâte que l'on fait fondre dans de l'eau chaude. C'est une idée de monsieur Acantha. Tout doit être propre autour de son cabinet. Pour éviter les risques d'infection, tout ça...

Nimué hocha distraitement le menton. L'odeur était plutôt agréable et le bois semblait bien nourri... Mais la jeune femme se rendit très vite à l'évidence : malgré ses efforts pour s'occuper l'esprit, elle ne parvenait pas à détourner longtemps ses pensées de sa première préoccupation.

Les heures s'égrenaient, accroissant sa nervosité. Après avoir mordillé ses ongles une centaine de fois jusqu'à les ramollir, démêlé ses cheveux avec ses doigts jusqu'à rendre à ses mèches une texture soyeuse, observé avec une minutie extrême les rainures des lattes du plancher et imaginé des regards dans les nœuds du bois, la jeune femme se trouvait à court d'idées pour passer le temps.

Soudain, la porte s'ouvrit dans un grincement sinistre. Cette morne mélodie introduisit parfaitement le chirurgien qui apparut avec son air maussade et taciturne. Celui-ci arborait un tablier constellé de sang. Nimué sentit sa respiration s'emballer. Son cœur se mit à cogner à tout rompre. Sa mâchoire se fit tellement dure qu'elle était incapable d'articuler un mot. Que s'était-il passé pour que le médecin ressorte de son cabinet avec des allures de boucher ? Qui était mal à ce point pour nécessiter un tel écorchage, un tel dépeçage ?

— La nuit a été difficile, mais moins que la précédente, lâcha l'austère médecin. Son état est stable et va en s'améliorant. Votre compagnon s'en sortira. Il fallait le faire.

— Mon compagnon ? Faire… quoi ? Qu'avez-vous fait à monsieur Isat ?

— Ah, dit mollement le médecin en comprenant qu'elle n'était au courant de rien.

— Quoi donc ?

— Il ne s'agit pas de monsieur Isat, mais de monsieur Anthème. Je viens de lui amputer le bras gauche.

Les entrailles de Nimué se contractèrent doublement sous l'effet de la surprise.

Amputer ? Lugen allait donc si mal pour qu'Acantha en vienne à de telles extrémités ? Pourquoi avait-il tant attendu avant d'aller trouver le médecin ? Et comment poursuivrait-il le voyage à présent ? Faudrait-il que Nimué et Tydorel continuent seuls l'aventure ? Mais avant toute autre question : Lugen était-il sauvé ? Survivrait-il ?

— Je veux le voir, exigea Nimué d'une voix trémulante.

— Mmh… On veut tous beaucoup de choses, soupira le soignant neurasthénique. Mais ce n'est pas le moment. Revenez demain, calmée. Le garçon a besoin de soutien, pas d'une boule de nerfs.

Soudain, une furieuse détonation secoua le galion. Sa violence fut pareille à un coup de tonnerre. Le sol et les murs tremblèrent. La secousse fit tanguer le navire tout entier. Acantha leva un regard morose vers le plafond comme si celui-ci était de verre et lui permettait de voir ce qu'il se tramait là-haut.

— Mademoiselle Barbeau vérifie les canons ? s'affola Nimué en se tenant contre le mur tandis que le pirate qui nettoyait le sol jetait sa serpillière pour se précipiter vers le pont.

— Certainement pas à cette heure-ci, répondit

placidement le médecin. Faut croire qu'on nous attaque.

— Une attaque ? s'étrangla la jeune femme.

— Allez vous barricader dans votre cabine en attendant que ça soit terminé, lui conseilla-t-il.

Mais Nimué avait déjà fait pivoter ses talons pour se diriger vers les escaliers. Parvenue au bas des marches, l'équipage qui courait en tous sens bloqua son avancée. Elle rebroussa chemin, traversa plusieurs corridors et emprunta un autre escalier qui lui fit faire un détour considérable.

Il lui fallut de longues minutes avant de parvenir essoufflée sur le pont extérieur. Se faufilant entre les pirates pour escalader le gaillard d'arrière, elle repéra enfin l'origine de la menace : trois navires portant les armes de l'Empire tentaient d'aborder le galion. Des dizaines de dragons verts tentaient d'assaillir le navire comme des fourmis sur une mangue.

Outre la surprise de découvrir des soldats aussi loin de l'Archipel, Nimué sentit un long frisson d'horreur lui décoller la peau de l'échine. Le bastion ne tiendrait pas. Les pirates se trouvaient déjà submergés par le nombre et leurs boulets de canon ne faisaient que manquer leurs cibles.

La jeune femme sursauta violemment en sentant une main ferme sur son épaule.

— S'ils nous découvrent ici, nous sommes morts ! lui cria Tydorel au milieu des tirs de mousquets et de canons. Trouvons Lugen et filons à bord d'une chaloupe !

— Lugen est inconscient. Le médecin l'a opéré avant-hier ! Il lui a amputé le bras gauche ! lui apprit Nimué.

L'affichiste eut un vif mouvement de recul.

— Mon petit Lugen ? Amputé d'un bras ? Par l'or des pirates, pour quelle raison ?

— Nous chercherons à en déterminer la cause plus tard. Il faut nous échapper !

Tous deux dévalèrent les escaliers jusqu'au cabinet du médecin. Celui-ci, occupé à dresser l'inventaire de ses remèdes, les accueillit avec son flegme habituel.

— Vous risquez de le tuer si vous le transportez maintenant, marmonna-t-il.

— On mourra tous si on reste ici, ou pire : on sera bannis, ou guillotinés ! Aidez-nous, le somma l'affichiste.

— Aidez-vous vous-mêmes. Il y a un protocole en cas d'attaque. Le mien consiste à rester calmement ici. Je m'y tiendrai.

— Comment peut-on faire preuve d'un pareil égoïsme quand on est médecin ? s'indigna Nimué.

— Mon altruisme consiste à pouvoir continuer à soigner ceux qui en ont besoin. Et pour ça, je dois rester en vie. Vous croyez peut-être qu'il y en a beaucoup d'autres qui exercent ma profession sur les mers ?

— Mouchés, admit Tydorel.

— Alors, confiez-nous les médecines nécessaires pour soigner notre compagnon, lui conjura la compagnon-thé.

— Ça, je peux le faire. Attendez-moi un instant, fit-il en se dirigeant sans la moindre précipitation vers un grand coffre où s'alignaient des dizaines de fioles.

Nimué se retint de témoigner vivement son impatience. Mais ce fut Tydorel qui se manifesta :

— Nous n'avons pas « un instant », se plaignit l'affichiste alors qu'un nouveau boulet de canon faisait trembler le bâtiment.

Acantha demeura imperturbable et ne se pressa pas davantage. Nimué songea qu'il y avait quelque chose d'absurde à voir cet homme déambuler indolemment dans son cabinet alors que le navire menaçait d'être attaqué par des soldats de l'Empire. Dans ce chaos, le médecin trouvait le temps de se gratter le crâne, de passer sa main sur la repousse drue de sa barbe et même, le soupçonna Nimué, de rêvasser. Il allait la rendre folle !

— Plaçons Lugen sur une civière, proposa-t-elle à Tydorel pour ne pas perdre davantage de temps. Il sera plus facile à transporter.

Le docteur Acantha revint alors que le parfumeur venait d'être placé sur un brancard, et fit en sorte d'imperméabiliser le bandage.

— Il faudra bien nettoyer la plaie dès que vous vous retrouverez en sécurité, si une telle chose arrive. Et voici les médecines : cet onguent est une préparation d'huile miellée, de jaune d'œuf et de térébenthine. Vous êtes botaniste, n'est-ce pas ?

Nimué hocha fébrilement la tête. Botaniste oui, mais pas apothicaire !

— Bien. Alors bon vent.

Tydorel et Nimué s'engagèrent laborieusement dans les couloirs, Lugen à demi inconscient sur sa civière. Par une porte entrouverte, la compagnon-thé eut la brève vision d'Eilis Barbeau qui distribuait les ordres et dirigeait les opérations dans la loge à canons.

— C'est inutile, bon sang ! La portée des canons est trop longue ! Vous trois, montez sur le pont, pistolet à la ceinture et sabre au clair, ça va se régler à la filoche ! tonna-t-elle à l'égard de ses aides. Vous autres, avec moi ! Nous allons tenter de trancher les cordes de leurs grappins, allons !

L'enfilade de pirates contraignit Tydorel et Nimué à s'arrêter. Alors que la canonnière refermait d'un tour de clef la loge à canons, son regard croisa celui de la jeune femme. Le trouble faisait briller leur regard, alerte, vif, conscient, agrandi par la tension.

— Bonne chance, petite sardine.

— Bonne chance, princesse, répondit Nimué avec un sourire tremblant.

La canonnière gloussa d'un rire canaille avant de disparaître dans un déluge de tissus bariolés. Son excentricité et son aura chatoyante éblouirent Nimué. Puis celle-ci reprit ses esprits et poursuivit son avancée. Tydorel la pressait. Tous deux caracolaient dans les couloirs. L'affichiste semblait avoir un plan et Nimué n'avait d'autre choix que de lui faire confiance.

Elle jetait sans cesse des regards anxieux au parfumeur qui se réveillait avec des gémissements plaintifs. Sous le drap qui le protégeait, la jeune femme pouvait deviner le vide creusé par son bras absent. Cette vision la glaça. Et si la blessure se rouvrait ? Malgré la précipitation, Nimué prenait toutes les précautions pour le maintenir le plus stable possible. La jeune femme constata que Tydorel en faisait de même, couvant sans cesse Lugen du regard.

— Dites-moi que vous savez ce que vous faites, le supplia Nimué tandis qu'ils pénétraient sur le deuxième pont où une rangée de chaloupes s'alignaient sur le flanc du galion.

Les détonations couvraient la clameur du pont principal, juste au-dessus de leurs têtes. L'odeur de la poudre fit grimacer Lugen dont les yeux se révulsèrent. Ses deux acolytes le déposèrent précautionneusement au sol.

— Bien, à présent, vous et moi, nous allons faire descendre cette chaloupe à l'eau. Vous allez suivre mes instructions, mademoiselle Nimué. Nous devons nous coordonner afin de faire descendre l'embarcation dans une harmonie parfaite ! Tenez ce cordage. Prête ? Attention, ça va être lourd !

La jeune femme suivit ses consignes à la lettre, mais le poids de la barque la désarçonna. Elle tenta de se stabiliser, ses bottines bien campées sur le plancher. Le frottement de la corde lui brûla les mains et la douleur manqua de lui faire lâcher prise.

— Monsieur Isat… Pardon, Tydorel ?

— Je vous écoute !

— Pourquoi n'avons-nous pas placé monsieur Anthème dans la chaloupe avant de la faire descendre ? s'enquit-elle sans cesser de grimacer sous l'effort.

L'affichiste ouvrit grand la bouche avant de la refermer.

— Quel imbécile je fais ! s'exclama-t-il avec un rire nerveux. Vite, remontons-la, plaçons-y notre bon ami et répétons l'opération.

Un instant, Nimué resta interdite, se retenant de lui sauter à la gorge. Alors qu'ils venaient de remonter suffisamment la barque afin d'y placer le parfumeur, la jeune femme eut le temps de constater que ses paumes irritées suintaient. Heureusement qu'elle avait de quoi désinfecter les plaies. Rassemblant tout son courage, elle s'empara de nouveau du cordage, le dénoua et reprit la manœuvre sous les indications de Tydorel.

— Doucement, là. Bien ! Avec fluidité, évitez les

à-coups, cela secoue Lugen.

Des larmes coulèrent le long des joues de Nimué. Ses mains brûlaient atrocement et elle n'osait imaginer l'état de ses paumes. Tydorel, pour sa part, avait la chance d'être affublé de mitaines épaisses et ne semblait rien remarquer de son supplice.

Finalement, l'embarcation s'arrêta à un mètre de la surface. L'affichiste somma la jeune femme de nouer le cordage au galion, ce qu'elle fit du mieux qu'elle put malgré ses mains en lambeaux.

— Dites-moi que nous n'allons pas sauter.

— Nous n'allons pas sauter, déclara-t-il avec son habituel air cabotin. Du moins, pas immédiatement. Nous allons d'abord descendre jusqu'au pont inférieur pour réduire l'ampleur de notre chute.

— Très bien, allons-y !

Descendre d'un étage leur permit de s'éloigner du tumulte qui avait lieu à l'extérieur. Parvenus sur le dernier pont, tous deux avisèrent l'emplacement de la barque où Lugen était toujours étendu. Tydorel s'agrippa tant bien que mal au cordage qui pendait devant lui et entreprit de descendre.

— Bonté draconide ! s'exclama-t-il en glissant sur deux mètres avant d'atterrir balin-balan dans la chaloupe.

Constatant que finalement l'atterrissage de l'affichiste s'était fait sans trop d'encombres, Nimué enroula un foulard autour du cordage afin d'amortir le frottement et utilisa ses pieds pour se fixer au mieux. Sa descente se fit sans heurt. La jeune femme posa bientôt le pied dans la chaloupe avec un soupir satisfait.

— Votre adresse vous honore, Nimué ! À présent,

découpons les cordages.

Les deux compagnons tirèrent une lame de leur botte et se mirent à l'œuvre. L'épaisseur et la solidité des cordes en firent une opération éreintante qui les mit en sueur. Autour d'eux, les cris et le bruit des détonations ne cessaient de se multiplier.

— Tydorel, où en êtes-vous ? J'arrive à bout des derniers fils de chanvre ! souffla Nimué, le front humide.

— Moi aussi ! À trois, rompez-les ! Un, deux, trois !...

Dans un même mouvement, Nimué et Tydorel attaquèrent les dernières cordelettes. L'embarcation s'écrasa sur la surface dans un gros bruit mouillé et tangua sur les vagues qui venaient s'écraser contre la coque du galion.

— Je ne peux pas nager avec un bras en moins, souffla faiblement Lugen, ballotté par les brusques secousses.

— Lugen ! Tu reviens à toi ! N'aie crainte, mon ami, nous resterons à bord de notre canot. Le pire est derrière nous !

— Voguons afin de nous écarter de là au plus vite ! s'écria Nimué. Mais… où sont les rames ?

— Diable, les rames ! s'exclama Tydorel.

Nimué pâlit brusquement. Ni l'un ni l'autre ne s'était inquiété de la question avant leur départ.

— Nous voilà bien, dit nerveusement l'affichiste en regardant la jeune femme fouiller la chaloupe.

— Ici ! soupira-t-elle en les découvrant contre les parois de l'embarcation.

En tendant une rame à Tydorel, Nimué jeta un œil sur le galion qui les dominait superbement.

Alors qu'ils s'éloignaient du colossal bâtiment,

tous deux purent mesurer le péril auquel ils venaient d'échapper. Trois navires légers formaient un arc autour de la proue du *Fugueur.* Des dizaines de dragons verts étaient parvenus à prendre le galion d'assaut. Les râles et les coups de pistolet continuaient de se propager comme une onde sur les flots.

— Vous avez été bien inspiré en choisissant ce côté-ci pour nous échapper, soupira Nimué à l'adresse de Tydorel sans cesser de ramer. Sur l'autre flanc, nous n'aurions pas eu la moindre chance.

— Une bonne étoile nous guide, compagnon ! s'exclama l'affichiste, tout aussi soulagé d'avoir échappé aux dragons verts. Oh ! Ce barillet est rempli d'eau douce. Décidément, le capitaine Marlin est un être prévoyant. Bien, à présent, mettons le cap sur l'île du Ferrailleur. Nous y trouverons une prothèse pour Lugen.

— Savez-vous dans quelle direction nous devons ramer ? s'enquit Nimué, étourdie par l'immensité de l'horizon bleu.

— Ne craignez rien, je possède une boussole, fit-il en extrayant le petit instrument de sa sacoche.

— Très bien, mais connaissez-vous la position de l'île du Ferrailleur ?

— Détendez-vous, Nimué. J'ai longuement étudié les cartes maritimes avant notre départ ainsi que sur *Le Fugueur.* Ce sera un jeu d'enfant !

— Est-ce loin ? demanda encore la jeune femme pour qui il était déjà pénible de ramer avec ses blessures.

— À la force de nos bras, peut-être une heure. Toutefois, notre tâche ne sera pas aisée. Nous allons devoir passer la barrière de corail qui protège tout un flanc de l'île.

Et, en effet, plus ils progressaient, guidés par l'instrument de Tydorel, plus l'océan était agité.

— Pressons-nous ! s'exclama Tydorel en sentant que la chaloupe tanguait de plus en plus sur les cimes aqueuses.

Les vagues enflèrent, déployant bientôt d'effrayantes mâchoires qui ne demandaient qu'à les engloutir. L'embarcation menaçait de se retourner. Tous trois pâlissaient à chaque nouvel assaut. Nimué songea avec effroi à ce qu'il adviendrait s'ils passaient par-dessus bord. Lugen ne pourrait pas nager, il coulerait à pic. Il fallait à tout prix s'assurer que quoi qu'il advienne, il demeure dans le canot.

Trouver un équilibre sur un océan aussi démonté relevait de l'impossible. Les coups de rames paraissaient inutiles et dérisoires face à la force des éléments. Nimué et Tydorel étaient pris de vertiges. Sans cesse les vagues les portaient à leur sommet avant de les précipiter dans des gouffres profonds.

Soudain, les contours imprécis d'une terre salvatrice se dessinèrent à bâbord. Un lagon turquoise bordait la côte qui leur faisait face.

— Là ! L'île du Ferrailleur ! Dites-moi que je ne délire pas et que vous la voyez aussi ! s'exclama Tydorel, son haut-de-forme coincé entre les jambes.

— Je la vois aussi !

Les deux compagnons jetèrent toutes leurs forces dans leur lutte contre les éléments. Les muscles de leurs bras brûlaient sous l'effort. Mais dès qu'ils parvenaient un tant soit peu à s'approcher de la côte, les courants contraires ne cessaient de modifier leur trajectoire et les vagues manquèrent à plusieurs reprises de les faire chavirer. Leurs chances d'aborder l'île étaient minces. Cette réalité les frappa violemment alors qu'une nouvelle vague les assaillait.

— Le barillet ! bondit soudain Nimué. Il faut le vider et y fixer Lugen afin qu'il puisse flotter si nous chavirons !

La jeune femme n'attendit pas l'approbation de l'affichiste. Elle déversa l'eau et s'empara d'un cordage qui se trouvait sous le banc afin de solidariser ensemble le petit fût et le parfumeur. Lugen se redressa difficilement pour la manœuvre.

Par réflexe, Nimué lui posa la main sur le front.

— Vous ne pouvez juger de rien ainsi, rétorqua Lugen d'une voix molle.

Elle lui adressa un sourire éperdu et posa son front contre le sien.

— La fièvre est légère. Toutefois l'opération vous a épuisé, souffla-t-elle doucement. Tenez bon, Lugen, nous serons bientôt sur l'île.

Mais l'océan semblait vouloir contrarier cet objectif. L'amplitude du roulis grossissait dangereusement. Le jeune homme avait la sensation de flotter entre deux mondes.

La bouche emplie de sel et les yeux clos, il sentait que sa dernière heure était arrivée. Allongé ainsi au creux du canot à la dérive, il n'avait aucune prise sur les événements. Luttant contre les assauts de l'océan, ses deux compagnons lui semblaient prendre l'allure de quelque héros antique, bravant la colère des dieux.

Lugen se sentait comme un spectateur, retenu hors de la scène. Passif, impuissant à prendre part à l'action alors que son déroulé déterminerait sa propre existence. Au cours de sa vie, de semblables situations avaient fréquemment eu lieu. Il s'était habitué à regarder les choses avec distance, à être là sans y être. Pourtant, à cet instant précis, il n'avait d'autre choix que d'agir, ou il allait mourir.

Mais commander au moindre de ses muscles lui était une torture. Une douleur sourde le lançait là où son bras se trouvait encore avant-hier. C'était comme s'il possédait un membre fantôme. Lugen tenta de se raisonner. Cette douleur ne pouvait pas exister. Mais l'état d'extrême fatigue dans lequel il se trouvait lui embrouillait l'esprit. Un instant, il songea qu'il aurait voulu se laisser emporter par les flots et se laisser aller pour toujours.

Soudain, les cris d'alarme de Nimué et de Tydorel lui parvinrent. La seconde d'après, l'eau salée pénétra ses narines et sa bouche avant de lui glisser dans la gorge. Lugen se trouvait sous le miroir de l'eau, rattaché au flotteur de bois. Le calme impromptu le surprit, l'invitant à demeurer là. Mais soudain, la douleur lui perça les poumons et son ventre se contracta sous les spasmes. Il suffoquait.

Usant de son bras valide, il tenta tant bien que mal de se redresser. L'instinct de survie le gifla, hurlant au creux de ses entrailles. Il fallut à Lugen plusieurs tentatives pour percer la surface. Le jeune homme émergea brusquement dans la mer déchaînée et s'agrippa comme un forcené au barillet en happant l'air et l'oxygène à grandes goulées.

Autour de lui, tout était flou, bouillant de chaos. L'horizon se trouvait masqué par la crête des vagues. L'embarcation avait disparu. Nimué et Tydorel n'étaient visibles nulle part. L'océan les avait emportés. Devant ce constat terrible, Lugen faillit lâcher prise. Pourquoi lutter si sa fin était inéluctable ? Mais abandonner s'avérait plus difficile qu'il ne l'aurait cru.

— Tydorel ! Orseille !

Seuls le vent et l'océan répondirent à son appel. Les remous le firent chavirer de nouveau, lui faisant boire la tasse à plusieurs reprises. Le sel lui brûla la gorge et l'air qui l'accompagnait lui gonfla le ventre, amplifiant la nausée que la peur avait fait naître.

— Tydorel ! Orseille ! tenta-t-il de nouveau d'une voix plus affirmée.

Quelque chose en lui fouettait sa volonté, le tirant peu à peu de son état léthargique. Lugen comprenait que s'il ne réagissait pas très vite, le cocon de passivité dans lequel il s'était terré depuis des années deviendrait son tombeau. Il lui fallait lutter, déchirer le voile. Se retrancher dans le vaisseau brumeux de son esprit n'était plus une option, ou son corps périrait et, avec lui, son être tout entier.

Soudain, Lugen se surprit à rêver de son atelier, de son orgue à parfums, des flacons de Rivael Callun, du catalogue lithographique de Tydorel et de la boutique de Genista. Toutes ces choses se révélèrent soudain pour lui d'une valeur insoupçonnée. Il réalisa qu'il tenait finalement à quelque chose, que sa vie lui importait un peu.

— Tydorel ! Nimué ! hurla-t-il, se surprenant de la puissance de sa propre voix.

Certes, le timbre ressemblait à celui d'un adolescent, déraillé et dissonant, mais jamais sa voix n'avait été aussi forte.

— Tydo… Nimué…

Il délirait à demi, nourrissait la sensation qu'une flopée de parfums lui faisait tourner la tête. De la lavande d'abord. Celle qui venait d'une plantation située un peu en altitude, reconnut-il. L'effluve de celle-ci était plus vert que les autres, car elle venait d'un terroir au climat plus frais. Puis des roses, du jasmin, du pamplemousse et du bois de santal… Rien qui ne puisse renvoyer à la situation actuelle. L'expérience s'avérait déroutante et parfaitement incohérente. Son nez semblait tenter d'entraîner son esprit, de lui ouvrir une fenêtre afin de s'échapper du présent. Une illusion. Une fantasmagorie dangereuse dans sa situation. Lugen n'en avait pas le droit, mais la tentation était grande de se laisser bercer par ce rêve olfactif.

Sa lutte l'épuisait. Son corps perdait de sa réalité. Il se muait peu à peu en une masse molle, ouatée, cotonneuse. Sous ses doigts, le contact des nervures du bois formait un lien ténu avec le réel. Le jeune homme s'abandonna.

L'île du Ferrailleur

Lugen sentait son courage s'amoindrir.

Pourtant, peu à peu, l'océan qui d'abord le battait en tous sens le ballotta avec moins de vigueur. Curieusement, alors qu'il remuait fébrilement la main pour raffermir sa prise, le parfumeur réalisa que la texture lisse du bois devenait plus rugueuse, comme parsemée de grains de sable. Les vagues ne tentaient plus de le noyer, elles le berçaient. Son corps avait recouvré sa masse. Il ne flottait plus. Il allait et venait plus mollement dans le reflux. Les vagues tentaient de le tirer en arrière, mais avaient cessé de le dévorer, de l'entraîner par le fond.

Lugen ouvrit péniblement les yeux. À demi inconscient, il avait passé une barrière de corail et traversé un lagon. Devant lui, un arc sableux préludait une terre verte boisée.

Une plage, il se trouvait sur une plage.

Les ailes de son nez frémirent délicatement comme celles d'un papillon. Il perçut l'odeur du métal : cette odeur lourde qui vous pénètre jusque dans la bouche, qui s'imprime sur votre langue et votre palais, ce goût ferreux de rouille aussi puissant que celui du sang. Puis, celles des aromates et des épices, verts, camphrés ou terreux qui emplissaient des dizaines de ballots qui s'étaient échoués sur la plage, autour de lui. Certains s'étaient éventrés sur le sable, déployant graines, poudres, feuilles, pétales et bourgeons.

Que s'était-il passé sur *Le Fugueur* pour que le contenu des cales se retrouve par-dessus bord ? Et Tydorel ? Et mademoiselle Orseille ? Où se trouvaient-ils ? Les hypothèses et les probabilités s'enchevêtraient dans la tête de Lugen et lui oppressaient la poitrine. Quelles chances ses compagnons avaient-ils de s'en être sortis ?

Le jeune homme tenta de se redresser, mais le poids du barillet l'en empêcha. Le caisson de bois qui lui avait permis de survivre sur les eaux se révélait sur la terre ferme une véritable entrave.

De plus, sa blessure lui provoquait de nouveau des spasmes douloureux. La peur ne l'anesthésiait plus. Son bras manquant le déséquilibrait et son épaule l'élançait comme si un poison brûlant se répandait dans toute la partie gauche de son buste. Tout son corps était ankylosé, gourd, faible.

À force d'efforts qui lui arrachèrent d'âpres gémissements, Lugen se redressa tant bien que mal sur ses jambes flageolantes. Le sentiment de se trouver diminué avait pris le pas sur le soulagement d'être en vie. Le jeune homme se sentait douloureusement raccourci et déséquilibré, comme une souche amputée d'une branche. Qu'adviendrait-il de lui à présent ? Il n'était plus qu'une masse morte, fiévreuse, lente et affaiblie malgré sa jeunesse. Soudain, l'avenir, auquel il ne pensait jamais que comme un brouillard nébuleux, se dessina comme une perspective angoissante.

Une voix familière le sortit brusquement de sa torpeur :

— Bonne fortune ! Nimué, ravalez votre angoisse, il est là !

Le parfumeur tourna péniblement la tête pour faire face à un Tydorel et à une Nimué trempés jusqu'aux os, les vêtements, la peau et les cheveux imprégnés de sel et constellés de sable. Tous deux peinaient à marcher, avançaient sur la plage bras écartés pour garder un équilibre précaire, assommés qu'ils étaient par les efforts de la nage.

Lugen sentit un poids s'envoler. Le sentiment de soulagement qu'il ressentit à cet instant manqua de lui faire lâcher le barillet. Arrivé à sa hauteur, Tydorel le saisit par les épaules et plongea un regard grave dans ses yeux dolents.

— C'est injuste. Reprends la terreur que tu as provoquée chez nous en tombant à l'eau, fit-il sur un ton faussement tragique avant de le serrer dans ses bras.

Lugen sentit une bouffée d'émotion le submerger. Par réflexe, les muscles de son ventre la bloquèrent et sa gorge se contracta dans un pincement douloureux, empêchant les larmes d'affluer jusqu'à ses yeux.

Par-dessus l'épaule de l'affichiste, le jeune homme fit face au visage de Nimué. La jeune femme tremblait. Elle avait les jambes en flanelle, l'eau de ses yeux débordait et sa chemise collait à sa poitrine. Lugen cligna un instant des yeux. Pourquoi s'était-il arrêté sur une pareille observation ? Surtout dans un tel moment ?

Nimué semblait se retenir d'avancer davantage. Ses longues mèches châtaines perlaient, tombant raides sur ses joues. Elle semblait épuisée, mais terriblement consciente d'être en vie et que c'était une chance folle. Lugen n'aurait su se livrer à une pareille émotion, par pudeur déjà, mais aussi par crainte qu'elle ne l'emporte.

— L'un de vous aurait-il une lame ? parvint-il à articuler quand Tydorel se décida à le lâcher.

Nimué tira une minuscule serpette nouée à sa ceinture et approcha. Chacun de ses pas émettait un bruit mi-spongieux, mi-clapotant. Par une succession de gestes méticuleux, la jeune femme le libéra du petit fût.

Puis elle inspecta ensuite une à une les aumônières nouées à sa ceinture pour vérifier que les plantes séchées qu'elles contenaient étaient demeurées à l'abri de l'humidité. Elle constata avec soulagement que l'eau n'avait pu y pénétrer. De même, ses précieuses galettes de thé étaient intactes ainsi que les médecines qu'Acantha lui avait confiées.

— Dès que Lugen se sentira prêt, nous marcherons jusqu'à la cité principale, annonça Tydorel.

Voir son meilleur ami aussi meurtri lui serrait le cœur. Mais dans le même temps, son soulagement de le retrouver en vie sur cette plage était immense. Il n'en avait rien montré, mais sa peur de l'avoir perdu l'avait figé d'angoisse. Lugen était pour lui comme un petit frère. Qu'il disparaisse lors d'une aventure dans laquelle son protecteur l'avait entraîné avec insistance aurait été insupportable.

L'île du Ferrailleur

Tandis qu'il le couvait du regard, Tydorel s'étonna de voir son visage aussi animé.

Dans toute autre circonstance, le jeune homme se serait lamenté sur son malheur durant des semaines, en silence, sans parler à quiconque. Nul doute qu'il se serait terré dans sa souffrance jusqu'à ce qu'elle s'amenuise d'elle-même, rongée par le temps.

Mais cette fois-ci, malgré la douleur et l'épuisement, Lugen scrutait les alentours d'un regard alerte et semblait chercher quelque chose.

En vérité, dans une pareille situation, il n'avait pas le loisir de se laisser aller de la sorte. Ce périple l'obligeait à se déloger de son propre esprit, à s'attarder sur les considérations extérieures, moins savantes, moins réflexives, plus pratiques, plus instinctives. Le jeune homme avait pris conscience que, finalement, l'épreuve en serait peut-être moins difficile.

Après avoir amorcé quelques pas, il dégota une longue tige d'eucalyptus qu'il tailla à l'aide de la serpette de la compagnon-thé. Ravalant sa fierté rabougrie, Lugen se servit de cette canne improvisée comme aide, étant trop faible pour avancer correctement. La senteur à la fois camphrée et mentholée des feuilles le renvoya à son atelier, jusqu'à ce que les odeurs métalliques l'assaillent, l'ancrant de nouveau dans le présent.

Derrière les frondaisons, on devinait une masse constellée d'éclats métalliques luisant au soleil. Il s'agissait d'un cimetière de dirigeables, grossi de piles de métaux de toutes sortes. Cette décharge à ciel ouvert offrait des airs de forêt mécanique. Des buissons de machinerie, des feuillages de rouages, des tuyaux-troncs et des leviers-branchettes déployaient leurs ramures de cuivre, de fer ou de laiton au milieu de la végétation.

L'amoncellement d'appareils, d'automates disloqués à la peinture rongée par le sel et les embruns, d'outils et d'engins divers dissimulait derrière lui une cité. Les bâtiments aux allures étonnantes, souvent gondolés comme des engins volants, semblaient tous avoir leur utilité propre. Lugen distingua une vaste serre à l'armature inégale, composée de différentes pièces métalliques. Le voilage était constitué d'une mosaïque de différentes teintes et de matières variées. Le jeune homme remarqua que Nimué l'avait repérée avant lui. Avisant son expression curieuse, le parfumeur devina qu'elle brûlait du désir d'aller l'explorer. Lui-même se demandait quelles plantes les Ferrailleurs cultivaient ici.

En se rapprochant encore, le trio découvrit les silhouettes des premiers autochtones. Une vingtaine d'entre eux vint à leur rencontre. Tous arboraient une chemise en coton sous un veston de lin ou de chanvre taillé pour être confortable et sans aucune fantaisie.

Ce qui parut au premier abord être un gros insecte volant s'approcha des trois naufragés.

— Nom d'une écaille ! Un automate ! s'enthousiasma Tydorel en comprenant qu'il s'agissait d'un dragon métallique de la taille d'un chat commun.

La créature les détailla tour à tour, confondante de réalisme.

L'un des Ferrailleurs, un homme affichant la trentaine, boucles cuivrées et teint laiteux, les apostropha depuis l'entrée de la cité :

— Hé, vous ! L'un de nos gamins vous a vus sortir de

l'eau et aborder la plage.

— Nul doute que ce petit a l'œil, répliqua Tydorel, un brin moqueur, en repoussant le petit automate qui voletait près de son oreille.

L'autre fronça le nez tandis que le dragon revenait se poser sur son épaule, mais conserva son air décontracté.

— Je suis Flynn, se présenta l'homme à la tête de feu en faisant trois pas en avant. Quant à vous trois, vous vous teniez au milieu des caissons comme les pilleurs d'épaves de jadis. D'où venez-vous, étrangers ?

Mains dans les poches et l'allure mi-espiègle, mi-avenante, le nouveau venu les considérait sans hostilité. Cette observation rassura immédiatement les trois îliens de l'Archipel. Leurs connaissances à propos des Ferrailleurs et de leur île se limitaient à ce qu'ils avaient entendu sur *Le Fugueur* de la bouche des pirates. Or, cela se résumait à quelques bribes d'informations décousues.

Nimué songea, amusée, que les pirates étaient les anthropologues de leur époque, puisque ces forbans étaient ceux qui étaient le plus en contact avec les différentes tribus qui peuplaient le monde. Les navigateurs amassaient des connaissances méconnues des habitants de l'Archipel. La jeune femme était partagée entre la curiosité, l'envie d'accroître son propre savoir, et la conscience que ce désir s'avérerait dangereux, une fois rentrée de son voyage.

— Nous sommes des rescapés du *Fugueur*, déclara solennellement l'affichiste en se découvrant de son haut-de-forme qu'il avait miraculeusement sauvé de la fureur de l'océan. Je me nomme Tydorel Isat. Et voici mes compagnons : Lugen Anthème et Nimué Orseille.

Vous aurez peut-être remarqué dans quel état de délabrement nous nous trouvons. Aussi, nous souhaiterions payer… une chambre et le couvert. Dans un endroit que vous jugerez approprié pour de telles fonctions… finit-il en jetant un regard critique et circonspect sur cette cité de bric et de broc.

L'homme aux cheveux roux eut un rire taquin qui imprima un sourire sur les faces de ses compagnons. Lugen nota que son charme était indéniable et que sa communauté semblait lui offrir sa confiance. Le jeune homme sentit une pointe de jalousie lui piquer la poitrine, lui qui ne suscitait que peu d'intérêt chez ses semblables. De par son intensité, ce sentiment lui parut curieux. Lugen n'avait pas l'habitude d'envier qui que ce soit.

Le trio comprit rapidement que cet homme serait leur interlocuteur privilégié.

— Que chantez-vous là ? railla le Ferrailleur sans se départir de son sourire. *Le Fugueur* vogue encore. Nos marins ont découvert sa silhouette au large il y a moins d'une heure. En revanche, il est bien possible que les pirates du capitaine Marlin aient eu quelques ennuis. Mes camarades ont cru sentir quelques relents de poudre à canon venant de ce côté, charriés par les vents. Nous nous sommes fait la réflexion qu'il s'agissait de vieilles technologies, comme celles de l'Archipel…

La bouche de Tydorel forma un « o » outré.

— J'imagine que l'Empire a d'autres priorités que de développer des armes, rétorqua l'affichiste. Il faudrait pour cela qu'un danger se présente, un danger qui en vaille l'investissement.

Nimué se mordit la lèvre.

— Nous avons dû quitter *Le Fugueur* quand des gardes impériaux l'ont pris d'assaut, le coupa la jeune femme, craignant que les répliques de l'affichiste ne ternissent le sourire avenant du Ferrailleur. Notre canot a fait naufrage…

— … dans votre mer déchaînée, rebondit Tydorel avec un geste théâtral. Alors nous voici, tout imbibés d'eau, de sel et de fatigue. C'est pourquoi nous réclamons votre hospitalité : un lit douillet et un bon repas arrosé de vin, ni plus ni moins. Du moins… pas moins.

L'emphase de Tydorel laissa perplexe la moitié des Ferrailleurs présents. Bras croisés et sourcils relevés, ils semblaient hésiter à situer son attitude entre extravagance et ridicule.

— Quand je vous écoute, reprit Flynn, je ne suis pas certain que l'on parle de la même chose… Le confort endort la réflexion, il rend fainéant. Notre communauté est bien plus concentrée sur l'aspect pratique des choses. Venez, je vais tout de même vous conduire au dortoir, ce sera mieux que de dormir sur la plage, attaqués par les puces de mer.

Le petit groupe de Ferrailleurs les guida à travers la cité. Des plaques de tôle recouvraient les structures des bâtiments. Les Archîliens furent surpris de ne trouver aucune barrière métallique, aucun portail pour délimiter les propriétés. Ce n'était pourtant pas le métal qui manquait sur cette île.

— Je vous conduis au quartier-dortoir. Les jeunes ouvriers, techniciens et ingénieurs y résident. L'université se trouve dans cette zone-là, afin qu'ils puissent se former tout en travaillant. Au centre de la cité, ce sont les ateliers.

— Au centre ? s'étonna Tydorel. Vous avez placé vos industries au centre ? Quelle drôle d'organisation !

— Pourquoi ? fit Flynn avec désinvolture. Pour nous, Ferrailleurs, c'est le plus important. Que placez-vous, au centre de vos villes, vous ?

— Le siège des compagnies, répondit Nimué. L'art et nos techniques d'artisanat sont ce que nous possédons de plus précieux.

Son cœur se serra en songeant à la compagnie du thé qu'elle avait trahie. Flynn releva un sourcil en la détaillant. L'organisation de leur territoire lui semblait tout aussi curieuse que celle du sien pour eux.

Ils traversèrent un quartier d'habitations et de commerces. Les boutiques ouvertes sur la rue étaient rares et imposantes. Ne s'y vendaient que des produits essentiels et sans aucune fioriture. Le groupe distingua une école où les enfants, tous vêtus d'un uniforme gris sobre, pratiquaient des exercices physiques dans la cour ou fabriquaient des petits engins à l'aide de pièces mécaniques aux bords arrondis.

Au détour d'un petit immeuble, ils passèrent sous une arche en fer forgé sur laquelle était inscrit : *Quartier-dortoir & Université.*

— Nous y sommes.

Sur une place, le groupe fit face à la carcasse aménagée d'un gigantesque zeppelin. Flynn ouvrit une lourde porte de métal, munie d'un hublot en verre. L'intérieur se révélait vaste, agrémenté seulement de quelques meubles composés de bois flotté et de plaques métalliques. Les jeunes gens allant et venant dans les couloirs et les parties communes saluèrent Flynn en levant la main. Ce dernier leur rendit l'amabilité par une tape sur l'épaule.

Un nombre important de cabines s'alignaient dans la carlingue. Chacune d'entre elles était sommairement aménagée. S'y trouvaient des lits superposés, une armoire, un bureau et trois chaises. Des fenêtres avaient été percées ici et là, toutes dépareillées. Des petits hublots côtoyaient de grandes plaques vitrées, serties de boulons de toutes les tailles. Une tuyauterie de cuivre et d'acier formait des angles bizarres sur les murs et au plafond.

Tydorel resta subjugué par l'esthétique singulière qui se dégageait de ces installations. Mentalement, il imprima ces formes, ces teintes et ces textures qui pourraient l'inspirer pour une future affiche, mais peut-être seulement pour une commande ou deux, comme un clin d'œil à ce périple, car, enfin, tout ceci était bien prosaïque et ne répondait à aucun style.

— Vous avez de quoi payer ? les interrogea Flynn tandis qu'ils s'installaient tous trois dans une cabine vide.

— J'ai cru, mon ami, que vous n'y viendriez jamais ! s'exclama l'affichiste en se délestant de son escarcelle. Voilà, prenez, c'est ce qui n'est pas allé au capitaine Marlin. J'enrage en songeant que le reste est perdu. Le contrat n'a pas été honoré puisque nous ne sommes pas parvenus à destination.

Flynn réprima sa surprise en soupesant l'aumônière qu'il recueillit dans le creux de sa main. Ces étrangers n'avaient pas encore dévoilé leur origine, mais le jeune homme était presque certain de son hypothèse. Ces trois voyageurs étaient des Archîliens. Mais le Ferrailleur ignorait ce qui les avait poussés à frayer avec les pirates du *Fugueur*. Il les interrogerait plus tard à ce sujet. Quoi qu'il en soit, pour ces gens, s'étendre sur une paillasse coûtait visiblement bien plus cher qu'ici. Le Ferrailleur empocha l'argent sans broncher. Il le déposerait au secrétariat du zeppelin en ressortant.

— Je vous laisse vous installer. Quant à moi, je m'occupe d'aller annoncer votre arrivée. Considérez déjà que les Ferrailleurs vous souhaitent la bienvenue. Je ne pourrai pas m'occuper de vous avant ce soir, du travail m'attend aux ateliers. Nous nous retrouverons pour le dîner, dans la salle commune du zeppelin.

— J'ai une requête, intervint Lugen alors que Flynn tournait les talons. J'ai besoin d'une prothèse mécanique. Vous en fabriquez sur cette île, n'est-ce pas ?

Flynn le toisa avec une moue amusée.

— Va voir Siana, ma sœur aînée. Tu la trouveras dans son atelier, un demi-dôme métallique, pas loin de la serre. J'espère que tu as les reins solides, bonhomme. Nos réserves de chloroforme, on les garde pour des opérations bien plus importantes. Si t'es un peu trop douillet, dégote-toi une flasque de gnôle et serre les dents.

Pour la première fois depuis longtemps, si longtemps à vrai dire qu'il n'aurait su dire quand, Lugen peina à encaisser la pique. Quelques étincelles d'humiliation lui chauffèrent le ventre. Peut-être étaient-ce les épreuves qu'il avait traversées qui avaient fini par le persuader qu'on devait lui témoigner un minimum de respect.

— Il tiendra bon, le défendit Tydorel comme à son habitude. Je suis certain que votre sœur est suffisamment adroite pour épargner au mieux la douleur à ses patients. Le contraire trahirait un manque évident d'expérience et de dextérité. Quant à notre ami, ne craignez rien, après avoir subi une amputation, la pose d'une greffe mécanique ne sera qu'une formalité.

Flynn eut un petit rire gaillard qui secoua sa silhouette athlétique, les salua et quitta le dortoir.

— Teigneux, ce garçon, déclara Tydorel en passant sa main dans ses cheveux blonds humides et ondulés par le sel. Veux-tu que je t'accompagne, Lugen ?

— Non. J'irai seul, marmonna le parfumeur qui luttait contre l'envie de s'étendre sur une paillasse, malgré la douleur qui le lançait sans discontinuer.

Lugen s'empara d'une deuxième bourse que Tydorel lui tendit et quitta le dortoir à son tour. Le parfumeur erra un long moment entre les rues sableuses, s'égara à plusieurs reprises et demanda son chemin à des Ferrailleurs qui s'étonnèrent de voir ce curieux garçon en redingote, fébrile et blafard, déambuler dans leur ville, appuyé sur son bâton d'eucalyptus.

Le jeune homme passa devant une école où il aperçut les têtes studieuses des enfants, penchés sur des calculs compliqués. Visiblement, cette communauté misait sa survie sur les sciences et l'ingénierie. L'idée lui plaisait, mais la dureté de ces gens le déroutait. Le parfumeur était habitué au calme feutré de son atelier, plongé dans des problématiques liées à l'art qui n'avaient rien à voir avec la survie. Le confort de sa vie bourgeoise sur l'Archipel lui manquait, il devait bien l'avouer.

Après quelques allées et venues qui lui drainèrent inutilement de l'énergie, Lugen parvint finalement devant le dôme. D'une écriture inégale, une enseigne métallique annonçait : « Greffes mécaniques. » Le jeune homme entra dans l'étrange bâtiment aux allures organiques.

La pièce circulaire était scindée en deux. Des étagères épousant la forme des murs lui offraient des airs de quincaillerie. Sur les petits tiroirs, les noms des vis, clefs, clous et boulons informaient de leur contenu. Un établi trônait au centre de la pièce, la lumière des hublots convergeait vers ce point central. Une scie, des rivets et une petite bouteille d'huile étaient disposés sur sa surface.

Soudain, surgie de l'autre pièce, une tornade orangée passa devant les yeux de Lugen. Le jeune homme cligna un instant des paupières avant de comprendre qu'il s'agissait d'une femme. La quarantaine, un monocle stylisé qui lui cachait un œil, trapue, une tignasse roux sombre bouclée et le visage constellé d'une pléiade de taches de rousseur, Lugen n'eut pas le moindre doute sur son identité.

— Vous êtes Siana, la sœur de Flynn, déclara-t-il comme une évidence.

— J'aimerais pouvoir me montrer aussi perspicace, affirma-t-elle en enfonçant un poing dans sa hanche droite. En vous reluquant, je devine sans trop de misère ce qui vous amène, mais… vous êtes qui ?

— Un des trois rescapés du *Fugueur*, fit-il, répétant par paresse les mots de Tydorel.

— Ça, mon garçon, je m'en doute bien. Ici, quand une tête est nouvelle, c'est qu'un marmot est né. Ou alors c'est un voyageur venant d'une autre île, ou le plus souvent : un pirate… Z'avez rien d'un môme geignard, pour le moment du moins, et z'êtes clairement pas un forban. Ceux du *Fugueur*, on les connaît bien ici. Alors de quelle île vous v'nez, et vous y faites quoi sur votre bout de terre ?

Lugen fronça les sourcils. La fatigue l'oppressait. Faire la conversation à la Ferrailleuse lui semblait particulièrement pénible, d'autant que son babil s'annonçait intarissable, vu l'énergie avec laquelle elle avait commencé.

— Je m'appelle Lugen Anthème, et je suis parfumeur.

Le rire gonfla les joues de Siana.

— Parfumeur ? pouffa-t-elle. Eh ben ! Vous devez pas être inquiétés par la faim ni la soif sur votre île pour qu'il existe de pareils statuts !

— En effet, répondit placidement Lugen, se rendant compte après coup que cette parole pouvait être prise comme une provocation à l'encontre du peuple de Siana.

D'ailleurs, la Ferrailleuse ne riait plus et fronçait un peu le nez. Ses éphélides se resserrèrent sous ses yeux émeraude qui luirent d'une menace mystérieuse.

— Méfiez-vous de votre légèreté d'âme, l'artiste. À force de vous montrer indifférent au reste du monde, un jour nos technologies nous offriront un pouvoir supérieur au vôtre et peut-être que vous regretterez de ne vous être préoccupés que du parfum de vos fleurs.

Lugen songea à la puissance dissuasive des dragons verts, à la rigueur de leur formation et au nombre important de leurs troupes. Ce qu'il avait vu de l'île du Ferrailleur n'avait pas lieu d'inquiéter l'Empire, du moins pas pour le moment. Toutefois, le jeune homme n'avait pas l'intention d'entrer dans ce genre de débat.

Lugen aurait pu expliquer à Siana qu'il avait été maladroit et qu'il n'avait pas l'intention de la vexer. Mais il se refusait à perdre davantage d'énergie dans des excuses confuses, d'autant qu'il ne se sentait pas vraiment le besoin de demander pardon.

N°243

— Je suis venu pour une prothèse, fit-il lassement.

Siana secoua sa tête de feu avec défi.

— Je vois. On a le caractère taiseux et on n'a pas le temps de débattre, pas vrai ?

— J'ai perdu mon bras il y a moins de deux jours. Et durant ce laps de temps, je n'ai pas récupéré, croyez-le bien. On m'a aidé à fuir d'un galion de pirates et j'ai failli me noyer avant d'échouer ici, se justifia-t-il en se laissant tomber sur une chaise.

Siana l'observa en riant sous cape. Ici, on n'exprimait pas tellement son mal, on le contenait et on continuait sa besogne, à moins de n'être plus opérant. La Ferrailleuse savait prendre en compte la douleur des autres, mais son empathie ne s'exprimait que par le soin et la minutie qu'elle plaçait dans ses gestes.

— Dans ce cas, on n'a pas de temps à perdre. Relève-toi, l'artiste ! le somma-t-elle en faisant rudement claquer ses mains. Enlève ta chemise et suis-moi à côté.

Lugen se redressa laborieusement et lui emboîta le pas. À l'arrière de l'atelier, dans la salle d'opération, de nombreuses greffes mécaniques pendaient des murs et du plafond, offrant un aspect incongru à la pièce. Des bras, des jambes, des mains, des doigts ou des orteils en métal de toutes les tailles pointaient vers le jeune homme.

— Ils attendent un accident pour trouver un bout de chair auquel se rattacher, expliqua Siana en le voyant admirer ses œuvres. Comme s'ils étaient en gestation. Moi aussi, en un sens, j'attends les drames, comme certains attendent la pluie pour nourrir les récoltes. Mais voilà que je deviens poétesse ! Ça doit être ta présence, l'artiste, qui me fait délirer !

Lugen se demanda ce qui la motivait en premier lieu : la prouesse technique, sans considération pour le traumatisme humain ou l'altruisme, le désir de porter secours à ses semblables ?

— C'est beau, non ? s'enthousiasma-t-elle en admirant le tableau que formaient ses créations, interrompant le questionnement du jeune homme.

— Ingénieux, en convint Lugen avec admiration avant de se rendre compte que Siana le détaillait avec l'attention d'un chirurgien.

La Ferrailleuse attrapa un mètre sur une petite étagère et vint mesurer le bras valide du jeune homme en marmonnant quelques mots inaudibles. Lugen commença à redouter de laisser son épaule meurtrie et fragile entre des mains si rudes. L'énergique mécanicienne le manipulait comme un automate défectueux, ne lui prêtant pas plus de sensibilité qu'à ses prothèses mécaniques.

Alors que les mèches cuivrées de Siana lui chatouillaient le torse, derrière la gêne occasionnée par sa pudeur malmenée, Lugen nota qu'elle ne portait aucun parfum, outre son odeur naturelle : quelque chose de laiteux et de safrané, en plus des effluves cuirées qui émanaient de son tablier.

— Je pense avoir ce qu'il te faut, lâcha la flamboyante Ferrailleuse en reculant brusquement, ses deux poings fermés sur les hanches et le menton rejeté en l'air.

Lugen suivit son regard et s'arrêta sur un bras mécanique couleur métal ponctué par quelques pièces de nickel. Il posa une bourse sur la table d'opération et hocha la tête avec un air résolu.

— Mmh... Normalement, pour un étranger comme toi, ce genre de prothèse coûte bien plus cher, fit sèchement Siana en venant évaluer le contenu de l'aumônière, surtout avec la pose ! Mais si l'on ajoute à cette menue monnaie le prix des malles qui sont arrivées sur notre plage en même temps que vous, considérons que le compte y est. Allonge-toi sur la table d'opération, lui enjoignit-elle en allant décrocher la prothèse du mur.

Lugen s'exécuta sans chercher à comprendre en quoi ces épices et aromates qui ne lui appartenaient pas pouvaient lui servir de monnaie d'échange. En temps normal, il s'en serait soucié, craignant de se montrer malhonnête. Mais dans les circonstances actuelles, il ne pouvait risquer que le marché échoue. Repartir de l'île sans son bras serait dramatique pour la suite de l'expédition. Il ne pouvait se permettre de ralentir le groupe.

En s'étendant sur la table de travail, son appréhension redoubla. Ainsi parallèle au sol, son regard dériva sur cette caverne des merveilles. En détaillant les membres de métal, les orteils et les doigts, le jeune homme cherchait à se détacher de son corps souffrant et de la perspective de ce qui allait advenir dans les prochaines secondes. Mais le souvenir de son amputation lui revint brusquement en mémoire. Pendant ce temps-là, Siana préparait le petit matériel chirurgical en sifflant.

— Prêt, jeune homme ? l'interrogea-t-elle en venant défaire le bandage. Ça va piquer un peu, d'autant qu'en temps normal, on attend deux ou trois semaines avant de poser une prothèse. Mais t'as pas l'air d'avoir de temps à perdre, alors mords ça.

Lugen desserra la mâchoire pour accueillir le morceau de cuir qu'elle lui tendait.

Ce fut la seule réelle attention que la Ferrailleuse lui porta pour contenir, sinon atténuer, la douleur à venir.

— Mmh… C'est du beau travail. La plaie est propre, constata Siana en désinfectant la cicatrice. C'est quasiment un miracle en sachant ce que vous avez traversé. Je reconnais bien là la patte d'Acantha. Quel dommage de devoir la rouvrir, c'est presque un sacrilège. Mais tu es le morceau de chair parfait pour ma prothèse, à croire qu'elle t'attendait… susurra-t-elle en sanglant son patient à la table par d'épaisses bandes de cuir. Maintenant, à l'œuvre !

Les sangles lui firent naître un inconfortable sentiment de vulnérabilité. Peu familier de la douleur physique, Lugen hurla quand le scalpel découpa les fils qui maintenaient la plaie fermée, découvrant sa chair blessée. Le morceau de cuir tomba sur le sol sans que Siana s'interrompe pour le ramasser.

— Oui, je sais : tu as déjà mal et voilà que je viens trifouiller la plaie, fit-elle avec une certaine excitation dans la voix. C'est vrai, je ne suis pas très gentille. Pourtant, il faut tenir bon, l'artiste.

Lugen avait l'impression que son moignon sensible trempait dans de l'acide. Au contact de l'air, sa chair était plus meurtrie que jamais. Les pinces et les scalpels qu'utilisait sa tortionnaire semblaient danser entre le muscle et les nerfs à vif, le poussant dans des retranchements de douleur qu'il n'aurait jamais imaginés.

Quand il s'était réveillé dans le cabinet d'Acantha, le médecin lui avait indiqué avoir ligaturé les artères avec du fil de soie après avoir soigneusement désinfecté les chairs. Lugen se souvenait qu'il était assommé, à la fois par le chloroforme, mais aussi par la douleur et le choc. Quand le jeune homme s'était enquis de son membre perdu, l'austère médecin lui avait appris qu'il l'avait jeté par-dessus bord. Lugen n'avait rien répondu. Après un frisson d'horreur, le patient avait finalement approuvé. Qu'en faire d'autre après tout ? Puis Acantha lui avait administré des médecines dans le but de soulager son tourment.

Mais sous les mains de la Ferrailleuse, aucun anesthésiant ne venait adoucir son supplice. Lugen grogna furieusement tandis que les muscles et les nerfs étaient raccordés à la prothèse. L'opération lui semblait interminable. Il suait abondamment, souffrait d'une nausée terrible et mettait de grands efforts à ne pas se débattre, même si la chose s'avérait inutile. Des spasmes incontrôlables lui prenaient tout le bras et l'épaule.

Fort heureusement, Siana travaillait avec rapidité et une précision parfaite. La Ferrailleuse ajustait son monocle de temps à autre, le visage figé par la concentration et le geste sûr.

— Et voilà le dernier nerf… murmura la flamboyante chirurgienne, la pointe de la langue dardant à travers ses lèvres.

Après une heure d'opération, se saisissant d'une poignée métallique, Siana referma la spalière qui vint se ficher sur l'épaule. Lugen rejeta la tête en arrière, bouche béante, front brillant de sueur et yeux clos.

Enfin. C'était terminé.

Pourtant, les muscles de son épaule pulsaient d'une douleur lancinante, comme le ventre d'une bête blessée au souffle trop ample. Les nerfs se rebellaient parfois, envoyant des décharges électriques intempestives dans les articulations de métal.

Cependant dans le même temps, Lugen constata que ce morceau d'acier inoxydable et de nickel qui, à présent, faisait partie de lui, obéissait aux ordres de son cerveau. Redressant la tête, il esquissa un mouvement des doigts, le visage barré par une grimace de douleur.

— Parfait, constata Siana émue devant les doigts de métal qui remuaient par saccades. Ça va t'élancer pendant deux ou trois jours. Il va aussi falloir surveiller ton épaule pour vérifier que la cicatrisation se fait correctement. Mais t'es tombé sur une professionnelle. J'ai choisi cette prothèse en fonction de ta taille et de ta corpulence. Elle n'est pas trop pesante, l'artiste ?

— Non, souffla Lugen en continuant de l'observer tandis que sa respiration difficile soulevait son torse et creusait son ventre. Je suis de nouveau… opérationnel. Mais je suis épuisé…

— Tu passeras la nuit ici. Comme ça, je pourrai te surveiller. On n'est jamais à l'abri d'une infection.

Lugen eut toutes les peines du monde à trouver le sommeil. Son corps lui semblait lourd comme une pierre et il était à bout de forces. Ses muscles tiraient atrocement et une douleur vive, comme un deuxième cœur, battait sans cesse dans son épaule. Son cerveau envoyait correctement des signaux dans son bras. Pourtant, son esprit peinait à s'y habituer. Dans ces circonstances, le jeune homme ne sut pas réellement s'il était finalement parvenu à s'endormir ou s'il était tombé inconscient, affaibli par les derniers événements.

Les crispations de mâchoire et les gémissements de Lugen ponctuaient la nuit. Étendue dans un hamac, Siana dormait comme une masse. La mécanicienne ne s'éveillait que toutes les deux heures et vérifiait la température de son patient avant de replonger dans un sommeil profond, soupirant du sentiment du travail bien fait.

Lugen ouvrit les yeux sur les coups de midi. Le jeune homme aurait certainement dormi encore de longues heures, mais les bruits de chocs métalliques le firent émerger de son sommeil réparateur. Toujours étendu sur la table d'opération, il leva le bras gauche et le détailla sous tous les angles. La greffe avait pris correctement. Lugen fut soulagé de retrouver une telle motricité en si peu de temps.

Dans la nuit, Siana avait dénoué les sangles. Se redressant, le jeune homme s'appuya par réflexe sur son membre de métal. Mais sa paume se déroba sous son poids et la douleur de son épaule qui cicatrisait à peine fut soudain cuisante. Dans une plainte de surprise et de douleur, Lugen chuta lourdement au sol.

Ces bruits attirèrent l'attention de la Ferrailleuse. Siana surgit soudain de l'atelier et le considéra avec une mine goguenarde.

— À tous les coups, t'es allé trop vite, l'artiste. Faudra un peu de temps pour coordonner tout ça, dit-elle en venant l'aider à se redresser. Vas-y tout doux quand même, ne va pas abîmer mon œuvre !

Lugen marmonna un « oui » circonspect en songeant que la mécanicienne nourrissait décidément bien plus d'inquiétude pour le bon fonctionnement de son bras de métal que pour lui-même. Durant encore quelques minutes, Siana effectua les derniers réglages et vérifia la bonne cicatrisation du moignon de son patient sous la spalière.

— Merci, fit Lugen quand elle eut terminé. Votre frère avait raison. Vous êtes singulièrement adroite et ingénieuse.

— Mon petit frère est un flatteur ! Reviens m'voir chaque jour pour les soins, tant que tu seras sur l'île ! lança-t-elle, un boulon entre les dents et les mains saturées d'outils.

Lugen hocha la tête et quitta le dôme en reboutonnant tant bien que mal les manchettes de sa chemise. En relevant le menton, le jeune homme découvrit la silhouette nerveuse de Nimué, assise sur un banc. Ses vêtements ne comportaient plus de trace de sel et elle avait troqué sa chemise blanche pour une liquette verte dont la teinte était semblable à l'oxyde de chrome. En le voyant apparaître, celle-ci se redressa d'un bond. Visiblement, elle attendait là depuis un moment.

— Que faites-vous ici ? l'apostropha-t-il.

La jeune femme ouvrit grand la bouche, prête à le morigéner pour sa faible capacité de déduction. À la vérité, voilà des heures qu'elle patientait anxieusement que Lugen sorte de l'atelier de la Ferrailleuse. Le talent qu'avaient ses compagnons de voyage pour se blesser la laissait pantoise. La triade devait être au complet pour qu'ils aient une chance d'atteindre leur objectif. Chacun d'entre eux était essentiel au bon déroulé de cette excursion, sans compter que Nimué commençait à s'attacher à ses singuliers compagnons.

Quand la jeune femme avait quitté les dortoirs, le velours noir du ciel, foré de lumières scintillantes, ne présageait pas encore le petit jour. Pour tromper son impatience, Nimué avait exploré les quartiers alentour. Les bâtiments aux formes simples et géométriques lui avaient paru quelque peu grossiers en comparaison à l'architecture travaillée des cités de l'Archipel. Après une bonne heure de marche entre les dômes et les habitations en forme de cube, elle avait finalement échoué sur ce banc public.

— Je vais bien, l'informa Lugen en peinant toujours à refermer les boutons de sa chemise avec sa main de métal.

Nimué écrasa la distance qui les séparait et attrapa le tissu en plongeant son regard d'eau dans le sien.

— Mademoiselle Orseille…

— Au diable mademoiselle Orseille. Nimué.

— Nimué. Je dois réapprendre à me débrouiller seul, vous savez.

— Vous devez apprendre… à faire confiance aux autres, fit-elle en détaillant la greffe mécanique.

Les émotions de Lugen Anthème semblaient décidément coincées à l'intérieur de lui-même. En repoussant le tissu, Nimué songea que son cœur devrait être davantage apparent, comme les rouages de cette prothèse qu'elle dénuda du bras de la chemise.

— Ce vêtement doit être fermé, fit remarquer Lugen en tournant le menton. Il vous paraît donc si fascinant, ce bras de synthèse ?

— Je crois que je deviens moins fermée à ce qui est synthétique, répliqua-t-elle en faisant référence à leur discussion sur le parfum. Le cœur même pourrait l'être, tant que les sentiments sont vrais.

— Les sentiments ne viennent pas du cœur, rétorqua froidement Lugen, insensible à la tentative de rapprochement de Nimué qu'il percevait à peine. Vous savez, ce ne sont en vérité que des réactions chimiques dans le cerveau, rien de plus que des signaux électriques que s'échangent les neurones.

Nimué émit un soupir irrité tandis qu'une haute et mince silhouette apparaissait derrière elle.

— Allons, Lugen, tu n'as pas encore compris qu'il est plus prudent de parler à Nimué quand elle a le ventre plein ? fit Tydorel en surgissant de nulle part. Elle est postée là depuis l'aube, dans le vent frais et son estomac grogne ! Attends qu'elle se soit sustentée pour être désagréable avec elle.

Lugen fronça les sourcils. À son haleine claire, il aurait dû s'en douter. Lui avait déjà avalé les bouchées à la coriandre que la marée avait fait entrer dans la baie. Siana était allée lui en chercher une petite assiette. La bouche de Lugen en était encore toute parfumée.

— Merci, Tydorel, mais ce n'est pas la peine, souffla Nimué en se détournant pour rejoindre la serre qu'elle était bien décidée à explorer, une expression à la fois lasse et déçue sur le visage.

Lugen en fut un peu dérouté, mais la jeune femme avait déjà cédé la place à un Tydorel gonflé d'énergie.

— Ce voyage ne se déroule pas si mal, déclara ce dernier, poings sur les côtes et un sourire radieux aux lèvres.

Lugen tomba des nues.

— Comment oses-tu dire une chose pareille ?... se récria-t-il. Regarde-moi !

— Allons, tu as bien meilleure mine qu'hier et tu es

beau comme tout avec ce… cet engin vissé à l'épaule. Et puis, observe autour de toi : ces gens ne sont-ils pas fascinants ?

Lugen lui accorda que les Ferrailleurs étaient un peuple remarquable. Mais le jeune homme énuméra ensuite la liste de leurs déconvenues et le tableau lui sembla de nouveau moins brillant. Morts d'un garde impérial et d'un pirate, blessure au bras de Tydorel, une amputation pour sa part, attaque du galion et pour finir : lui et ses compagnons avaient manqué de peu la noyade en tentant d'aborder l'île du Ferrailleur. Et maintenant, que faire ? Sans *Le Fugueur*, ils n'avaient plus de moyen de locomotion pour poursuivre leur voyage.

Alors que Lugen allait faire remarquer ce dernier point à Tydorel qui ne cessait de s'émerveiller de tout, Flynn passa non loin du dôme avec un petit groupe d'ouvriers munis d'outils. En les repérant, le frère de Siana vint à leur rencontre avec un air réjoui.

— Ma sœur a encore fait des merveilles à ce que je vois, fit l'ingénieur en voyant l'Archîlien mouvoir son membre mécanique. Sois digne de ce bras, bonhomme.

Lugen n'appréciait pas le ton dont usait avec lui le Ferrailleur. Ils avaient peu ou prou le même âge. Pourquoi le prenait-il pour un jeunet ? Lugen s'en offusqua un peu, mais pas suffisamment pour contre-attaquer. Voilà certainement pourquoi les choses demeuraient ce qu'elles étaient. Voilà pourquoi les autres se permettaient de piquer son ego et ne le respectaient pas. Mais loin de froisser son orgueil, Flynn n'était parvenu qu'à imprimer un malheureux pli dans sa fierté. Lugen se contenta de se renfrogner, ce qui eut pour effet d'amuser doublement le Ferrailleur.

— Pourrions-nous nous entretenir un moment ? s'enquit Tydorel en soulevant son haut-de-forme.

— Si c'est à cause de la dureté du matelas, sachez que nous n'avons rien d'autre à vous proposer, railla Flynn.

— Allons, je ne vous prendrais pas de temps pour des affaires si prosaïques… Toutefois, sachez tout de même que j'ai le dos raide et que mes articulations craquent comme une planche de vieux bois !

Flynn émit un léger rire.

— Donnez-moi une minute pour répartir les tâches de l'après-midi entre les membres de mon équipe et je reviens vous voir.

En le regardant s'éloigner, Tydorel gonfla les joues avant de soupirer bruyamment.

— Hier soir, ce joyeux bougre s'est tordu de rire en apprenant que mon métier consistait à fabriquer des affiches et des catalogues, siffla-t-il à l'oreille de Lugen en grinçant des dents.

Le parfumeur hocha la tête au souvenir de la réaction de Siana quand celle-ci avait découvert son métier. Le jeune homme avait l'habitude qu'on ne le prenne pas au sérieux. Ceux qui le nommaient « technicien » ou « artiste » considéraient son travail avec plus ou moins de mépris. Alors les railleries de Flynn n'avaient aucune chance de le surprendre.

Mais ce n'était pas le cas de Tydorel. L'affichiste avait l'habitude d'être encensé, même s'il ne s'agissait parfois que de flatteries ou de complaisance de la part de son petit milieu. Sur ce point, Flynn lui ressemblait, quoique l'admiration que lui portait son entourage paraissait plus sincère. Au fond, Lugen devait bien l'avouer, il enviait l'assurance des deux hommes et cette sève vigoureuse qui coulait dans leurs veines, dopant chacun de leurs gestes d'une inspirante vitalité. Leur attitude suscitait l'envie chez les autres de s'inscrire dans leur paysage.

Soudain, Lugen aperçut Nimué qui revenait de la serre. À son pas tranquille, le parfumeur devina qu'elle n'avait pas fait de trouvaille intéressante en matière de botanique.

— Des céréales et des pommes de terre, voilà tout, les informa-t-elle en évitant consciencieusement le regard de Lugen. La notion de gourmandise leur semble assez inconnue. La découverte du contenu des cargaisons échouées sur la plage s'apparente pour eux à une fête. Nous avons eu de la chance que ces denrées parviennent sur le sable en même temps que nous. Les Ferrailleurs semblent penser que nous en sommes les propriétaires. Mais… Ah !

Nimué sursauta en voyant le petit automate-dragon se poster devant elle.

— Pardonnez son indiscrétion, s'amusa Flynn en revenant vers eux.

— Votre automate de compagnie pourrait revoir sa conduite, répliqua la jeune femme en croisant les bras sur sa poitrine. D'ailleurs, nous avons été bien accueillis, mais je n'oublierai pas la mine écœurée de vos compagnons quand j'ai eu la mauvaise idée de leur faire goûter du thé, hier soir. Certaines des manières des Ferrailleurs sont un peu rustres, monsieur.

— Ne vous fâchez pas, et appelez-moi Flynn. « Monsieur », ça sonne un peu grotesque ici.

— Puisque nous en sommes à échanger des

observations, en alignant la monnaie, ne pourrait-on avoir droit à quelques agréments ? tenta Tydorel.

— Chez les Ferrailleurs, il n'y a de faveur pour personne, chacun reçoit le même traitement : résident comme étranger de passage. Quand les hommes du capitaine Marlin passent une nuit à terre, nous les recevons dans les mêmes conditions.

Le petit automate se posa sur l'épaule de Nimué qui émit un léger sursaut avant de s'en amuser.

— Avez-vous l'habitude de faire affaire avec eux ? s'enquit Tydorel.

— Le moins possible. Les Ferrailleurs doivent se contenter de ce qu'ils produisent. En aucun cas, nous ne souhaitons participer au commerce des galions pirates pour obtenir de la nourriture alors que nous pouvons la produire nous-mêmes.

— Oh, prendriez-vous garde, vous aussi, à demeurer autonomes ? l'interrogea Nimué en replaçant une mèche brouillée par le sel derrière l'arc de son oreille.

— Autonomes ? Oui et non. Ce n'est pas tout à fait la question. Mais nous ne pouvons nous permettre de dépenser des ressources pour des fantaisies alimentaires. Le marché nous sert uniquement pour des outils ou des matériaux que nous avons du mal à dégoter par nous-mêmes.

— Mais… à quelles fins ? demanda Lugen, se souvenant des menaces de Siana. Pourquoi ces automates ? Pourquoi tout miser sur la technologie ? Notre monde ne s'y prête pas.

Un éclair provocateur passa dans l'œil de Flynn. Il balança sa tête roux sombre en arrière et répondit :

— Quelles sont tes théories, bonhomme ?

— Le marché, la défense ou l'expansion, énuméra Lugen avec une intonation méfiante.

— Manqué… railla Flynn en remuant ses bras fibreux. Mais tu as encore un peu de temps pour deviner.

Soudain, un groupe de solides gaillards apparut en provenance du port où, plus tôt, Tydorel et Nimué avaient aperçu un lourd navire bardé de métal.

— Ces gars-là sont nos fournisseurs à nous, techniciens et ingénieurs. Ils partent plusieurs jours en mer avec de solides filets métalliques récupérer des morceaux d'épaves que les courants ont concentrés dans une… certaine zone.

— J'imagine que son emplacement est un secret, supposa Tydorel, les yeux brillants de curiosité.

— Ils sont les seuls à connaître les coordonnées exactes, opina Flynn. Les flux sous-marins ont formé une vaste décharge marine, sans cesse grossie par les apports des courants. Ces Ferrailleurs-là nous rapportent toutes sortes d'objets de leurs pêches miraculeuses. C'est ainsi qu'on a réussi à créer des petits automates, comme celui que vous avez sur l'épaule, finit-il en désignant Nimué. On l'a surnommé « Boutefeu ».

Les Archîliens durent bien reconnaître que les Ferrailleurs étaient extraordinairement ingénieux.

— Comment êtes-vous parvenus à les actionner sans user des énergies fossiles ? s'étonna Lugen.

— Nous avons apprivoisé l'éclair, fit le Ferrailleur avec malice. Nous faisons chauffer l'eau grâce à des panneaux solaires et utilisons la vapeur comme énergie hydraulique. Elle vient ensuite actionner des turbines.

— Comment fonctionnent vos capteurs ? s'intéressa Lugen.

Flynn sortit un carnet de sa poche et griffonna un schéma sans soin.

— Il s'agit d'une série de tubes en verre sous vide. À l'intérieur de chacun d'entre eux sont installés une plaque absorbante et un tube de cuivre. Vous voyez ?

— Je vois.

— Nous avons également un distillateur solaire pour désaliniser l'eau. Elle reste malheureusement plutôt saumâtre. Mais l'argile que l'on trouve ici en grande quantité nous permet de la rendre potable.

— Prodigieux ! Tout simplement prodigieux ! s'enthousiasma Tydorel avant de se tourner vers l'automate-dragon. Et ce petit engin, Boutefeu, quelle est sa fonction ?

— En général, nous ne perdons pas de temps avec l'esthétique des objets. Cette créature est une exception, en hommage aux dragons du passé. Il possède un réservoir d'alcool au niveau du ventre. Mais il n'est pas inutile. Si vous gratouillez la molette sous son menton, il crachera une petite flamme.

— Voilà qui est fort adroit, mais sans intérêt pour ce qui nous occupe. Voyons grand, mon garçon… fit Tydorel en l'entraînant on ne sait où par l'épaule. Votre automate vole. Mais il est encore trop petit pour transporter des humains. En revanche, vous possédez des navires. Pensez-vous pouvoir nous faire voyager sur les océans avec vos boulons, vos fils de cuivre et ces cheveux de lumière que l'on nomme « électricité » ?

Lugen se pinça l'arête du nez, fatigué par l'énergie de Tydorel. Ne pouvait-il pas demander les choses simplement ?

— Je vois. Vous n'avez pas la moindre idée du moyen de reprendre votre voyage.

— Pas la moindre ! chantonna Tydorel en écartant les mains.

— Évidemment, railla Flynn.

— Avant de rentrer sur l'Archipel, nous devons nous rendre sur Thyios afin d'y prélever une fleur un peu spéciale, lui apprit Nimué.

Flynn sourit. Les trois étrangers étaient donc bien des Archîliens.

— Une fleur, hein ? Vous êtes un peu tordus de prendre autant de risques pour ça... Quoi qu'il en soit, notre flotte ne vous emmènera pas aussi loin, mais j'ai peut-être une autre idée... Rejoignez-moi ce soir au réfectoire du zeppelin, à l'heure du dîner. Nous causerons.

En regardant le petit automate décoller de son épaule pour suivre Flynn, Nimué afficha une mine soucieuse.

— Je songeais à une chose... Est-ce que vous ne croyez pas qu'on se montre terriblement hautains en ignorant les autres tribus ? En se refusant au commerce extérieur, on ne leur offre pas les moyens de développer leurs projets.

— Il n'est pas question de mépris. Cela n'a rien à voir avec une quelconque émotion, ni même un sentiment. C'est simplement que nous ne leur devons rien, fit remarquer Lugen, et eux non plus. C'est le principe de l'indépendance. Sous couvert de bons sentiments, comme l'échange, la rencontre et le partage, dans les faits, des partenariats commerciaux n'entraîneraient que des désirs de profit personnel et la convoitise entre les différentes tribus. Le passé l'a déjà prouvé...

L'île du Ferrailleur

L'enthousiasme de Tydorel quand Flynn avait parlé de cette décharge de métal quelque part dans l'océan n'avait pas échappé à Lugen.

— Grâce à eux, nous pourrions à nouveau nous ouvrir sur le monde, l'ignora superbement l'affichiste. Ce Flynn doit rencontrer l'empereur !

— Vous déraisonnez tous les deux, répliqua le parfumeur. Il sera mis à mort sitôt le pied posé sur le quai, et nous avec si l'on apprend que nous avons quitté l'Archipel. Sans compter qu'accroître le trafic sur les océans pourrait être périlleux.

Nimué céda devant l'argument, mais Tydorel le souffla d'un rire enthousiaste.

— Nous verrons bien !

Le soir, au dîner, le parfumeur demeura sur la défensive. Malgré sa fatigue et son manque d'appétit, Lugen avait tenu à accompagner Tydorel et Nimué, craignant ce qui allait se dire et se décider s'il n'était pas là pour freiner l'engouement de ces rêveurs insensés.

Le réfectoire constituait une longue pièce à l'étage, dans le ventre du zeppelin. De grandes baies vitrées à armature métallique aux reflets de bronze perçaient les murs lambrissés de bois rouge. Des tables à tréteaux étaient alignées au centre de la pièce, bordées de bancs en bois. Des automates à figure humaine allaient et venaient en servant et débarrassant les assiettes. Leur buste se mouvait dans des angles impossibles sur une taille qui se réduisait à un tube d'acier flexible.

Des bouillies de céréales, de graines et de différentes noix emplissaient les écuelles. C'était le plat incontournable de la communauté, celui auquel les Ferrailleurs goûtaient à presque chaque repas. Mais aucun ne semblait s'en plaindre ni en être lassé. D'ailleurs, le contenu de leur assiette ne paraissait pas être un sujet pour ces gens.

En plus de cette portion, chacun avalait une petite série de gélules qu'un automate apportait dans un pilulier qui prenait place dans son ventre. Les Ferrailleurs ouvraient le compartiment leur correspondant et gobaient les capsules. L'automate s'en allait alors vers d'autres personnes attablées. Ces petits cachets étaient notamment constitués de dolomites réduites en poudre afin de favoriser les apports en calcium et en magnésium.

Lugen remarqua qu'aucun des Ferrailleurs ne restait assis bien longtemps. Ce temps de la journée n'était qu'une formalité, un moyen de faire le plein avant de partir travailler, étudier ou se coucher. La notion de plaisir dans le fait de se restaurer leur semblait inconnue.

— Parlons longuement et parlons bien, s'exclama Tydorel pour engager la discussion. Vous avez, je crois, des choses à nous dire.

— En effet. Moi et mon équipe avons construit un automate singulier, expliqua Flynn en portant une cuillère de bouillie à sa bouche. Il s'agit d'un engin volant à faciès de dragon.

— Nous avons déjà rencontré Boutefeu, fit remarquer Nimué.

— Il ne s'agit pas de lui, mais plutôt de son grand frère. Ce dragon-là possède une taille beaucoup plus réaliste. Nous sommes parvenus à reproduire le battement des ailes au moyen de l'étude des oiseaux et d'archives de l'ancien monde…

— D'où vous vient cette documentation ? intervint Lugen sur un ton suspicieux, tandis qu'à côté de lui, Tydorel grimaçait devant sa bouillie de céréales.

— Lugen… le réprimanda Nimué en secouant la tête, devinant la nature de ses soupçons.

— Le patrimoine de l'ancien monde nous appartient à tous, fit crânement Flynn. Donc… par l'intermédiaire des pirates, nous sommes venus prélever quelques documents dans vos archives de l'Archipel.

Lugen et Nimué pâlirent de concert. Le parfumeur avait donc vu juste. Fallait-il que l'Empire soit à ce point gangrené par la corruption ?

— Je cautionne l'argument, si ce n'est la méthode, dit Tydorel, les coudes appuyés sur la table. Bien, parlez-nous davantage de ce planeur. Quelles chances a-t-il d'effectuer un vol comme le nôtre sans s'écraser ? Nous n'avons pas eu beaucoup de chance en ce qui concerne la mer, vous le reconnaîtrez. Espérons que les airs se révèlent pour nous un passage plus sûr.

— Le dragon est prêt, lui assura Flynn. Et votre quête, bien qu'assez curieuse, viendra ajouter une utilité à ce vol. Grâce à vous, nous voilà avec un cap concret. Vous savez l'importance que nous accordons au sens pratique.

Flynn vendit sa machine en ingénieur convaincu. Tydorel buvait ses paroles. Nimué, quant à elle, semblait lui faire confiance. Ses questions témoignaient davantage d'intérêt que de méfiance ou de crainte, ce qui n'était pas le cas de Lugen.

— Demain, je viendrai voir votre machine, fit le parfumeur sur un ton résolu. Vous m'expliquerez son fonctionnement.

Flynn émit ce petit rire qui agaçait de plus en plus Lugen au fil des heures.

— C'est un peu technique.

— Alors nous verrons si vous êtes un bon pédagogue, rétorqua d'emblée le parfumeur.

Tydorel afficha un air étonné. C'était la première fois qu'une répartie venait à Lugen aussi naturellement. Certes, son esprit s'était inspiré de la réponse que l'affichiste avait donnée la veille au Ferrailleur, mais c'était déjà un bon début.

Poussé par cet élan et alors qu'ils prenaient congé vers le dortoir, Lugen décida de régler une autre question. Le jeune homme était rompu de fatigue et de douleur, mais plutôt que de se précipiter vers son lit, il se laissa distancer par Flynn et l'affichiste afin de demeurer en retrait avec la compagnon-thé qui s'amusait avec le petit automate. Ce dernier battait des ailes autour d'elle.

— Vous paraissez beaucoup admirer ce Flynn, mademoiselle Nimué, lui fit remarquer Lugen.

La jeune femme se surprit à rougir tandis que l'automate se posait sur son épaule. Pas spécialement par la pertinence de la question – elle ne l'était d'ailleurs pas dans le sens où le parfumeur semblait l'entendre –, mais par le fait que Lugen Anthème se permette ce genre de remarque.

— Comment pourrait-il en être autrement ? répondit-elle en étudiant l'expression du parfumeur du coin de l'œil. Lui et les siens ont trouvé comment survivre ici en tirant ingénieusement parti de leur environnement. Échanger avec eux – je parle de connaissances, pas de commerce – enrichirait très certainement nos deux tribus. Vous ne croyez pas que l'intelligence technique d'un homme tel que monsieur Flynn serait une chance inouïe pour l'Archipel ?

Lugen n'aurait su expliquer pourquoi son estomac se tordit de la sorte, mais les paroles de Nimué l'ennuyaient et l'agaçaient. Il n'avait aucune envie de faire aveuglément confiance à cet homme.

— Je vais échanger avec lui. Nous n'utiliserons pas sa machine de malheur tant que je n'aurai pas compris son fonctionnement.

— C'est de l'orgueil mal placé, répliqua Nimué en se postant devant lui. Il sait ce qu'il fait. Les Ferrailleurs ont survécu jusqu'ici parce qu'ils sont rigoureux, astucieux et travailleurs. Regardez votre bras. Avec le peu de ressources qu'ils possèdent, ils sont parvenus à un résultat presque aussi sophistiqué que les prothèses que l'on peut voir sur l'Archipel. Nous devons faire confiance à Flynn : en premier lieu parce que chaque jour nous est compté. Nous n'avons pas le temps que vous vous penchiez sur les sciences de l'ingénieur jusqu'à les maîtriser suffisamment pour pouvoir juger du travail de cet homme.

Cette fois, Lugen n'eut pas de doute sur le sentiment qui l'étreignait. Nimué l'avait vexé en mettant en avant sa méconnaissance de ce pan des sciences. Décidément, plus il se confrontait à elle, plus son amour-propre semblait s'éveiller.

Il lui prouverait à elle et à tous que son retard serait rapidement rattrapé. Comme une insulte, ses détracteurs sur l'Archipel le qualifiaient de « technicien », ici, il saurait se montrer digne de cette épithète.

— Avant de regagner le dortoir, pourriez-vous me guider jusqu'à la bibliothèque de l'université ?

J'ai beaucoup de mal à m'orienter dans cette ville de métal.

— Vous comptez passer la nuit à étudier ? C'est insensé, vous êtes en convalescence, lui rappela Nimué.

— Si nous mourons dans l'écrasement de l'automate-dragon, cela ne fera aucune différence, répliqua-t-il.

Nimué se tut et ses traits trahirent son inquiétude. Pour lui ou pour ce vol ? Quoi qu'il en soit, pour la première fois depuis bien longtemps, Lugen se sentait étonnamment vivant.

Au bout de la longue route droite qui partait du port, le hangar qui côtoyait les ateliers abritait un imposant centre de tri. C'était ici qu'étaient charriées les prises des marins qui revenaient de leur pêche aux métaux. Des automates et des hommes triaient dans d'immenses étagères horizontales les boulons, les vis, les rouages et les écrous, divers cylindres, des leviers et autres matériaux communs ou plus rares.

Partie au petit matin à la recherche de Flynn qui devait lui montrer l'automate-dragon, c'était tout d'abord ici qu'avait échoué Nimué avant d'être redirigée vers l'un des hauts bâtiments qui abritait les ateliers.

En passant les larges portes, la surprise la cueillit. L'édifice hébergeait un monstre de métal qui dépassait de loin ce qu'elle avait imaginé. Sa gueule béait avec menace, ses pattes étaient munies de pinces tranchantes pour crocher la terre, le bois ou la roche, et même ainsi repliées, on se figurait avec un long frisson dorsal l'amplitude des ailes.

Nimué avait le sentiment qu'il s'agissait du Cendré à qui l'on avait passé une armure métallique. Elle distingua l'habitacle dans le ventre de la bête. La cabine de navigation se trouvait au niveau du poitrail. Le reste de l'abdomen était bardé de plaques métalliques aux teintes cuivrées, caparaçonné presque à outrance.

La jeune femme devina que si l'automate était capable de voler, le prochain défi consisterait à le rendre plus léger. Elle peinait à visualiser comment cette créature, avec sa lourdeur apparente, pouvait planer dans les vents marins comme les dragons de jadis.

En avançant un peu, elle découvrit Flynn ainsi que Lugen installés dans une petite salle d'étude séparée du reste du hangar par de grandes plaques de verre. La compagnon-thé nota que le Ferrailleur semblait de méchante humeur. S'étaient-ils brouillés ? Au vu de la scène de la veille, la chose était bien probable. Quoi qu'il en soit, l'ingénieur ne souriait plus.

— Vous êtes chimiste, s'exaspérait Flynn, les deux mains plaquées sur de larges feuilles de papier éparpillées sur le bureau. Les sciences techniques vous échappent et vous osez nous faire des remarques.

— J'ai suivi des études scientifiques généralistes avant de me spécialiser en chimie. J'en sais suffisamment pour comprendre qu'il est risqué de voler dans un pareil engin. Il quittera peut-être le sol, mais je n'ai que peu confiance en ses capacités d'atterrissage.

— Vous ne vous êtes penché sur ce projet qu'une nuit !

— Justement, il ne m'aura fallu qu'une nuit pour comprendre cette évidence, argua Lugen avec une colère contenue.

Nimué resta coite. C'était la première fois qu'elle entendait Lugen Anthème hausser le ton. Elle pouvait sentir, dans les inflexions de sa voix, qu'il y avait bien longtemps qu'il ne s'était pas opposé à quelqu'un de manière aussi forte.

La compagnon-thé se surprit à trouver charmant le fait qu'il exprime ses idées au lieu de les taire. Pourtant, elle ignorait quel parti choisir. Ses connaissances en mécanique des fluides laissaient franchement à désirer.

Lugen sortit du bureau pour aller de nouveau inspecter l'automate de métal. Flynn vociféra avant de lui emboîter le pas. Le parfumeur leva le bras dans un cliquetis métallique et posa la main sur des pattes antérieures du dragon.

— Il ne parviendra pas à se poser.

— Vous êtes opposé à l'idée même du voyage, s'emporta Flynn. Pourtant, les hommes doivent se rencontrer.

— Et pour quelle raison ? Est-ce bien grave si le rhinocéros ne rencontre jamais le pingouin ? fit Lugen d'une voix blanche, toute colère soudain envolée.

— Les… quoi ?

Lugen soupira.

— La prochaine fois que vous enverrez les pirates voler nos archives, dites-leur de passer par la section « biologie des pôles ».

Excédé, le Ferrailleur baissa les bras. Il descendit l'estrade, balancé par ses nerveux mouvements d'épaules. Sa peau brillait sous l'irritabilité qui le tenaillait. Il passa devant Nimué en lui lançant un regard de défi. La jeune femme en comprit immédiatement la teneur : « Me suivez-vous ? »

La compagnon-thé hésita un instant. Ce domaine n'était pas le sien. Elle était bien plus versée dans les sciences du vivant que dans celles de l'ingénieur. Ce n'était pas à elle de trancher l'affaire. Elle détourna le regard avant de le relever machinalement vers le parfumeur dont elle connaissait le goût pour la physique et les mathématiques. Y voyant l'expression du choix de Nimué, l'exaspération du Ferrailleur redoubla. Il venait, semblait-il, de perdre un soutien. Lugen, lui, n'en fit pas cas. Peut-être n'avait-il pas compris ce qui se jouait en silence devant lui.

— Vous n'êtes pas le chef de l'expédition, fit remarquer Flynn en faisant pivoter son buste musculeux. Je l'ai rapidement compris. C'est monsieur Isat qui prend les décisions, et il se trouve qu'il m'accorde sa confiance, finit-il avant de quitter le hangar d'un pas vif.

L'île des Sables d'or

Aux premières heures du matin, une silhouette encapuchonnée mit pied à terre sur l'île des Sables d'or. Ce que tous qualifiaient d'île était en vérité un amas de petites terres reliées entre elles par de grands ponts et des passerelles métalliques aux motifs baroques. Du moins, c'était de cette manière qu'étaient rattachées les îles qui accueillaient le quartier des affaires et des banques, et celles où s'élevaient les demeures bourgeoises et aristocrates.

Un peu à l'écart des Sables d'or fastueux, il existait une petite bourgade, reliée aux autres îles par un pont de bois rongé par l'humidité. Grèsia avait été construite sur pilotis et, de ce fait, se trouvait régulièrement en proie aux marées et aux inondations. Cette terre flottante se résumait à un lacis de ruelles étroites qui sinuaient au milieu de mansardes insalubres.

Grèsia accueillait les habitants les plus pauvres de tout l'Archipel. S'y entassaient des filles publiques, des truands, des opiomanes à la dérive et des familles pleines d'une marmaille déjà pressentie à la criminalité ou aux caniveaux.

De sous sa capuche, la silhouette jeta un coup d'œil aux murs qui s'effritaient, à la recherche d'un numéro de maison. Ces cabanes dataient des premiers colons. Il s'agissait des habitations construites par les rescapés de la Magnus Mar. Au fil des siècles, elles avaient été rénovées par le gouvernement impérial et par les habitants eux-mêmes. Mais l'humidité ne cessait de s'infiltrer partout et les travaux successifs ne parvenaient pas à transformer Grèsia en quartier salubre.

Soudain, après avoir scruté les alentours du regard, la silhouette disparut dans l'un des sinistres gourbis[1]. La bicoque, de par son emplacement, était sans cesse battue par les vents marins. À l'intérieur, une grande fille maigre, mais aux os lourds, vint à sa rencontre. Un bébé de deux mois pendait à l'un de ses seins. Derrière elle, trois enfants se tenaient serrés les uns contre les autres, les yeux un peu hagards, comme une nichée de souriceaux. La lumière de la lune qui passait à travers la porte béante les avait dérangés dans leur sommeil.

— Ils ont faim, maugréa la fille.

La silhouette sortit de dessous sa pelisse un petit sac qu'elle posa sur la table. La fille l'ouvrit de sa main qui ne tenait pas le bébé et releva un sourcil.

— T'es bien la seule personne à me donner de l'argent. Les autres préfèrent me jeter un quignon de pain sec.

— Je ne me permettrais pas de t'imposer mes choix. Tu es censée être la plus à même de savoir ce dont tu as besoin.

---

1. Habitation rudimentaire.

L'autre renifla nerveusement devant ce reproche caché.

— Ça t'empêche pas d'avoir un avis.

— Dans le cas contraire, tu me reprocherais d'être insensible.

— J'ai jamais vu beaucoup d'yeux larmoyants devant une courtisane déchue. Surtout quand elle est opiomane et qu'elle grossit les rangs de la racaille en pondant tous les ans.

La silhouette s'approcha pour que les trois enfants n'entendent pas. Elle pouvait presque sentir le lait qui moussait autour de la bouche du nourrisson emmailloté dans un linge douteux.

— Je te rappelle que tu refuses les potions.

— Et moi je te rappelle que des histoires circulent. Des miséreuses à qui on aurait proposé gracieusement des remèdes qui leur auraient emporté la vie en même temps que celle du fœtus.

— Ce ne sont que des légendes urbaines, Senga, soupira l'autre avec lassitude. Un pareil complot impliquerait trop de monde et ne resterait pas secret longtemps. Un scandale aurait éclaté. Nous en avons déjà parlé… Le bruit circule sur Grèsia, mais personne n'a jamais vu un seul corps. Aucune disparition suspecte n'a été signalée. Cette rumeur n'a absolument aucun fondement. Réfléchis-y. D'autant que tu vas devoir t'acquitter une nouvelle fois de l'amende. Ton dernier-né ne pourra pas échapper aux registres d'état civil. Les contrôles n'épargnent pas Grèsia. Si je n'étais pas là, comment est-ce que tu nourrirais ces trois-là ?

— C'était donc pour ça… Je me disais aussi que ce sac était plus lourd que d'habitude. Je sais pas quoi dire.

— Ne me remercie pas. C'est ton dû, tu l'as mérité.

L'ombre encapuchonnée tira une chaise et s'installa à la petite table qui trônait au milieu de l'unique pièce de la cahute.

— Maintenant, j'attends ton rapport. As-tu appris des choses sur l'affaire qui m'intéresse ?

— Je te les confierai si tu arrêtes avec ce ton autoritaire. Ma vie a autant de valeur que la tienne.

— Certainement. Mais je suis ta supérieure hiérarchique. L'égalité entre les hommes n'empêche pas une organisation sociale. Et comme tu es mon employée, je te paye en conséquence de ton travail, plutôt bon au demeurant.

— Alors pourquoi est-ce que je suis toujours là ?

La silhouette plongea la main dans le sac et fit tinter les pièces d'aourenns entre ses doigts.

— Emploie-les correctement, et toi et tes enfants quitterez Grèsia. Je te paye suffisamment pour ça. Tu ne peux pas rejeter mes conseils et de l'autre côté me demander de te soutenir davantage. Si l'Empire protège ses citoyens, nos choix de vie qui n'appartiennent qu'à nous.

— Comme si j'avais voulu tout ça…

— Bien sûr que non. Personne ne le veut. Pourtant, certains choix ou certains accidents de la vie nous y conduisent. Toi, tu as choisi de quitter la compagnie pour devenir courtisane. Je t'ai retenue de toutes mes forces, Senga, comme bon nombre des nôtres. Mais tu n'as écouté personne, hypnotisée par le feu comme un papillon de nuit.

L'ancienne courtisane hocha le menton. Elle se

rappela les exaltantes soirées privées où on la conviait jadis, sur l'île Adamante, la plus riche des Sables d'or. Dans sa jeunesse, Senga était une jeune fille turbulente et audacieuse. Elle voulait goûter à tous les plaisirs et ignorait le doute. C'est pourquoi elle s'était laissé étourdir au milieu des tentures précieuses, du vin de raisin blond, et des sourires des muscadiers.

Dans les premiers temps, la jeune fille avait naïvement cru qu'elle parviendrait à faire sa place dans leur monde, qu'un jour prochain, elle serait des leurs. Mais dans ces salons, Senga n'était pas reçue comme une invitée au même titre que les autres. À la vérité, on souhaitait sa présence parce qu'elle constituait une animation divertissante. La jeune fille avait mis du temps à le comprendre.

En attendant, elle s'était ruinée en tissus précieux et avait accumulé les dettes à *La Malle aux Merveilles*. Finalement, elle s'était rendu compte que malgré ses efforts, elle ne pourrait jamais accéder au luxe des toilettes des élégantes. Qu'à cela ne tienne, elle avait multiplié les dépenses, jusqu'à dilapider tout l'argent qu'elle était parvenue à mettre de côté.

La première fois qu'elle s'était abandonnée dans les bras d'un homme, Senga s'était réveillée seule au matin, avec quelques aourenns sur l'oreiller. Dire qu'elle n'avait rien attendu de la part de cet homme aurait été mentir. Toutefois, elle avait espéré des présents qui lui auraient permis de briller dans les salons, non cette monnaie qui l'avilissait. La vision de ces plaques de bronze et d'argent l'avait glacée. Senga se souvenait des pleurs qui lui avaient secoué la poitrine, de l'humiliation, du sentiment d'avoir basculé. Munie d'une éponge, elle s'était frotté le corps avec vigueur, jusqu'à ce que sa peau soit rouge, poncée, superficiellement purifiée.

Puis la nécessité avait fini par étouffer son amour-propre. Parce que c'était le moyen le plus rapide de se reconstituer un pécule, Senga était devenue la régulière de trois hommes.

Le premier, d'âge mûr, lui faisait comprendre à chaque rencontre que malgré les dentelles et les bijoux qu'il lui offrait, sa « p'tite caille » ne valait pas mieux qu'une fille de caniveau. La courtisane avait fini par le croire.

Le deuxième était un opiomane qui l'avait initiée à ses démons. Aux prémices de leur relation, il lui faisait peur, avec son goût pour le désordre et la destruction. Mais Senga était incapable de dire « non » quand il l'entraînait dans les quartiers de nuit ou les salons peu recommandables en lui promettant qu'ils s'amuseraient jusqu'à l'aube. La jeune fille s'était laissé entraîner en riant dans cet univers de débauche malsaine. Avec lui, elle avait perdu pied, sans aucun espoir de retour.

Le troisième, Senga s'efforçait de ne jamais y songer, car, des trois, c'était peut-être lui qui l'avait le plus blessée et lui inspirait le sentiment le plus amer et le plus douloureux. Il s'agissait d'un étudiant, doux et rêveur. La jeune fille en était tombée amoureuse. Elle s'était imaginé qu'il pourrait l'aimer en retour, et l'extraire de sa misérable condition. Mais ses soupirs et ses rêves avaient été balayés par la sourde indifférence du jeune homme. L'amour de Senga le dérangeait, l'offusquait, même s'il avait la politesse de ne pas le dire. La courtisane avait fini par discerner du mépris dans ses yeux, un jour qu'elle s'était montrée particulièrement insistante et avide de tendresse.

Puis, Senga était tombée enceinte. Et ses trois réguliers avaient fui comme si elle avait contracté une maladie vénérienne. Les demeures particulières et les appartements chics de l'île Adamante lui avaient brusquement fermé leurs portes. Senga en était restée tétanisée, glacée d'effroi. Que faire à présent ? Rejoindre à nouveau la compagnie lui paraissait exclu, les relents de fierté qu'il lui restait l'en empêchaient.

Il avait pourtant fallu continuer à manger, pour elle d'abord, mais aussi pour nourrir l'enfant à naître. Au début, Senga avait détesté cette vie qui germait dans ses entrailles, songeant que celle-ci avait causé sa perte. Puis, elle avait dû reconnaître avec un certain fatalisme qu'à la vérité, elle était déjà déchue depuis longtemps.

Alors Senga avait rejoint les autres filles, dans le quartier Grèsia. Elle avait rencontré tout un tas de clients différents : de ceux qui vous battent, vous chargent de leur aigreur, de leur frustration et de leur colère, à ceux, timides et maladroits qui vous demandent avec un air coupable si vous allez bien, si ce n'est pas trop dur, en fouillant dans leur aumônière.

Ceux-là, Senga les haïssait plus encore que les autres. Ces idéalistes qui voulaient croire que l'on pouvait se retrouver là par choix, parce qu'on aimait ça. S'il y en avait, des filles de ce genre, elles ne représentaient qu'une goutte d'eau parmi toutes ses sœurs d'infortune. Mettre leur parole en avant, étouffant toutes les autres, ces idéalistes le faisaient volontiers, comme pour justifier le bien-fondé de cette curée dont ils se repaissaient un peu honteusement et qui ne prendrait jamais fin, parce que leur appétit malsain surpassait leur culpabilité.

— Malgré ma grande gueule, j'ai toujours été fragile, admit Senga. Un peu cassante, friable comme du grès… Pas comme toi. Pourtant, toi aussi tu as dû serrer les dents quelques fois… Mais tu as fait de meilleurs choix.

— Je ne suis pourtant pas convaincue que mon instinct de survie soit plus développé que le tien, sourit l'autre. Je mène une vie dangereuse moi aussi.

— Je vais parler, soupira Senga. J'ai pas à te faire traîner plus qu'il ne faut dans ce bouge. Et puis, faut m'excuser. C'est normal que je sois mauvaise, avec une vie pareille. Mais je sais qu'au fond c'est toi qui as raison. Quand tu seras partie, je vais réfléchir plus sérieusement à un moyen de quitter cet endroit. Tu verras, j'y arriverai, quitte à faire des choix difficiles.

Une heure plus tard, la silhouette fendit la presse compacte, quittant l'ombre pour la lumière. Grèsia et Adamante semblaient deux mondes opposés. Derrière les fenêtres aux tentures légères et soyeuses, on percevait des ombres chinoises, un morceau d'étoffe brodée, des rires et de la musique provenant des soirées privées. Le regard levé sur les fenêtres des petits immeubles aux moulures élégantes, le personnage encapuchonné sentit un malaise le gagner. Le contraste entre ces deux terres lui semblait indécent. L'ombre soupira et s'éloigna vers les îles plus confidentielles.

Bientôt, les lampadaires se raréfièrent. Les rires, les cris et la musique s'éloignèrent. La silhouette encapuchonnée allongea l'allure. Le pas se fit véloce et déterminé.

L'île des Sables d'or

Les talonnettes qui claquaient sur le pavé rythmaient la nuit étoilée. La lune s'amincissait. Le pas s'accéléra jusqu'au ponton ouest. Elle monta dans une embarcation privée en prenant garde que personne ne l'ait suivie.

— Le ponton de la Justice de l'île des Palmes, demanda-t-elle.

Le gondolier tendit la main pour recueillir les quelques aourenns qui payaient la traversée et saisit sa perche à deux mains. Entre les Sables d'or et les Palmes, l'eau était peu profonde. Avant la Magnus Mar, ces deux terres n'en formaient qu'une. Comme l'avait très finement fait remarquer un poète du siècle passé, autrefois, les tribunaux étaient insidieusement rattachés aux banques et aux affaires. La montée des eaux, sur l'Archipel, avait rendu la Justice indépendante.

Quand elle posa le pied sur le ponton de bois, la silhouette reprit sa course. Son menton pivota furtivement par-dessus ses épaules qui tressautaient à chaque foulée. Soudain, en un battement de cils, l'ombre fut engloutie dans une ruelle. Dans l'obscurité opaque, le pas n'avait pas ralenti. Aveugle et sourde, elle aurait retrouvé le chemin sans la moindre note d'hésitation. Deux coups furent frappés à la porte d'un immeuble. Une lorgnette fut tirée. La silhouette écarta les pans de sa capuche pour dévoiler son visage ainsi qu'un petit écusson figurant un dragon rouge. La porte s'ouvrit sur elle et la lumière la happa.

On la conduisit au troisième étage de l'immeuble, dans un bureau aux larges proportions. Le clinquant outrageux qu'elle avait laissé lors de sa dernière visite avait fait place à un chic sobre. La silhouette encapuchonnée songea à son ancien occupant, Basil des Palmes, décédé récemment. Le changement de style en disait beaucoup sur la politique qui serait à présent menée au Bureau pourpre, les services secrets de l'empereur.

— Je n'avais pas jugé utile de préciser que je ne voulais pas vous voir venir ici sans y être invitée, l'accueillit une voix apathique débouchant de derrière une bibliothèque, un dossier à la main.

L'homme était grand et maigre, à la peau mate et aux yeux noirs. Des boucles brunes soyeuses et souples rayonnaient sur l'ensemble de son crâne. Il portait une chemise blanche impeccable, un veston ocre – la chaînette d'une montre à gousset pendait de l'une des poches – et un parfum évoquant quelque chose de rare, de précieux et de secret. Du santal, des accords d'oud et de vanille…

Cependant pour la silhouette encapuchonnée, aucun tableau n'était plus désagréable à regarder, aucune odeur ne venait, comme celle-ci, faire frémir la colère dans son ventre.

— Mon sens de l'observation est suffisamment aiguisé pour échapper à n'importe quel pisteur. En outre, il m'a semblé que je pouvais désobéir, au moins une fois, à l'injonction d'un homme qui est responsable, par *négligence*, de la mort de mon époux.

Devant cette réplique, le ton de son interlocuteur s'adoucit soudainement.

— J'ignorais que vous souhaitiez en parler. Depuis le drame, vous avez mis un point d'honneur à ne jamais me trouver sur votre route.

— Vous l'aviez bien sûr remarqué… Mais vous voilà promu au rang de directeur du Bureau, Sorley des Palmes.

Il me sera difficile de continuer à vous contourner.

L'homme s'installa dans son fauteuil avec un soupir embarrassé.

— Il m'est particulièrement pénible d'avoir à vous affronter. Je déplore grandement ce qui est arrivé. Elioth Rhus était un excellent élément.

— C'est précisément pour cette raison que vous avez relâché votre vigilance quant à sa protection. Vous comptiez trop sur son intelligence et sur ses capacités d'observation. Mais aucun homme n'est infaillible et lui était la plus belle des cibles. Vous l'avez offert sur un plateau aux barons dorés qui n'ont pas manqué de l'étrangler, en plein jour, au sein même de notre propriété.

Sorley des Palmes soupira au souvenir de ce visage familier, bleui par le manque d'oxygène, étendu au milieu des plants de théiers. Une boucle brune piqua son œil noir, le faisant battre des cils.

— Il était parvenu à atteindre le fragile équilibre entre le respect de la hiérarchie, de l'autorité, et l'esprit d'analyse et d'initiative. On m'avait demandé de gérer sa protection. C'était un espion hors pair et sa disparition a été pour le Bureau une aussi grande perte que pour vous. Mais je ne me suis jamais attendu à ce que vous me pardonniez. Vous êtes sa veuve après tout.

Morna inspira à fond. Même après trois ans, ses lèvres tremblaient de colère et d'une douleur difficile à contenir. Les paroles de l'actuel directeur seraient peut-être, hormis sa pension symbolique, tout ce qu'elle recueillerait de l'institution pour la perte d'Elioth.

Secret, discrétion, silence.

Au Bureau pourpre, il ne pouvait y avoir d'hommage

officiel ni de cérémonie publique, et encore moins quand le corps était abîmé, trahissant ainsi le caractère criminel de la mort. L'institution était composée de strates opaques. Elioth appartenait à la première couronne des dragons rouges, nom dont on affublait les espions de l'empereur. Alors l'affaire avait été d'autant plus étouffée.

Au premier versement de la pension, la salive de la maîtresse-thé avait pris un goût âpre, amer, comme un thé-matcha mal dosé. Elle l'avait acceptée de mauvais cœur et l'avait mise de côté pour son fils.

— À la vérité… je ne suis pas venue pour vous offrir mon pardon, et encore moins pour m'épancher.

— Vous êtes une dragonne rouge. Et je vous connais suffisamment pour savoir que les crises de larmes ne sont pas dans votre tempérament.

— Je soupçonne un complot contre l'empereur.

Le jeune duc sourcilla.

— Des bruits perçus dans votre boutique ? Vos éclaireurs ?

— Non. Deux proches les ont recueillis par hasard durant le carnaval de printemps, dans le salon de monsieur Aiden, le maître-tanneur.

— Aucun de vos proches ne possède de telles entrées.

Morna releva un sourcil. Elle devait bien avouer que, malgré ses trente-cinq printemps, le nouveau directeur avait les épaules pour diriger le Bureau pourpre. Outre sa rigueur et son goût pour le travail minutieux, frôlant la rigidité, sa mémoire hors norme était l'une des qualités qui l'avaient propulsé dans ce fauteuil. Sorley des Palmes était reconnu comme un homme appliqué et perfectionniste qui pouvait passer des journées entières à étudier des dossiers afin de les mémoriser parfaitement.

— Détrompez-vous, répondit Morna. Rivael Callun, un apprenti-verrier et sa fiancée : Deryn Orseille, la sœur de la compagnon-thé…

— … Nimué Orseille, votre apprentie, la doubla le directeur. J'ai croisé cette dernière à *La Fée Galante*, il y a quelques jours. C'est un peu maigre pour l'instant. Avez-vous d'autres informations à me transmettre, Rhus ?

Morna parvint non sans mal à garder un visage impénétrable à l'évocation de Nimué.

— Pour l'heure, les témoins sont trop confus. Je les cache chez mes parents. Personne ne les y trouvera. Ils sont en sécurité.

— Y resteront-ils le temps que nous fassions la lumière sur ces éléments ?

— Je les ai déjà découragés de tenter quoi que ce soit.

— Bien. Surveillez-les attentivement. Ils sont sous votre responsabilité. Et la compagnon-thé ?

Morna garda le silence, un temps de trop.

— Qu'hésitez-vous à me révéler ? la questionna le directeur, dardant sur elle ses yeux noirs.

Sorley des Palmes allait trop vite. Morna n'avait encore rien décidé concernant Nimué. Depuis l'annonce de la fuite de son apprentie, elle s'était déchiré le cœur sur la question. Devait-elle la dénoncer ? C'était son devoir en tant que dragonne rouge de l'empereur. Mais Nimué était sa sœur de thé et ses actes n'avaient en rien pour visée de nuire à l'Archipel. Morna s'en tordait les boyaux à chaque seconde.

— Une autre affaire… que je vais prendre le temps d'étudier, éluda-t-elle.

— Faites-vous assister.

— Je suis une espionne de terrain. Je saurai mener ces deux affaires de front sans m'emmêler les neurones. Et j'ai confiance en mon réseau.

— Si votre orgueil s'avère plus grand que votre loyauté envers l'Empire et que vous échouez, préparez-vous à finir au fond d'un bureau au dernier palier de cet immeuble, ou plus mal encore, si la sécurité de l'empereur est en péril par votre… *négligence.*

Morna ne broncha pas devant la provocation.

— Mon orgueil ? fit-elle calmement. Insinueriez-vous que je suis incapable de requérir l'aide de mes associés lorsque j'en ai besoin ?

Le directeur se permit un sourire.

— Je suis de mauvaise foi. J'ai confiance en vous, Morna. Vous savez garder vos émotions pour vous. Votre sobriété fait de vous une espionne prometteuse. Vos oreilles étaient jusqu'ici vos seules armes, et votre boutique de thé votre bureau et votre poste d'observation. Mais, à présent, vous allez devoir sortir de l'ombre afin d'enquêter plus activement. Tenez-vous prête. Si complot il y a vraiment, vous n'avez pas le droit à l'erreur. Votre tête pourrait sauter.

L'île des Sables d'or

Ce soir, les Sables d'or bruissaient des festivités du printemps. L'île Adamante ne dormait jamais et prolongeait toutes les fêtes jusqu'à l'essoufflement. Rivael n'avait eu qu'à faire quelques pas depuis le port pour s'en rendre compte.

Comme il l'avait convenu deux semaines plus tôt avec Deryn, le jeune homme avait demandé de l'aide à Malmor Juglan pour rentrer en contact avec un faussaire afin de falsifier un document administratif. Son meilleur ami avait accueilli la requête non sans circonspection. Rivael avait eu de la peine à lui faire accepter cette demande incongrue et, qui plus est, sans poser de question. Mais Malmor y avait finalement consenti, comprenant que Rivael prendrait lui-même en charge la manœuvre s'il refusait de collaborer. Or, cette perspective lui parut franchement périlleuse.

Ce soir, l'escroc dont les deux hommes louaient les services leur remettrait un faux laissez-passer qui permettrait à Deryn et à Rivael de se faire passer pour des fonctionnaires en charge de l'inspection. Ainsi, le couple pourrait aisément infiltrer le quartier des tanneurs pour enquêter sur monsieur Aiden.

Jusqu'ici, le plan se déroulait comme prévu. Pourtant, Rivael n'était pas des plus sereins. Il n'aurait su dire pourquoi, mais mentir à Morna avait fait naître en lui une certaine angoisse. La maîtresse-thé avait protégé les deux amants en les cachant chez elle et les avait fermement enjoints de rester en dehors de cette affaire. Mais ses deux protégés avaient décidé de s'écarter de la voie de la prudence.

Rivael arpentait donc à présent les ruelles pavées de l'île fastueuse pour rejoindre Malmor. Son appréhension s'allégea un peu quand il découvrit la haute silhouette de son ami qui l'attendait sous un réverbère. À la vérité, Rivael avait conscience qu'il n'aurait pu se passer de son aide. L'apprenti-verrier n'avait pas pour habitude de côtoyer des canailles. Nul doute que sans Malmor, bien plus hardi que lui, les fripouilles qu'il allait rencontrer ce soir l'auraient plumé sans vergogne.

— Tu es un gentil garçon, Riv, fit remarquer son ami. Ce que tu vas voir ce soir risque de ne pas trop te plaire.

— Je m'en doute. Sache cependant que les Sables d'or ne me sont pas tout à fait étrangers.

— Vraiment ? Tu m'étonnes. Je pensais que tu te contentais de *La Fée Galante* sur Macatia quand il te prenait l'envie de t'encanailler.

— Quand j'étais jeune garçon, mon père a décrété que j'irais, comme lui, travailler dans les banques des Sables d'or, fit le verrier en considérant les façades des immeubles en pierre de taille. Il finançait mes études… Par conséquent, il en a choisi pour moi la filière. L'économie et la finance. Je m'y suis résigné docilement. Je n'aurais jamais osé m'opposer à lui. D'autant qu'à l'époque, je n'avais pas encore trouvé ma voie.

— C'était avant que les choses tournent mal pour ton père, pas vrai ?

— Oui.

À la suite de mauvais placements effectués par monsieur Callun, la famille s'était trouvée ruinée. Le salaire de juriste de son épouse n'avait pu empêcher la venue des huissiers. Leur fils avait dû abandonner ses études. Mais ce n'était pas ce qui avait provoqué sa peine.

— Je garde un douloureux souvenir de notre

déménagement. Quand j'y pense, je vois encore très nettement le visage défait de mes parents…

Rivael se rappelait sa mère, bras vainement tendus tandis que les huissiers emportaient leurs meubles et objets de famille. L'humiliation fendait de rides profondes le visage de son père, d'habitude si noble et si lisse.

— Le plus difficile, reprit-il, ça a été de voir partir ce coffret en émail qui renfermait une fiole d'albâtre contenant un petit parfum. Il appartenait à ma jeune sœur.

Sur ces mots, Rivael pressa le pas pour traverser le plus rapidement possible le pont qui se trouvait sur leur chemin.

— Tu ne parles pas souvent de l'accident, mais depuis qu'elle s'est noyée ce soir de tempête, je vois bien comme tu frémis quand on s'approche de l'eau. C'est pas faute d'avoir voulu t'apprendre à nager pourtant. Faut que tu dépasses ton traumatisme, Riv. De là où elle est, Gwenola te houspillerait très fort de te voir si pataud.

Rivael hocha le menton, un sourire triste flottant sur ses lèvres. Nul doute que Gwenola ne l'aurait pas épargné de ses sarcasmes. Ils s'adoraient, mais la jeune fille avait toujours été un peu bêcheuse quand son frère était d'une douceur rare.

Le lendemain de l'accident, l'information avait été relayée dans toutes les gazettes. Le premier conseiller avait même pris la parole sur la place Fenella II. Il avait présenté un discours sur la dangerosité de l'océan, une manière détournée de rappeler que l'Empire était un cocon et que de l'autre côté des frontières courait le danger. Accaparée par la douleur, la famille Callun n'avait pas pris ombrage de l'utilisation par le gouvernement de son drame.

— Gwenola était si vive, caustique parfois, reconnut Rivael. Nous partagions le même appétit pour la vie, le même enthousiasme. Je ne sais pas si tu t'en souviens, mais j'avais demandé à Lugen Anthème de reproduire son parfum. C'est de cette manière que nous nous sommes rencontrés, lui et moi.

— Et grâce à ça, tu as pu rebondir après avoir été contraint d'abandonner tes études.

Rivael hocha le menton. Il avait pleinement conscience de sa chance. Le flacon de parfum de Gwenola avait été emporté par les huissiers. C'était pourquoi le jeune homme avait décidé d'en faire fabriquer un nouveau. Pour cela, il s'était rendu à l'atelier de verrerie de celui qui, plus tard, deviendrait son maître. Le jeune homme se souvenait d'avoir été accueilli par un bonhomme particulièrement bougon.

À l'époque, Rivael avait les poches vides, alors le verrier avait refusé de lui fabriquer le flacon demandé, arguant qu'il y perdrait trop de temps et d'aourenns. Mais Rivael avait insisté, assez lourdement, il devait bien l'avouer. Il s'en était fallu de peu pour que le verrier, excédé, le mette dehors à coups de perche. Mais la détermination du garçon avait finalement payé. Le maître-artisan l'avait laissé les observer travailler, lui et ses apprentis, durant plusieurs semaines.

— Je me souviens parfaitement de ce soir où mon maître m'a permis de souffler pour la première fois. En me tendant la perche, il râlait et m'accusait d'être aussi agaçant qu'un poil de moustache sur du verre fondu.

Au fil des jours, il m'a accordé du temps, voyant que je me débrouillais plutôt bien, selon ses dires.

— Il n'a clairement pas eu à regretter de t'avoir pris comme apprenti.

— Il me plaît de le croire. Sauf peut-être quand je souris trop. Je crois que ça l'agace, il n'aime pas les gens guillerets. Et puis, nous avons eu cette querelle un peu vive à propos des cabochons. Mais je n'oublie pas que c'est grâce à lui que j'ai un travail qui me plaît aujourd'hui, et qu'il m'a permis de fabriquer le flacon qui a recueilli le parfum de ma sœur, reproduit par Lugen Anthème.

Rivael se rappela les yeux brillants de bonheur de ses parents quand il leur avait offert ce petit flacon imparfait, produit de ses mains et de son souffle, et contenant le parfum de Gwenola.

Soudain, d'un coup d'épaule involontaire, Malmor renversa à demi une bande de jeunes étudiants à l'allure impeccable, mais au regard trouble et à l'haleine avinée.

— C'est pas un endroit que j'aime fréquenter, l'île Adamante… marmonna-t-il.

Rivael, lui, se laissait guider, agréablement surpris de l'aubaine. Il avait imaginé que Malmor le conduirait à l'écart du bruit et de la foule. Mais il n'en fut rien. Au contraire, tous deux s'enfonçaient toujours plus profondément au cœur de la joyeuse mêlée. Le verrier admirait ces jeunes hommes en complet, vêtus de soie, de cuir d'ananas ou de vigne, chaînettes en or pendant des poches, autour du cou ou reliant parfois oreille et arcade sourcilière.

Les muscadiers fortunés leur offraient un tableau diablement chic. S'il en avait eu les moyens, nul doute que Rivael serait parmi eux aujourd'hui. Le jeune homme leur vouait une profonde admiration contemplative. Leur élégance, la coupe parfaite de leurs vêtements et le bon goût qui caractérisait leur style ne manquaient jamais de l'émerveiller.

Toutefois la perception de Malmor n'embrassait pas celle de son ami et le technicien ne prenait que peu la peine de brider son agacement. Tous ces effluves liquoreux de musc, d'ambre, de miel, de vanille et de bois précieux… Dans un lieu clos, Malmor en aurait été écœuré. Mais fort heureusement pour lui, au-dehors, les vapeurs d'alcools forts et les fumées d'opium, de tabac et de narguilé atténuaient les parfums. Les yeux roulant dans les orbites, ces jeunes élégants chaviraient dans la nuit. Malmor ne voyait là qu'une élite dorée qui s'oubliait, pour tenter d'oublier.

— Ces jeunes fats sont ridicules, grommela le technicien. Ils ne seront jamais des hommes accomplis.

Le père de Malmor, monsieur Juglan, s'était hissé à sa place par le travail, un travail acharné. Venant d'une famille plus que modeste, il n'avait pas songé à profiter des bourses auxquelles il aurait pourtant eu droit en en faisant la demande. Le père de Malmor n'était donc pas de ceux qui avaient usé leurs fonds de culotte à l'université. Quand Juglan père avait pris sa retraite aux forges, il avait fallu quatre hommes pour abattre sa charge quotidienne de travail. Malmor n'avait pas partagé beaucoup de moments avec lui, mais il l'admirait, même s'il était déterminé à ne pas reproduire les mêmes erreurs. Malmor travaillait dur, mais rentrer chez lui pour le dîner afin de pouvoir coucher lui-même ses jumeaux et profiter de la présence de son épouse était une clause non négociable de son bonheur.

— Comment cela ? l'interrogea Rivael qui ne voyait aucun mal dans cette tonitruante confusion.

— Essaye de voir un peu plus loin que le bout de ton nez, Riv. Ces mirliflores sont tous centrés sur leur petite personne. C'est pas une foule, c'est un amas d'hommes seuls. Ils font pas la fête comme on la fait nous, ils noient leurs angoisses. Ces gandins[1]… ils n'ont pas de véritables amis, ils vont seulement vers ceux qui les divertiront le plus. On leur dit qu'ils sont l'élite, mais tout est simple et rien ne l'est. Ils auraient tout pour être heureux, pourtant, ils confondent plaisir et bonheur. Ils pataugent tous dans des névroses… Pouah ! J'te botterais l'cul à tout ça, moi !

Rivael lui posa une main sur l'épaule. Il comprenait l'idée. Lui non plus ne se reconnaissait pas dans ce portrait. Il possédait peut-être l'élégance des muscadiers, mais non leur mentalité.

— Malgré ton allure, t'es pas comme eux, p'tit gars, fit remarquer le technicien. Peut-être parce que tu as connu la banqueroute de tes parents, la chute sociale, la perte d'un être cher et l'amour véritable. Tout ça vous forge un homme.

— Il le bosselle aussi.

Malmor lui décocha un sourire de connivence. Rivael ne courait pas après l'inédit et la nouveauté, convaincu que le bonheur consistait à continuer à désirer ce que l'on possédait : Deryn, son art, les siens.

Comme dans un parfum, c'était là sa base : ses notes de fond. Ses projets et ses rêves formaient les notes de cœur. Et les plus volatiles, les notes de tête : les petits

1. Jeune homme raffiné et assez ridicule.

plaisirs comme les soirs de fête, une nouvelle paire de mitaines tous les trois ans, un fou rire autour d'un verre d'absinthe à *La Fée Galante*, à l'occasion, le rire comique de Deryn, journalier si possible.

Une salve d'explosions fit soudain bondir la foule. Tous les cœurs vrillèrent de concert. Les cous se dévissèrent, les yeux furetèrent en tous sens pour chercher la cause des mitraillements.

— Ce ne sont que des feux d'artifice, se détendit Rivael. Regarde au-dessus de ce bâtiment, celui avec les mascarons, on devine des éclats rouges et bleus.

D'un reniflement prononcé, Malmor prit dans le nez cette odeur de poudre caractéristique qui masquait les parfums des muscadiers.

— Encore une idée de la duchesse, se renfrogna-t-il.

— Sa gouvernance de l'île est à son image : parfaitement excentrique. Cette femme est toute pleine d'un romantisme noir.

— Décadente, corrigea Malmor, mettant fin à l'emphase de son acolyte. Suis-moi par ici, Riv.

Malmor l'entraîna dans une rue perpendiculaire au grand boulevard, qui donnait sur une place encadrée de cafés et de troquets. Ils passèrent la porte de *La Table Joice*, un salon libertin situé un peu en retrait.

L'intérieur présentait une décoration rococo dans un style marin où les coquilles, les algues et les poissons-lunes émergeaient de la rocaille et du stuc. La musique d'une flûte, à mi-chemin entre le sylphique et le minéral, insufflait aux lieux une atmosphère feutrée.

Malmor dénotait furieusement dans cette ambiance soyeuse et molletonnée, au milieu des dorures et des murs pastel. La salle était bondée de muscadiers et de jolies bourgeoises, tous prêts à se dévergonder.

— Si Deryn me voyait ici… s'alarma Rivael en envoyant un respectueux salut à une cocotte qui l'aguichait outrageusement. Oh, par les écailles des dragons ! Celle-ci ne porte pas de dessous…

— Ne me dis pas que t'es sensible à ces sirènes ! Nom d'un cul de kraken, va falloir que tu dresses ton froc mieux que ça, Riv. Allez, viens, conclut-il en lui envoyant une lourde tape dans le dos, manquant de faire trébucher l'apprenti-verrier.

Parmi les habitués des lieux, leur apparition semblait grandement remarquée. Derrière les éventails parfumés, les lèvres peintes d'un baume au pigment d'écorce de grenade murmuraient sur leur passage. Une femme dévoila un sein doré au mamelon brun sous un voile soyeux.

— Si j'en sors pas avec un mal de crâne… grommela Malmor, aucunement charmé par ce nuage lourd où stagnait un imbroglio de parfums, baumes, poudres et pommades. C'est diablement con : tout leur attirail doit leur coûter un bras, et on ne distingue rien dans cette bouillasse d'odeurs.

— Je croyais que l'idée était de se montrer discrets, fit remarquer Rivael en cherchant un point de la salle dénué de tentation érotique.

— Et m'habiller comme eux ? Sûrement pas. J'ai pas les moyens de me déguiser et, en plus, j'aurais l'air ridicule. Tant pis. Suis-moi, et arrête de rougir.

— Je ne rougis pas, je cuis. Il fait diablement chaud ici, protesta Rivael en tirant sur son col de chemise.

Les deux comparses traversèrent la salle et pénétrèrent dans un boudoir. Un petit groupe de femmes s'y prodiguaient des cajoleries. Cette forêt de jambes et de bras adoptait des allures de monstre antique. Toutes les têtes de cette créature merveilleuse pivotèrent soudain vers eux avec des exclamations faussement effarouchées.

— Mesdames, pardon. Visiblement, on s'est trompés de salle. Le bar ?

Un long doigt ganté sensuel désigna avec une excessive lenteur une arche voisine.

— Merci, fit Rivael en s'inclinant gauchement alors que Malmor avait déjà tourné les talons vers la pièce suivante.

De derrière son comptoir, la patronne du bar, une brune opulente vêtue d'un corset, d'une chemise satinée et d'une longue jupe légère, les salua du menton en les toisant avec une curiosité polissonne.

— Quelle liqueur ferait votre plaisir, messieurs ? susurra-t-elle.

— On a les poches percées, la provoqua Malmor d'un ton détaché.

La galante fit mine de se renfrogner.

— La maison ne fait pas crédit. Retournez dans la grande salle et dépensez vos charmes, d'autres plaisirs vous seront peut-être offerts, gracieusement.

— Nous avons rendez-vous.

La tenancière releva un sourcil.

— Et ?

— « Au diable les vieux vélins et les parchemins. »

— Suivez-moi, fit-elle en hochant le menton.

Malmor et Rivael furent conduits dans la réserve,

une pièce fraîche et un peu humide, aux murs de pierre. Des liqueurs de toutes sortes s'alignaient sur des étagères murales. Alors que l'apprenti-verrier admirait les plus beaux flacons renfermant de prestigieux breuvages, la femme lui noua un ruban noir sur les yeux après en avoir fait de même à Malmor.

— Avancez, messieurs. Je vous guiderai.

Rendu plus attentif par le concours de parfums qui se préparait, Rivael étudia celui que portait leur guide. Tubéreuse, ambre et miel. Séducteur, franc et aguicheur. Les parfumeurs savaient conseiller leurs clients. Ce jus érotique allait à cette provocante comme un gant de velours sur une peau nue.

— Passez devant moi. Ce sera plus commode.

Soudain, le verrier sentit une main dans son dos, une autre sur sa hanche.

— Tout droit.

Malgré lui, Rivael sentit son bas-ventre se durcir. Il tenta de presser le pas pour échapper aux doigts flâneurs, mais immédiatement, son front rencontra la surface rigide du dos de Malmor.

— Hé ! Pas si vite, l'ami. J'ai pas envie de me vautrer.

Rivael bredouilla une excuse tandis qu'un petit gloussement lui chatouillait l'oreille. La culpabilité lui serra la gorge. Le jeune homme s'efforça de ramener ses pensées vers Deryn, son amante et son idole. Mais son imagination prit un tour inattendu. Il se représenta la jeune femme, sa tendre et pétillante nymphe, étendue sur une méridienne gondolée de coussins soyeux dans le boudoir visité brièvement un peu plus tôt. Deryn, lascive. Deryn s'abandonnant au monstre polycéphale…

Les doigts continuaient de pianoter sur le tissu de son frac bordeaux. Ils décrivirent un arrondi au niveau de la hanche et les phalanges s'étendirent dans une caresse pour laisser la paume englober le gondolé du tissu.

Rivael entrouvrit la bouche mais n'osa pas exprimer verbalement son opposition. En matière de refus, il repoussa la main d'un geste ferme. Un soupir déçu flotta jusqu'à ses oreilles.

— À gauche. Prenez garde à la marche, continuait de les guider la tenancière qui consentit à cesser ses caresses. Nous y sommes presque.

La culpabilité étreignit Rivael. Le jeune homme songeait qu'il aurait pu signifier plus rapidement sa désapprobation.

— Voilà. Attendez que je vous libère. C'est cette petite porte, précisa la demoiselle.

Une fois qu'il eut recouvré la vue, Rivael n'osa croiser le regard de la femme. Les joues brûlantes et les yeux écarquillés, il se montra aussi pressé qu'un animal en cage à s'échapper de l'autre côté de la porte.

— Merci à vous, la salua Malmor sur un ton un peu bourru.

— Tout le plaisir était pour moi, fit-elle avec malice avant de disparaître dans un couloir.

Rivael s'éclaircit la gorge, honteux et parfaitement troublé par ce qui venait de se passer.

— T'es beaucoup trop impressionnable, lâcha Malmor en découvrant l'émoi de l'apprenti-verrier sans en connaître la cause réelle. Si ça continue, à force de te comporter comme une proie, elles vont te manger tout cru.

Rivael fixa le sol en relevant les sourcils.

« S'il savait que la curée a déjà eu lieu… »

Tous deux longèrent un boyau humide qui descendait dans une cave. Des pierres brutes pavaient les murs. En suivant la paroi taillée dans la roche, ils pénétrèrent dans une grotte. Une odeur terreuse de mousse et de champignon se dégageait du sol tandis que les murs exsudaient une senteur minérale et fraîche d'humidité.

Des stalactites pendaient du plafond comme les crocs acérés d'un prédateur. Au fond de l'étroite salle caverneuse, derrière un bureau sur lequel était posé un chapeau melon, une silhouette trapue se dessinait. Une moustache barrait le visage bouffi de l'homme qui mâchait des feuilles de menthe et quelques clous de girofle pour dissimuler une haleine méphitique[1].

— Ah… J'ai failli m'en aller. Déjà que ces messieurs dénigrent sans vergogne les horaires de bureau, grommela-t-il.

— Il nous était impossible de venir ici de jour. Trop risqué, répliqua Malmor.

Le petit homme fit frémir sa moustache en lançant sur les nouveaux venus un regard suspicieux.

— D'habitude, mes clients ne font pas tant de fantaisies. Bon. C'est vrai que vous êtes peut-être pas coutumiers des lieux non plus. D'ailleurs, votre demande sortait un peu de l'ordinaire. Mais je m'en mêle pas. Je veux rien savoir. Dépêchons, l'air est frais et humide, et je suis transi.

— Vous en faites pas, on n'est pas du genre traînard, fit gaillardement Malmor. Voilà l'argent : dix mille aourenns.

---

1. Qui a une odeur répugnante.

— Vous pouvez compter, proposa Rivael qui, comme Deryn, avait demandé une avance sur son salaire pour pouvoir payer le faussaire.

— Inutile. Vous auriez plus à perdre que moi à tenter de me berner.

Malmor plissa un œil tandis que le coin opposé de sa lèvre se tordait en un rictus goguenard.

— On n'en doute pas. Alors, où sont les documents ?

— Dans la pochette, devant vous. Ouvrez-la. À moins que vous n'attendiez un huissier, ironisa l'escroc.

— Inutile. Nous n'avons pas l'habitude de nous faire entourlouper, répliqua Malmor avec intelligence en glissant la chemise sous sa redingote.

Le petit homme lui renvoya un sourire de connivence et se saisit de son chapeau melon.

Alors que Malmor tournait les talons, Rivael intervint :

— À tout hasard, tenta-t-il, seriez-vous au courant d'un quelconque trafic permettant de passer les frontières de l'Empire ?

Le faussaire et Malmor le dévisagèrent soudain avec circonspection.

— Comment ? Nous, on donne un coup de pouce à ceux qui veulent se faire admettre dans des soirées privées, pour pénétrer dans des cercles fermés, en temps normal hermétiques. Nos clients viennent nous voir pour les affaires… On est une espèce d'ascenseur social, vous comprenez ? Rien de très répréhensible.

Rivael se reprocha sa spontanéité en découvrant le trouble dans lequel il avait plongé le faussaire.

— On fait pas dans ce genre de trafic, conclut gravement l'homme au chapeau melon, soudain pressé de congédier ses deux clients.

— Il ne s'agissait que d'une simple question... ajouta Rivael en rajustant son veston. Bonsoir, monsieur.

Alors qu'ils repartaient en sens inverse, Malmor tourna vers son ami un visage contrarié.

— Qu'est-ce qui t'a pris de poser une question pareille ? Tu sais pas que ce type possède un réseau plus grand que les veines qui se baladent sous ta peau ?

— Simple curiosité, répliqua Rivael en tentant de conserver un air dégagé.

— Tss... siffla Malmor en donnant trois coups contre la porte.

La plantureuse patronne apparut de nouveau. Fort heureusement pour Rivael, le trajet du retour se révéla bien plus conventionnel qu'à l'aller. L'apprenti-verrier émit un sincère soupir de soulagement, suffisamment bas pour qu'il ne soit pas interprété par la patronne comme une expression de frustration.

Malmor traversa le salon libertin comme un cheval sur un champ de courses. Le technicien semblait impatient de quitter les lieux. Son acolyte le suivait de près, tête penchée, yeux fixés sur ses chaussures qui cavalaient en petits pas pressés. Une fois parvenus dans une rue désertée des cocottes et des muscadiers, tous deux soufflèrent de concert.

— Maintenant, je veux savoir ce que tu comptes faire avec ces documents, Riv. Et essaye pas de m'embobiner, le prévint Malmor en remuant un index faussement menaçant devant sa joue.

— Je n'ai pas l'intention de te tromper, Malmor, mais je ne peux rien te dire. C'est le genre d'affaire qu'il est dangereux d'éventer. Je te mettrais en danger si je te la révélais. Même si j'ai confiance en toi, j'ai promis de ne rien ébruiter. Et puis, tu sais ce qu'il advient des secrets : chacun les raconte en faisant promettre à l'autre de garder le silence. Et ils circulent aussi vite et aussi furtivement qu'un serpent entre les hautes herbes…

— Ouais. Il n'empêche…

Malmor ne put achever sa phrase. Six hommes surgirent soudain de l'ombre et les acculèrent au sol. Réagissant prestement, le technicien rua comme un bœuf, soufflant, grognant et regimbant en tous sens. Mais leurs agresseurs étaient trop nombreux. Remuant ses larges épaules pour se dégager, il ne parvint qu'à se mettre à genoux pour finalement retomber lourdement, face contre le pavé. Son nez craqua douloureusement, lui arrachant un rugissement. Recroquevillé au sol, Rivael protégeait de ses bras sa tête et sa nuque du mieux qu'il pouvait.

Durant plusieurs minutes, ils furent passés à tabac sans pouvoir se défendre. Les coups pleuvaient. Mais Rivael remarqua que leurs tortionnaires les dosaient savamment. Les pieds qui lui meurtrissaient les côtes ne cherchaient pas à les briser, mais à infliger une vive douleur. Un avertissement ? Une leçon ? Mais laquelle ? Et de qui ?

Soudain, les agresseurs cessèrent. Ils reculèrent comme un seul homme et disparurent dans la nuit noire. Leurs deux victimes gisaient au sol, la respiration difficile.

À l'opposé, dissimulée dans une alcôve, une silhouette encapuchonnée avait observé la scène, mâchoire serrée.

L'île des Sables d'or

— Rivael, il me semblait t'avoir demandé de rester discret… Qu'est-ce que tu fabriquais sur les Sables d'or à une heure pareille ? Que cette menue praline vous serve de leçon, à toi et à ton ami, siffla Morna entre ses petites dents blanches avant de tourner les talons qui claquèrent en cadence sur le pavé humide.

La compagnie des tanneurs

— Es-tu certain que ça ira, Riv ? Contrairement à Malmor, ton visage est intact, mais les ecchymoses sur tes côtes font peine à voir, s'inquiéta Deryn.

— Évite de me faire rire et tout se passera bien, répondit son amant avec un air qui se voulait dégagé.

Tous deux abordèrent le quartier des tanneries au petit matin. Les deux apprentis artisans avaient l'habitude de ne capter son odeur de flétrissure qu'à une distance raisonnable, quand le vent avait le mauvais goût de la porter jusqu'à leurs ateliers respectifs. Mais, aujourd'hui, le remugle leur sauta à la gorge et leur retourna l'estomac avec une brutalité telle qu'ils eurent un sursaut de recul, comme si une bête puante les avait agressés.

D'une main fébrile, Deryn s'empara machinalement de son flacon de sels qui pendait sur sa gorge. Rivael s'efforçait de respirer par la bouche, mais la puanteur semblait se matérialiser en un goût répugnant sur sa langue. Si la profession de maître-verrier n'était pas une besogne facile, elle avait en revanche l'avantage de ne pas agresser l'odorat. Un mouchoir imbibé d'eau de lavande sur le nez, tous deux se glissèrent entre les châssis où pendaient des mues putrides.

La tannerie puisait son énergie dans un sang jeune. L'espérance de vie des apprentis, compagnons et maîtres était tristement courte malgré les récents efforts de la compagnie pour améliorer leurs conditions de travail.

Dans de grands mouvements de va-et-vient, des dizaines d'apprentis et de compagnons écharnaient les peaux des animaux écorchés à l'aide de longues lames incurvées. De ces macabres sourires d'acier tombait mollement une salive épaisse. De grands bacs recueillaient la graisse jaune.

Les apprentis-mégissiers et tanneurs grattaient la chair pourrissante du matin au soir. Non loin de là, certains s'attelaient à retirer les poils en plongeant les peaux dans un bain de chaux avant de les gratter. Deryn fut horrifiée par l'allure de leurs mains, aussi pelées par le pelin que le cuir qu'ils travaillaient.

D'autres étiraient les peaux pour les replacer sur les châssis. Plus au fond, les maîtres-tanneurs, chamoiseurs et mégissiers étaient occupés à baigner les peaux et à les traiter à l'alun, à l'écorce de chêne, au sumac ou à la noix de galle que leurs marmots aimaient chaparder pour jouer aux billes.

Les ouvriers tournaient et retournaient les peaux, tantôt côté poil, tantôt côté chair comme dans une danse macabre. Puis les travailleurs les baignaient dans des teintures plus ou moins naturelles.

Deryn sentait le lait au miel qu'elle avait pris au petit

déjeuner lui remonter dans la gorge. Rivael eut un hoquet de dégoût. Le duo ne tarda pas à attirer l'attention, si bien qu'ils n'eurent pas à chercher le chef de l'atelier. L'homme vint le premier à leur rencontre.

Deryn et Rivael lui tendirent le document falsifié pour ne pas avoir à parler, ce qui aurait impliqué d'éloigner le mouchoir de leur nez.

— Vous êtes des administrés en charge de l'inspection ? grogna-t-il d'une voix molle et râpeuse sans avoir pris le temps de lire.

— Eh bien…

— On respecte les normes, maugréa-t-il. Nos bassins sont hermétiques. Leur contenu ne risque pas de polluer les cours d'eau et encore moins la mer. Vous voyez bien. Alors allez-vous-en. Vous avez sûrement mieux à faire que d'être là et nous, on n'a pas d'temps à perdre.

— À la vérité, nous venons plutôt vous interroger…

— Vous avez pas fini de venir nous chercher des noises ? À croire qu'on nous met pas assez de bâtons dans les roues comme ça en ce moment ! s'emporta l'artisan.

— Comment ça ? l'interrogea Deryn, soudain intéressée.

Mais plutôt que de lui répondre, monsieur Weng leva un œil mauvais et contrarié vers les ateliers situés sur les hauteurs. Ceux-là fabriquaient de la maroquinerie en eucalyptus, en cactus, à partir de moût de raisin, de champignons ou en fibre d'ananas. Le gouvernement impérial encourageait cette nouvelle industrie dont les créations faisaient déjà fureur auprès de la population. Il finançait une partie de leurs recherches en leur octroyant des subventions, car leur industrie se révélait bien moins polluante que celle des tanneries conventionnelles.

— Monsieur Weng, insista Deryn derrière son mouchoir, nous n'avons nullement l'intention de vous déranger. Nous souhaitons rédiger une étude sur les conditions actuelles de votre profession. Notre volonté est de recueillir des informations à la source. Jetez un œil au document, je vous prie.

— Ah bon… Qu'est-ce que vous voulez savoir ? s'enquit-il sans se défaire de son air défiant.

— Nous aimerions connaître votre avis sur une affaire. J'ai lu dans *Le Tisserin* qu'une rixe avait éclaté entre les artisans de vos ateliers et les maroquiniers qui se situent plus haut.

— J'ai pas peur de le dire : Ellar II fait des choix désastreux pour nos affaires. Il ne nous aime pas, nous, les tanneurs d'en bas. L'empereur préférerait que nous disparaissions et que ceux du haut prospèrent et nous remplacent. Mais nous protégerons notre gagne-pain coûte que coûte.

Deryn et Rivael échangèrent un regard discret. Pour parvenir à leur objectif, la compagnie irait-elle jusqu'à fomenter une tentative d'assassinat contre l'empereur ?

— Nous comprenons, éluda Rivael qui ne souhaitait pas entrer dans un long débat, ce qui impliquait de s'attarder dans cette atmosphère infernale. Nous avons observé les étapes de fabrication. Pourrions-nous à présent voir les objets finis, pour notre étude ?

L'ouvrier renifla. En les rencontrant, il n'avait regardé que le tampon et avait conclu que ces deux petits-bourgeois n'étaient là que pour lui faire perdre du temps et de l'énergie. Mais peut-être était-il allé un peu vite en besogne. Il se détendit, songeant que c'était l'occasion de présenter le fruit de son travail, et celui de ses compagnons.

Deryn et Rivael montèrent derrière lui les escaliers de l'entrepôt principal. La vaste salle qui constituait le séchoir s'étendait sur la quasi-totalité de l'étage. Monsieur Weng les invita à entrer dans la deuxième pièce. Il s'agissait d'un grand atelier bordé d'étagères où toutes sortes de peaux étaient pliées.

— Là, vous avez du maroquin, ici du chagrin et du vieux canasson. De l'autre côté on a du basane, de la peau de mouton tannée, celle-ci au tan, l'autre à la noix de galle. C'est pas un cuir bien solide.

— Et celui-ci ?

— Ah ! Ça, mam'zelle, ça ressemble à de la peau de porc, pas vrai ?

— Sans doute.

— Eh bien, figurez-vous que vous avez là de la peau humaine.

Deryn et Rivael bondirent sur leurs pieds.

— Y'a pas grand-chose en vérité qui nous sépare de ces bêtes-là, fit monsieur Weng en tendant un échantillon à la jeune fille afin de comparer les deux cuirs.

— En effet, admit Deryn d'une voix tremblante. Elle ressemble à s'y méprendre à de la peau de cochon…

— La seule différence, c'est la forme de son grain. On la traite dans nos bassins. Après ça, elle sert le plus souvent pour la reliure. Les ateliers sont juste ici, dit-il en les entraînant dans une autre pièce.

Monsieur Weng désigna les ouvriers et ouvrières qui décousaient les livres, réparaient les déchirures, cisaillaient les bordures pour les rafraîchir, vérifiaient le bon ordre des cahiers pour ensuite les recoudre... Des dizaines d'opérations et de manipulations étaient nécessaires avant de tenir l'objet fini entre les mains.

En artisans passionnés, Deryn et Rivael observèrent avec un authentique intérêt la minutie, la dextérité des gestes et la concentration qui figeaient les visages. Ils en auraient presque oublié la nature de la matière que travaillaient les relieurs. D'ailleurs, eux ne semblaient pas faire cas de la singulière parure qui recouvrait les livres.

— Mais qui ?... commença Rivael, ne parvenant pas à terminer sa phrase.

Monsieur Weng les fit passer entre le cousoir et le fût à rogner pour les mener devant une large bibliothèque.

— Les peaux de criminels que personne n'a réclamées ou bien alors celles de corps offerts à l'Académie de médecine. Les étudiants préfèrent farfouiller les organes. Alors, souvent, la peau est pour nous. Ah ! et bien sûr, on reçoit aussi les cuirs de certains notables excentriques.

— Expliquez-vous.

— Leur dernière volonté... c'est que leur peau recouvre tel ou tel bouquin. C'est une tradition bien ancrée dans certaines familles. Voyez ?

Monsieur Weng désignait un ouvrage que manipulait une relieuse. L'artisane décorait le dos de l'ouvrage à la feuille d'or.

Rivael en resta parfaitement troublé. Il ne parvenait pas à définir l'émotion qui l'étreignait. Ces cuirs se mêlaient ici dans une odeur nauséabonde de chair en putréfaction alors que l'acte exhalait un petit parfum d'éternité. Deryn s'était tournée vers la bibliothèque qui accueillait les ouvrages achevés, attendant d'être emballés puis envoyés aux héritiers des défunts.

— Puis-je en manipuler un ?

— Vos mains sont un peu moites. Vous pouvez les laver ici, il y a du savon. Séchez-les bien ensuite. Voilà. Tenez, prenez ce livre avec précaution.

Deryn recueillit entre ses paumes un ouvrage relié avec particulièrement de goût. Il était titré *De Dahuza*. La jeune femme en ignorait la signification.

— C'est qu'on patouille pas comme ça du cuir d'aristo. Mam'zelle, vous tenez entre vos mains la peau de l'ancien duc, Basil des Palmes, leur apprit monsieur Weng. Vous avez dû apprendre son décès dans la presse.

Deryn eut un hoquet de dégoût et se retint de lâcher l'objet. L'ancien duc des Palmes était le parrain de Tydorel Isat. Elle le savait excentrique, mais de là à faire une chose pareille…

— Le bougre souhaitait que sa peau recouvre ce bouquin. Y'en a qui ont d'ces lubies… Ils n'étaient pas en bons termes, mais son héritier, Sorley des Palmes, a accédé à sa requête. C'est un bon filon, faut pas que je crache sur leur loufoquerie.

Deryn et Rivael hochèrent la tête. Maintenant qu'ils avaient acquis la confiance de monsieur Weng, il fallait qu'ils parviennent à se défaire de sa compagnie. Ils tentèrent donc de le décourager en feignant de prendre des notes sur un carnet durant de longues minutes, mais malgré son perceptible ennui, Weng demeurait pendu à leurs souliers. Deryn et Rivael finirent par échanger un regard entendu. Inutile d'espérer enquêter à leur aise sans y mettre un peu du leur. L'ouvrier ne les quitterait pas de lui-même.

— Ça y est, vous avez ce qu'il vous faut ? les pressa-t-il.

— Nous partons. Inutile de nous raccompagner, nous retrouverons aisément la sortie.

Monsieur Weng sembla hésiter un instant.

— Bon… Si ça vous convient. J'avoue que j'ai pas davantage de temps à perdre. Le contremaître m'attend depuis un moment déjà, et la patience n'a pas été livrée avec ce gars-là.

Sur ces mots, il tourna les talons, sans paraître vraiment sûr de sa décision. Dès qu'il disparut de leur champ de vision et que le bruit de ses pas s'évanouit, Deryn et Rivael sortirent des ateliers en direction du séchoir.

— Allons jeter un œil à la Maison de la compagnie des tanneurs, murmura-t-elle. Le bâtiment se situe juste derrière cet entrepôt. Du dehors, j'ai repéré une passerelle à l'autre bout du séchoir. Si nous parvenons à nous introduire dans les bureaux et à fouiller dans leurs dossiers, peut-être trouverons-nous quelques indices qui pourraient prouver l'implication de monsieur Aiden dans le complot.

Rivael fronça les sourcils et grimaça.

— Deryn… Cela fait beaucoup de « si » et de « peut-être ». Et surtout, nous ne sommes pas des détectives. Tout ceci est trop dangereux et nous dépasse. Tu as vu l'attitude de monsieur Weng. Il n'était pas tranquille en nous laissant. Si on nous découvre là-bas, que dirons-nous ?

— On inventera bien quelque chose. Je ne suis pas si mauvaise en improvisation, se rengorgea-t-elle. En outre, le document justifie notre présence. Et puis, il me paraît inconcevable que toi et Malmor vous soyez fait tisaner pour rien, bel ami. Sans compter l'assaut de la dinde peinturlurée, siffla Deryn, son visage virant soudain au cramoisi. Si je tenais cette bougresse en face de moi…

— Elle te rirait au nez en arguant que j'ai mis un certain temps à lui signifier mon refus, admit piteusement Rivael. Et puis, cette dame a eu le bon goût de renoncer à ses projets quand je lui ai fait comprendre que je n'étais pas intéressé. Je suis vraiment désolé pour ce qu'il s'est passé, Deryn…

Sa compagne lui envoya un sourire réconfortant.

— Le trouble et la honte t'ont fait hésiter, et peut-être un peu le désir aussi. D'autant que tu m'as avoué que j'occupais le cœur de tes pensées. Je comprends qu'il t'ait été difficile de protester. Je ne t'en tiens pas rigueur, Riv.

Son amant lui caressa les cheveux avec un regard éperdu de reconnaissance.

— J'ai beaucoup de chance de t'avoir.

— Oui, oui, se gaussa la jeune femme avec un air faussement hautain. Mais que cela ne se reproduise plus.

— Mademoiselle, à l'avenir, j'apprendrai à être davantage maître de ma personne, fit-il avec le sérieux d'un garde impérial.

Sur ces mots, Rivael désigna, à la manière d'un majordome, la porte de l'autre côté du séchoir menant à la passerelle. Deryn passa devant lui, tête haute, en pinçant élégamment les pans de sa jupe prune. Mais leur petit jeu s'arrêta net quand ils portèrent davantage attention à ce qui les entourait. Des rainures dans les murs qui laissaient filtrer une lumière pâle permettaient d'aérer les lieux. Des dizaines de peaux séchaient en pendant sur de grands cintres métalliques, eux-mêmes suspendus à des crochets.

— Brr… frissonna Deryn. Cet endroit est lugubre.

Soudain, un sifflement dans l'air et une douleur fulgurante la fit se plier en deux. Deryn grimaça. Une lame lui avait tailladé le bras.

— Ah ! Riv, cours !

Une silhouette se tenait cachée entre les rideaux de peaux. Deryn et Rivael s'élancèrent vers la porte. D'autres lames sifflèrent dans l'air avant de se ficher dans les poutres ou derrière leurs talons. Rivael faisait bouclier de son corps afin de protéger Deryn. Leur cœur battait à tout rompre. Le jeune homme s'attendait à sentir le froid de l'acier le transpercer à tout moment, conscient que courir en ligne droite s'avérait des plus périlleux.

Mais le tireur n'était visiblement pas si habile et le métal ne crocha que du bois. Deryn ouvrit la porte à la volée et tous deux s'enfuirent de l'autre côté. Le bruit et la vibration d'un choc leur apprirent qu'une lame s'était fichée dans le battant. Niant la douleur qui lui perçait les côtes, l'apprenti-verrier se saisit d'une perche et s'en servit pour bloquer la porte derrière lui. Les fuyards filèrent par la passerelle métallique jusqu'à la Maison de la compagnie et s'y retranchèrent en fermant le loquet derrière eux.

Rivael et Deryn se trouvaient à présent dans un couloir à l'opposé duquel trois bureaux s'alignaient. Tandis qu'ils balayaient les lieux du regard, tous deux se permirent de reprendre leur souffle.

— Deryn, ton bras, s'alarma Rivael en sortant son mouchoir parfumé à la lavande de son veston.

— Merci, Riv. Mais ne perds pas de temps à t'occuper de moi. Tant qu'à être là, fouille, vas-y ! grimaça-t-elle, sentant sa blessure l'élancer comme un deuxième cœur.

— Mais tu es blessée !

— Justement ! Cesse de miauler de la sorte et fais en sorte que je n'aie pas pris cette lame pour rien ! Oh, nom d'une écaille de dragon, j'aurai certainement droit à des points de suture… Je déteste les aiguilles, gémit-elle tandis que Rivael terminait le nœud qui devait tenir le mouchoir en place.

Le jeune homme se retint de faire remarquer qu'elle piaulait autant que lui et tenta plutôt de la raisonner.

— Tu as perdu l'esprit ! Il faut filer, quelqu'un essaye de nous tuer !

— Non, de nous intimider, rectifia-t-elle en marchant d'un pas décidé vers le premier bureau en tentant de ne plus songer à sa plaie douloureuse. Exactement comme l'autre jour lorsque tu as été battu sur les Sables d'or. Notre agresseur ne pouvait pas nous manquer dans le séchoir. Il l'a fait sciemment !

Rivael grinça des dents. Il devait admettre qu'elle avait sans doute raison. Mais la peur lui tordait le ventre.

— Fouillons ces bureaux, insista-t-elle en ouvrant le tiroir d'un secrétaire. Ensuite, nous filerons. Sinon, nous aurons fait tout cela pour rien.

— Je ne suis pas certain que tu aies bien saisi le principe d'un avertissement… Si l'on continue d'agir ainsi, la menace sera mise à exécution.

— Justement, je ne crois pas. Quelque chose retient notre agresseur de nous tuer. Et c'est tant mieux car nous sommes allés trop loin pour lui céder.

Rivael obtempéra fébrilement.

Les trois bureaux n'avaient rien que de très ordinaire. Des classeurs emplis de commandes et de factures, quelques lettres de relance à des clients peu scrupuleux et d'autres documents administratifs alourdissaient les placards et les étagères. Les recherches ne donnaient rien et les minutes défilaient, faisant grandir l'angoisse des deux amants. Deryn et Rivael fouillaient les tiroirs et les dossiers en veillant à tout remettre en ordre pour ne laisser aucune trace de leur passage.

Soudain, Deryn poussa un petit cri de victoire.

— Ça y est ! J'ai un indice ! Une lettre de monsieur Aiden adressée à monsieur M. Heremon.

— « M. Heremon ? » Malone Heremon ? Le fabricant d'automates ?

Malone Heremon était connu sur l'Archipel comme étant l'unique concepteur de créatures mécaniques. Mais à la différence de celles de l'ancien monde, celles-ci possédaient un système bien moins sophistiqué et beaucoup moins gourmand en énergie.

— Je suppose… Or, il figurait sur la liste des invités le soir de la réception chez monsieur Aiden. Cette fille sinistre qui filtrait les entrées a prononcé son nom, je m'en souviens parfaitement. Oh ! Et là, il y a d'autres lettres.

— Ce ne sont que des échanges professionnels, fit remarquer Rivael après s'être emparé d'un feuillet.

— Bien sûr. Ils ne laisseraient pas traîner des lettres compromettantes dans un bureau ouvert et sans surveillance. Peut-être n'a-t-on rien pour étayer notre théorie, mais au moins cela prouve une chose : Malone Heremon connaît notre suspect.

Rivael jeta un œil au bas des différents courriers.

— Tu as raison. Et même assez bien au vu du style employé : « mon ami » par-ci, « très cher associé » par là… Ils paraissent clairement familiers. Très bien. Voilà une nouvelle piste pour poursuivre nos investigations, si tant est que monsieur Aiden fasse réellement partie du complot, ce dont nous ne pouvons être certains.

— Les informations que nous recueillerons au fil de notre enquête nous permettront de répondre à cette question. Concentrons-nous à présent sur Malone Heremon. Nous allons nous rendre sur le pôle est de l'île aux Fers où sont installés ses ateliers. Mais avant, j'aimerais continuer de fouiner un peu les différents bureaux, au cas où…

— Deryn, tu n'es pourtant pas bouchée à l'émeri[1]… Il faut vite partir d'ici au risque de susciter davantage la colère de notre pisteur.

La jeune femme roula des yeux et hocha finalement la tête.

— D'accord, tu as gagné, Riv. C'est certainement plus sage. Et puis, il ne faudrait pas que je tache le bureau de sang. Disparaissons.

1. « Tu n'es pourtant pas idiote, sotte. »

Gagner les airs

Son cœur battait trop vite, Nimué en avait conscience. Sa poitrine devait produire un effort inhabituel pour accueillir l'oxygène. Les mains moites, les tempes humides et la gorge sèche, la jeune femme ne cessait de se demander s'il ne valait pas mieux s'éloigner de cet engin de malheur tant qu'il en était encore temps et trouver un autre moyen de locomotion. Le doute s'était emparé d'elle quand le voyage s'était préparé avec plus de concret.

À l'aube, Flynn et ses compagnons ferrailleurs avaient fait émerger le dragon de métal de sa tanière de tôle. L'énorme automate avait mu ses pattes arrière avec un bruit mécanique. Son moteur silencieux avait laissé place au crissement des rouages et du métal froissé.

La plupart des Ferrailleurs étaient venus assister à l'exposition de la créature. À l'école, les enfants avaient voté pour leur nom préféré et la créature avait été baptisée : le Squameux. Sur son dos, les capteurs solaires cerclés de cuivre formaient comme d'étranges vitraux.

Sa tête de bronze et de laiton balançait à droite et à gauche. L'automate-dragon semblait observer la foule amassée à ses pieds d'un œil un peu creux.

Tydorel voletait autour de l'engin comme un insecte. L'affichiste témoignait son enthousiasme par de grands gestes et un débit de paroles ininterrompu qui jouait sur les nerfs de Lugen et de Nimué. Seul Flynn, trop heureux de voir que *Le Squameux* était prêt pour prendre les airs, semblait supporter sans mal la logorrhée de l'affichiste.

— Ne serait-ce pas splendide, très cher ami, si l'on vous offrait les moyens d'habiller ce squelette de métal d'écailles en étain ou en fer-blanc ? Je lui verrais bien une émeraude dans l'œil et des dents en aluminium, poursuivit Tydorel en se tenant le menton de sa main gantée.

— L'esthétique n'a pas tant d'importance, répliqua Flynn, bras croisés sur la poitrine.

— Pourtant, cet automate n'est pas dénué de style, fit remarquer Nimué en détaillant les nuances de bronze, de cuivre et d'argent qui se succédaient sur la bête de métal.

— Sur l'Archipel, il pourrait être reproduit en titane, et gagner en légèreté et en robustesse, enchaîna Lugen.

— Vous, vous avez encore passé la nuit dans la bibliothèque… Depuis quand vous intéressez-vous aux métaux ? le piqua le Ferrailleur tandis que le petit automate Boutefeu venait se placer sur son épaule.

— Depuis que ce matériau constitue une part substantielle de mon corps, répliqua-t-il en battant nerveusement des cils.

Si Lugen s'était vu contraint de suivre les directives de Tydorel et de Flynn, tous deux déterminés à voler jusqu'à Thyios à bord du *Squameux*, le parfumeur ne s'était néanmoins pas retenu de leur faire part de chacune de ses interrogations. Le Ferrailleur lui avait répondu avec agacement, contraint parfois de justifier ses choix de fabrication par le manque de matériaux dont il disposait. Voir ses décisions remises en question par ce petit chimiste irritait Flynn au plus haut point. D'autant que Lugen Anthème était parvenu à soulever les trois quarts de ses propres doutes et des failles de sa machine. Si Flynn était loin d'être bouffi d'orgueil et songeait davantage à la communauté qu'à son propre intérêt, voir la reconnaissance qu'il avait acquise au fil de ses années d'étude et de travail acharné remise en question par ce misérable fil de fer s'avérait humiliant.

Toutefois, les doutes du parfumeur n'avaient pas le pouvoir de différer le décollage de l'automate-dragon. D'allure raide et visages tendus, les quatre voyageurs pénétrèrent dans la cabine sous les regards enthousiastes des Ferrailleurs. Écoliers, étudiants, apprentis, techniciens et ingénieurs se tenaient de chaque côté de la piste pour voir le dragon gagner le ciel afin de rejoindre Thyios.

Siana se trouvait parmi eux. La mécanicienne était venue donner ses dernières recommandations à Lugen et saluer le départ de son frère à bord du *Squameux*.

À présent que Flynn se trouvait logé dans le cockpit de l'automate, la concentration avait pris le pas sur sa crispation. Il pouvait presque sentir la nervosité de la compagnon-thé, assise derrière le dossier de son siège. Il la comprenait. Mais au moins avait-elle le bon ton de maîtriser ses angoisses et de garder ses doutes pour elle.

Le petit chimiste s'était finalement tu. Mais Tydorel Isat, à sa droite, ne cessait de jacasser en envoyant des signes aux Ferrailleurs qui les observaient du dehors. Flynn ignora ses pépiements et contrôla l'ensemble des capteurs. À l'extérieur de la machine, ses compagnons procédaient aux dernières vérifications. Puis l'autorisation de décoller leur fut donnée.

Le dragon de métal s'ébranla. Ses pattes se murent, répondant aux ordres manuels de ce dragonnier d'un nouveau genre. Flynn fit tout d'abord décrire un arc de cercle à l'engin pour s'assurer de sa maniabilité. La queue articulée de l'automate se balança, insufflant au corps son équilibre. Les mouvements de pattes s'avéraient moins mécaniques que ne l'avaient prévu les autres Ferrailleurs. Tous hochèrent le menton avec admiration. La précision des mesures anatomiques avait été respectée dans un souci de réalisme. Mais surtout, l'automate était capable de voler. Le protocole avait été suivi à la lettre. Les essais s'étaient révélés concluants. *Le Squameux* était maintenant prêt pour le voyage.

D'un pas lourd, la créature artificielle longea l'allée menant vers une large plage. Les cahots secouèrent rudement les passagers qui se tenaient comme ils pouvaient. Rapidement, la végétation se fit plus basse. Les ailes immenses du dragon de métal se déployèrent, faisant gronder le vent. Ignorant les secousses qui agitaient l'habitacle, Flynn actionna les manettes et fit prendre de l'allure à la créature mécanique. Les ailes membranées de cuir souple et robuste battirent l'air avec une vivacité croissante.

Soudain, l'automate trébucha. Nimué tressauta et

attrapa la main mécanique de Lugen qui comprimait l'accoudoir. Ils échangèrent un regard fiévreux alors que le dragon continuait de prendre de l'allure et que ses énormes pattes quittaient le sol avant d'y retomber lourdement pour amorcer une nouvelle tentative.

— Diantre ! La plage est si proche que je discerne les coquillages ! fit remarquer Tydorel en tenant son haut-de-forme qui ne cessait de rebondir dans ce chaos. Oh, il y a une conque là-bas !

— Nous y arriverons, trancha Flynn.

Mais la masse bleue de l'océan grossissait dangereusement devant eux. Il fallait gagner les airs sans plus attendre ou mordre le sable et finir à l'eau. Flynn poussait toujours plus la machine, mâchoire contractée à craquer, dents serrées et regard déterminé. L'automate tremblait sous l'effort.

Les Ferrailleurs qui l'avaient attendu sur la plage froncèrent les sourcils, prêts à intervenir. La crainte troublait leur regard. Le dragon posa un pied dans le sable et, dans un mouvement fluide, les pattes se décollèrent enfin du sol. L'automate commença à planer. Son ventre de métal frôla la surface de l'océan, brouillant l'onde, avant de prendre de l'altitude. La cabine de pilotage pivota dans un grincement métallique, suivant la position de l'animal, si bien que chacun des passagers conserva une position perpendiculaire au sol.

Tydorel laissa échapper un cri de victoire alors que le dragon battait des ailes au-dessus de l'île du Ferrailleur. Les habitants les saluèrent une dernière fois et l'automate modifia sa trajectoire pour voler vers le ponant. Les conditions se révélaient idéales. Une légère brise, le soleil du matin dans le dos et un ciel lumineux les accueillirent.

— Doutez-vous encore, parfumeur ?

Lugen déglutit difficilement, la gorge nouée par l'angoisse.

— Je vous ferai part de mon avis quand nous serons au sol, sains et saufs, si vous le voulez bien.

Tydorel et Nimué notèrent comme l'inflexion de sa voix avait changé. Depuis qu'ils étaient arrivés sur l'île du Ferrailleur, Lugen semblait plus sûr de lui, moins timoré. Soudain, la jeune femme remarqua que sa main agrippait toujours celle de son voisin, si bien que sous ses doigts moites, le métal s'était réchauffé. Elle rougit un peu et détailla le visage de Lugen qui scrutait l'horizon. Bien sûr, il n'y avait pas pris garde.

— Cap vers l'île Thyios ! s'enthousiasma Tydorel. C'est incroyable ! Nous volons dans le ventre d'un dragon !

— Bravo, Flynn ! le félicita Nimué en se concentrant de nouveau sur le vol.

Le Ferrailleur hocha le menton sans quitter des yeux ses appareils de mesure. Lugen, en revanche, s'agaça de cet éloge qu'il trouva un peu précipité. C'est alors qu'il remarqua la main de Nimué sur sa prothèse. D'un geste nerveux, il se dégagea.

Les heures de vol se succédaient. L'automate planait au-dessus de l'océan. Ses ailes de cuir et de métal battaient les vents. Dans la verrière abritant le poste de pilotage, les esprits s'étaient détendus. Tydorel avait cédé sa place à Lugen à l'avant-poste de la cabine. Si dans un premier temps Flynn s'était montré méfiant, il s'était rapidement rendu compte que le garçon n'avait aucunement l'intention de le provoquer. Le goût pour l'altercation et la querelle ne faisait pas partie de son caractère. Toute animosité envolée, le parfumeur et le Ferrailleur échangeaient à présent au sujet des mécanismes du *Squameux*.

Tydorel et Nimué les observaient sans rien dire. Pour Flynn et Lugen, le savoir et la science valaient davantage que leur prise de bec. Une amitié semblait se profiler entre les deux compagnons. Nimué, elle, voyait sa relation avec Tydorel et Flynn se renforcer de jour en jour. Mais elle peinait toujours à susciter l'intérêt de Lugen. Fallait-il pour cela qu'elle ait des entrailles mécaniques ? La jeune femme soupira en reportant son regard à l'extérieur de la cabine.

Les siens lui manquaient. Deryn, tante Eliabelle, Ossian et Morna. Sans compter que la culpabilité la tiraillait. Les questions liées au retour commençaient à l'effleurer alors qu'elle n'avait pas encore atteint l'étape essentielle de ce voyage. La jeune femme secoua le menton pour se dégager de ces pensées encombrantes et sortit de son escarcelle un petit carnet d'observations anthropologiques sur l'île de Thyios et ses habitants, dégoté par Flynn. Au moins ses pensées se focaliseraient-elles sur autre chose et ferait-elle œuvre utile.

— Thyios se profile devant nous, annonça Flynn au bout de six longues heures de vol tandis que Lugen reportait les coordonnées sur la carte.

La majeure partie de l'île se trouvait recouverte d'une forêt dense. De ses yeux bleu lagon, Nimué faisait déjà la liste des essences d'arbres qu'elle pouvait discerner depuis les airs. Lugen tentait de repérer des plantes à parfum tandis que Tydorel cherchait des yeux des traces de vie humaine.

Se laissant gagner par l'enthousiasme de ses compagnons, le Ferrailleur poussa l'automate. Le dragon prit de la vitesse et piqua vers le nuage de verdure. Les passagers sentirent le dossier de leur fauteuil les attirer comme un aimant. Le capitaine du *Squameux* survola l'île durant plusieurs minutes afin de trouver un endroit suffisamment dégagé pour atterrir. Thyios était trois fois plus vaste que l'île du Ferrailleur. Une chaîne de montagnes formait un cirque sur le flanc nord. L'automate s'en éloigna afin de trouver un terrain plus propice pour poser l'engin.

Lugen déroula une carte de Thyios sur le tableau de bord. Le jeune homme sourcilla. Sur un coin, il venait de reconnaître l'emblème de l'Empire. Nul doute que ce plan avait été subtilisé par les pirates au sein même de l'Archipel puis revendu aux Ferrailleurs. Le parfumeur se demanda où et comment les forbans étaient parvenus à avoir accès à un document aussi secret. Les terres étrangères étaient un si grand tabou au sein de l'Empire…

Pourtant, l'existence de ce document était la preuve que le gouvernement avait connaissance de l'existence de Thyios. Lugen fit l'hypothèse que les archives impériales possédaient également des planisphères rendant compte de l'ensemble des terres émergées. Le jeune homme songea qu'après tout, il était essentiel que l'empereur ait une vision claire de l'état du monde. Il aurait été dangereux que le gouverneur de l'Archipel orchestre avec des œillères, limitant sa vision aux frontières de l'Empire.

D'un autre côté, le sentiment d'être un citoyen tenu

dans l'ignorance piquait l'intellect du jeune homme. Lugen concéda qu'il était des choses qu'un dirigeant ne pouvait divulguer à ses sujets, pour les protéger ou pour éviter les révoltes. Mais ce bandeau de velours que chacun portait sur les yeux, en principe une caresse sur les paupières, prenait parfois une rugosité inattendue.

— D'après cette carte, Thyios possède des plaines sur son versant est, révéla le jeune homme.

— Oui, notre atterrissage est prévu dans cette zone, déclara Flynn en ajustant la direction que prenait l'automate-dragon.

— Attendez, intervint Nimué en s'inclinant au-dessus d'eux, le carnet à la main. Il y a des petits villages là-bas.

— Où est le problème ?

— Le problème, c'est que les habitants risquent de mal réagir en voyant apparaître une pareille créature.

— Je ne vois pas pourquoi. Les Thyiosiens vénèrent les dragons, vous avez dû le lire, répliqua Flynn en haussant les épaules.

— Sans vouloir vous vexer, Flynn, *Le Squameux* est une machine sans âme, répliqua-t-elle. Peut-être y verront-ils un hommage… ou alors un blasphème. C'est difficile à prédire. Dans le doute, trouvons un autre endroit pour nous poser.

Flynn hocha le menton et obtempéra, convaincu par l'argument.

— Une longue plage borde la côte sud, intervint Lugen. Et au bord de l'eau, le sable sera peut-être suffisamment compact pour que l'on puisse s'y poser sans déséquilibrer l'automate.

— Peut-être qu'avec de la chance, la marée sera basse,

fit remarquer Nimué, les yeux sur le carnet. La piste sera alors plus large.

— Si je commande les ailes comme il faut, nous atterrirons parfaitement. C'est une manœuvre un peu technique, mais je l'ai longuement étudiée avec mes camarades.

Calé avec décontraction sur la banquette, un bras étendu sur le dossier, Tydorel sourit avec satisfaction. Sa petite équipe fonctionnait à merveille. Il se permit de fermer les yeux quelques minutes, pleinement confiant en ses compagnons.

Le Squameux ondula dans le courant d'air jusqu'à la côte sud. Une large plage s'étendait sous une falaise ocre. Flynn avait à l'esprit les formules et les équations de son carnet d'aérodynamique. La branche de la mécanique des fluides lui avait demandé des années d'étude et de recherche. Les quatre forces : portance, traînée, poussée, poids, ces notions cernées de calculs, il les avait mises en relation et disséquées jusqu'à la moelle.

Le Ferrailleur actionna les manettes au-dessus de la vaste étendue de sable. L'automate se figea en suspension, faisant pivoter la cabine dans un sursaut, soulevant le cœur de ses occupants. Les ailes battaient lourdement dans l'air, supportant tant bien que mal le poids de l'engin. Flynn serra les dents en tentant d'ignorer le léger malaise qui lui nouait l'estomac. Le moteur principal était à l'arrêt, seul le battement des ailes les tenait en l'air. Lugen était fasciné de constater qu'elles étaient capables de soutenir le poids de l'appareil. Flynn commanda les pattes afin qu'elles s'étendent vers le sol. Peu à peu, *Le Squameux* perdit de l'altitude, palier par palier.

Gagner les airs

Soudain, un brusque soubresaut le fit tomber en chute libre, avant que l'engin ne se stabilise.

— Par le sang des dragons ! Doucement, Flynn, s'insurgea Tydorel en tenant son haut-de-forme. Nous ne sommes pas si pressés de mettre le nez dans le sable !

Le cœur des passagers battait à tout rompre. Les muscles de chair s'avéraient plus crispés encore que ceux de métal. Nimué étouffait derrière les fils de son corset. Lugen s'était emparé d'un petit sac en cuir grossier pour se vider l'estomac. Le visage de Tydorel arborait la gravité et la pâleur d'une statue de marbre. Flynn semblait tendu à craquer par la concentration. La sueur perlait sur son front.

Le Squameux reprit sa descente avec des paliers plus progressifs. Le Ferrailleur tenta d'imprimer dans ses bras et dans son esprit le bon équilibre. Lugen et lui échangèrent un regard quand ce point fut atteint. Le parfumeur s'essuya la bouche en observant les appareils de mesure et releva quelques chiffres qu'il gratta sur un carnet. Onze mètres seulement les séparaient du sol. Plus un bruit ne se faisait entendre dans la verrière. Chacun retenait son souffle.

Six mètres, cinq…

Les énormes pattes de l'automate piquaient vers le sable.

Quatre, trois, deux, un…

Un rebond secoua la cabine et quatre soupirs se mêlèrent pour marquer l'atterrissage de la créature de métal.

— Mon bon Flynn ! Vous y êtes parvenus ! s'exclama Tydorel en se ruant sur le mécanisme permettant d'ouvrir la cabine.

L'affichiste fut le premier à mettre un pied sur la plage, inspirant, dansant et riant à s'en faire éclater les poumons.

— Mais quel âge a-t-il ? souffla Lugen en levant les yeux au ciel.

Nimué s'accouda sur les dossiers des sièges avant. Les trois voyageurs demeurés dans la cabine se penchèrent sur la carte de Thyios.

— La cité principale est ici, nota Flynn en pointant une zone au cœur de la forêt. On en trouve de plus petites ici, là et dans toute cette zone.

— C'est logique. Elles se concentrent autour du fleuve, fit remarquer Nimué en suivant la sinuosité du cours d'eau du bout du doigt. Mais nous en sommes très éloignés.

— Trois jours de marche, calcula rapidement Lugen en respirant une grande bouffée d'air frais.

Le vent était empreint d'iode et le parfumeur se délecta de l'odeur soufrée de la vase.

— Peu ou prou, confirma Flynn. Nous cacherons *Le Squameux* par ici, suffisamment éloigné des embruns pour qu'il ne s'abîme pas, puis nous poursuivrons à pied.

Des hochements de tête lui répondirent. Les cœurs se gonflèrent d'enthousiasme.

Thyios.

Lugen et Nimué échangèrent un regard réjoui. Ils avaient certes affronté des périls et essuyé de fâcheux contretemps, mais leur petite troupe était enfin parvenue à destination.

Dehors, poings sur les hanches, Tydorel détaillait l'île d'un regard conquérant.

Gagner les airs

Sur les hauteurs d'une falaise, une créature de pierre, la statue d'un léviathan, se dressait en majesté. Derrière elle, une ombre épiait les voyageurs.

À suivre

Leslie Tanguy

Leslie Tanguy est née en 1991 à Pontivy, au cœur de la Bretagne. Après avoir obtenu un Master de lettres modernes, elle est devenue professeure-documentaliste, métier auquel elle porte beaucoup d'intérêt et qu'elle exerce dans sa région d'origine.

Les livres et l'imaginaire l'ont accompagnée depuis son enfance, de même que le désir de faire naître par l'écriture ce qui est peu à peu devenu une mythologie intérieure. Après avoir exploré des contrées de fantasy médiévale avec sa première série Kalis Rastell (Sudarènes éditions), elle s'est tournée vers le steampunk au travers des thèmes du parfum et du thé.

Son compte instagram : @leslie_tanguy

TABLE DES MATIÈRES

Reproduit et achevé d'imprimer en mai 2022
par Abedik, en Pologne,
pour le compte de Gulf stream éditeur,
31, rue Alfred-Riom, 44100 Nantes
www.gulfstream.fr

Dépôt légal 1re édition : octobre 2022

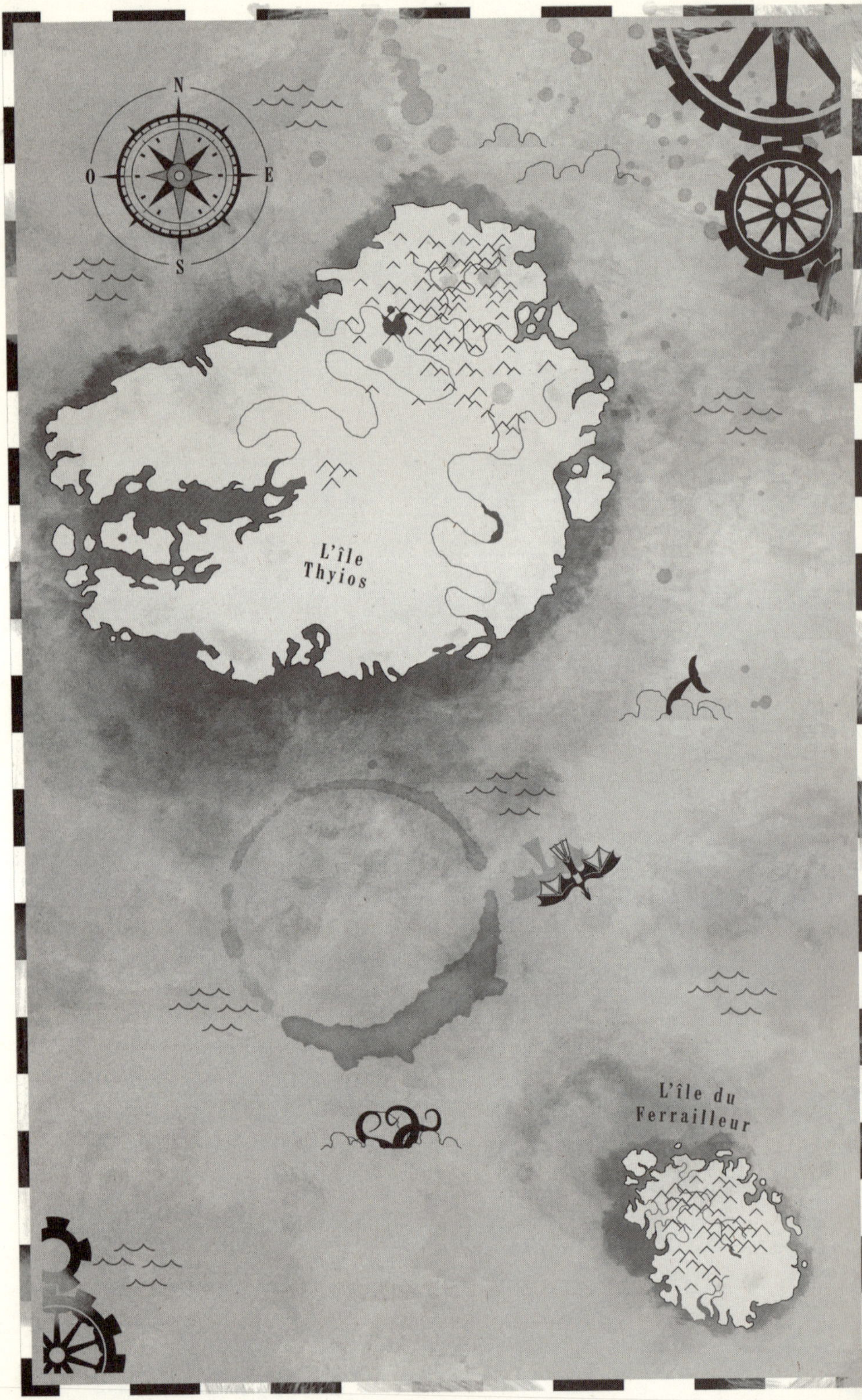
N
O
E
S
L'île
Thyios
L'île du
Ferrailleur